The Undertaking

죽음을
묻는 자,
삶을
묻다

시인 장의사가
마주한
열두 가지 죽음과 삶

토마스 린치 지음
정영목 옮김

이 책을
댄, 팻, 팀, 메리, 줄리, 에디, 크리스, 브리지드에게 바친다.

우리 부모
로즈메리 오하라와 에드워드 조지프 린치를
기억하며.

이제 거울에는 자신의
눈을 잡아끌 것이 없고,

가난한 이들은 이제 우리와 함께 있지 않다.
우리의 차분한 심장은 시간만 알릴 뿐이고,

신은 약속된 대로
빛의 옷을 입은 자비임이 드러난다.

－제인 케년, 1948-1995

모든 것에는 눈물이 있고 죽을 것들이 마음을 흔든다.
Sunt lacrimae rerum et mentem mortalia tangunt.

－베르길리우스, 기원전 70-19

맹세하는데 나는 총이 없어.
없어, 총은 없어.

-커트 D. 코베인, 1967-1994

나는 버몬트 하드우드로 골랐다,
어둡고 반짝이는 것으로. 입관 시간에
우리는 그녀의 입이
잘못되었다고 말했다. 그게 위로였던 듯, 아마도.

-도널드 홀, 1928-2018

감사의 말

《런던 리뷰 오브 북스》의 존 랜체스터와 《하퍼스》의 알렉산드라 린지 덕분에 이 묶음집에 실린 에세이 가운데 몇 편이 일찍 발표되었다. 나의 첫 시와 에세이를 실어준 고든 리시에게 늘 감사한다. 마찬가지로 W. W. 노턴의 질 바이얼로스키에게도 감사한다. 그가 이 원고를 믿고 노력해 준 덕분에 이렇게 책이 나왔다.

조너선 케이프의 로빈 로버트슨에게 진 빚은 아무리 시간이 가도 갚지 못할 것이다. 그는 1989년 봄 더블린에서 나를 만났으며, 내 시를 편집해 주고 몇 해 전 런던에서 회를 먹으며 처음으로 이런 유형의 책을 권했다.

또 나의 대리인인 리처드 P. 맥도너에게도 이 원고를 지지해주고 의리와 우정을 지켜준 것에 감사한다.

또 내가 함께 일하는 '린치 앤드 선즈 장례지도사'의 남녀들에게도 감사한다. 그들의 헌신과 직업 정신 덕분에 내가 이 책을 완성할 여유가 생겼다. 특히 내가 없는 바람에 할 일이 두 배로 늘어났던 동생 에드워드에게 감사한다. 그는 그에게 이름을 물려준 사람과 마찬가지로 진정으로 돌볼 줄 아는 사람이며, 선하고 품위 있는 남자다. 또 지금까지 거의 이십오 년 동안 어려운 시기에 자신의 가족을 돌보는 일을 우리 가족에게 맡겨준 미시간 주 하이랜드 타운십과 밀퍼드의 내 이웃과 친구들에게 감사한다. 그들은 자신들의 삶과 죽음의 자세한 내용을 나에게 알려줌으로써 우리가 서로에게 얼마나 귀중한지 깨닫게 해주었다. 이 에세이들을 준비하면서 그들의 프라이버시를 존중해야 한다는 의무를 민감하게 의식하고 있었다. 따라서 여기 기록된 사건과 인물 일부는 섞고 엮은 것이다. 이름, 형태, 얼굴을 바꾸었지만, 결국은 그들이 나에게 준 신뢰를 보호하는 방식으로 진실을 말했다는 뜻이다.

이와 관련된 이유로 내가 때로는 너무 빠르고 느슨한 방식으로 우리 우정에 관하여 쓰도록 허락해준, 아일랜드, 잉글랜드, 스코틀랜드, 아메리카의 작가와 친구들에게도 늘 빚진 마음이다.

팻 린치, 메리 하월, 멜리사 웨이스버그, 오드리 코월스키, 매슈 로렌스 신부에게 감사한다. 그들 각각은 작업 중인 이 원고를 읽고 귀중한 논평을 해주었다.

보스턴 WGBH의 캐런 오코너와 오클랜드 카운티 검시관에게 몇몇 자료를 빚졌다. 또 공동묘지 관리인이자 생각하는 사람인 론 월리스가 어떤 주장이든 기꺼이 반대편에 서서 의견을 개진해준 것에 감사한다. 그것이 없었다면 나 자신의 주장은 결코 명료함에 다가가지 못했을 것이다.

딸 헤더 그레이스, 세 아들 톰, 마이크, 숀에게는 늘 그들의 인내에 신세 지고 있다. 그들은 실제로 어떤 작업이 진행되는 동안 원고 하나하나를 견디어준다.

이 텍스트를 맨 처음부터 알고 있었던 메리 테이터에게 내가 빚지고 있는 것을 표현하기에 충분한 감사와 찬사의 어휘는 존재하지 않는다.

차례

일러두기

* 주는 모두 옮긴이 주입니다.
* 원서의 이탤릭체는 진하게 표기하였습니다.
* 원서에서 알파벳 대문자로 강조한 부분은 본문과 다른 서체로 표기하
  였습니다.

장의,
산 자를 위한
의식

매년 나는 우리 타운 사람들 이백 명을 묻는다. 거기에 추가로 서른 명 정도는 화장터로 데려가 불에 태운다. 나는 관, 지하 납골당, 유골함을 판다. 부업으로 묘석과 비석도 판매한다. 요청이 있으면 꽃도 취급한다.

　손으로 만질 수 있는 것들 말고, 내 건물의 사용권도 판다. 파스텔 색조가 풍부하고 체어 레일*을 갖추고 반곡反曲 쇠시리로 장식한, 가구와 집기를 갖춘 1만 1천 제곱피트의 공간이다. 이 설비 전체는 저당에 또 저당을 잡혀 다음 세기에 들어서도 한참 갚아 나가야 한다. 바퀴가 달린 자산에는 영구차 한 대, 플리트우드 두 대, 창을 어둡게 해 놓은

* 의자 등받이로 인한 손상을 막기 위해 벽에 댄 판자.

미니밴 한 대가 있는데, 이 미니밴은 우리 가격표에서는 운송 차량이라고 부르고 타운 사람들은 모두 '죽은 왜건'이라고 부른다.

과거에는 전체 가격 표시제를 실시했다—구식의 일괄 거래였다. 이 말은 고객은 오직 한 가지 수만 보면 된다는 뜻이었다. 큰 수치였다. 하지만 지금은 모든 것이 항목화되어 있다. 그게 법이다. 따라서 지금은 항목과 숫자와 이탤릭체로 적은 권리 포기 조항 목록이 길게 나열되어 있어, 메뉴나 시어스 백화점 카탈로그처럼 보이며, 가끔 연방 정부에서 의무로 규정한 선택 항목들은 자동차의 크루즈 컨트롤이나 뒷유리 성에 제거 장치처럼 보이기 시작한다. 나는 주로 검은 옷을 입는다. 사람들에게 우리가 여기서 뷰익 자동차 상담을 하는 것이 아니라는 사실을 잊지 않게 하려는 것이다. 목록의 하단에는 여전히 큰 숫자가 적혀 있다.

잘 되는 해에는 매출이 백만 달러에 가까운데, 우리는 그 가운데 5퍼센트가 이윤이 되기를 바란다. 나는 이 타운의 유일한 장의사다. 시장을 독점하고 있다.

변변치는 못하지만 이 시장은 이른바 조사망률粗死亡率—

매년 천 명 당 사망자 수—을 기초로 파악된다.

이렇게 생각해 보면 좋다.

사람들 천 명을 잘 꾀어서 커다란 방에 불러 모았다고 상상해 보자. 그런 다음 먹고 마실 것을 잔뜩 넣어주고, 컬러텔레비전, 잡지, 콘돔도 넣어주고 일월에 문을 쾅 닫는다. 이 표본은 베이비붐 세대와 그들의 자녀를 반영한 연령 분포를 보여줄 것이다—베이비붐 세대의 한 사람당 자녀 1.2명. 일곱 명 가운데 한 명은 노인으로, 이 노인은 이 큰 방에 들어와 있지 않다면 아마 플로리다나 애리조나나 양로원에 가 있게 될 것이다. 대충 그림이 그려질 것이다. 이 그룹에는 변호사가 열다섯 명, 신앙 치료사가 한 명, 부동산 중개업자가 서른여섯 명, 비디오 기술자 한 명, 면허를 얻은 상담사가 대여섯 명, 터퍼웨어 도매상이 한 명 있을 것이다. 나머지는 새 직장을 찾고 있거나, 중간관리자, 밥벌레, 은퇴자일 것이다.

이제 마법이 일어나는 부분으로 가자—십이월 말이 되어 문을 활짝 열면, 그 가운데 대체로 991.6명만 똑바로 서서 발을 질질 끌며 걸어 나올 것이다. 이백육십 명은 이제 터퍼웨어를 팔고 있을 것이다. 나머지 8.4명은 조사망률이 된다.

다른 통계 한 가지.

8.4구의 주검 가운데 3분의 2는 노인이겠지만, 5퍼센트는 아동이고, 나머지(2.5구가 약간 안 된다)는 베이비붐 세대—부동산 중개업자와 변호사일 가능성이 높다—일 것이며, 그 가운데 한 명은 틀림없이 그해 동안 공직에 선출되어 있을 것이다. 나아가서 세 명은 뇌혈관이나 관상 동맥의 문제로 죽었을 것이고, 둘은 암, 또 자동차 사고, 당뇨병, 가정 폭력으로 한 명씩 죽었을 것이다. 소수점 이하의 수는 신의 개입이나 자살에 의한 것인데 아마도 신앙 치료사일 가능성이 높다.

보험 차트나 인구 통계에서 자주 빠지고 또 그렇기 때문에 눈에 두드러지는 수치는 내가 '큰 놈'*이라고 부르는 것인데, 이것은 태어나는 매 백 명당 죽게 될 사람들의 수를 가리킨다. 장기간에 걸쳐 보면 '큰 놈'이 차지하는 수치는 대체로…… 음, 대체로가 아니라 완전히 100퍼센트다. 만일

---

* Big One. buy the big one이라는 말이 있는데, 죽는다는 뜻이다.

이것이 차트에 나온다면, 이것은 기대 사망이라고 부를 것이고, 아무도 어떤 종류든 선물先物*을 사지 않을 것이다. 하지만 이것은 유용한 수이며, 그 나름의 교훈이 있다. 어쩌면 자신의 삶으로 무엇을 할 것인지 궁리하고 싶어질 수도 있다. 다른 사람들과 어떤 친족 관계를 느낄 수도 있다. 히스테리를 부릴 수도 있다. 100퍼센트 기대 사망의 함의가 무엇이든, 이곳이 얼마나 큰 타운인지 왜 이 타운이 나에게 예측은 불가능하지만 꾸준한 할 일을 만들어 주는지 계산이 가능할 것이다.

이곳에서는 24시간 내내 아무 때나 죽으며, 어느 요일, 어느 달을 선호하는 것 같지 않다. 계절 쪽으로도 분명하게 좋아하는 때가 드러나지 않는다. 별의 배치나 달의 이울기나 전례典禮 일정도 큰 관계가 있는 것 같지 않다. 장소

* 미래를 뜻하는 future의 복수형을 사용한다.

도 중요하지 않다. 쉐보레와 양로원에서, 욕조에서, 주간州間 도로에서, ER에서, OR*에서, BMW에서 앉아서 가기도 하고 누워서 가기도 한다. 알파벳 머리글자로 표시되는 장소에서 이루어지는 죽음에 장비나 중요성을 더 할당할 수도 있지만—ICU**가 어쩐 일인지 그린브라이어 요양소보다 나아 보인다—죽은 사람은 상관하지 않는 것 또한 사실이다. 이렇게 내가 묻고 태우는 죽은 사람들은 그들 이전의 죽은 사람들과 마찬가지로, 시간과 공간이, 죽을 만큼 중요하지 않기 때문이다. 이런 관심의 결여는 사실 뭔가 심각한 일이 곧 일어날 것이라는 첫 번째 확실한 표시의 하나다. 그다음에 일어나는 일은 그들이 숨 쉬기를 그만둔다는 것이다. 이 지점에서는 물론 CVA나 ASHD***보다 흉부 총상이나 쇼크와 외상을 기록하는 데 들어가는 잉크가 더 많겠지만, 어떤 사인도 다른 사인보다 지속성이 부족하거나 하지는 않다. 어떤 것이든 효과를 발휘한다. 그리고 죽은 사람은 관심이

* 응급실과 수술실.
** 집중치료실.
*** 심혈관 발작과 동맥경화성 심장질환.

없다.

누구냐도 그다지 중요하지 않다. 그러나 살아 있는 사람들에게는, "나는 괜찮고, 당신도 괜찮아, 그런데 그는 죽었어!" 하고 말하는 것이 일종의 위로다.

이것이 우리가 강바닥을 훑고 비행기 잔해나 폭격 현장을 샅샅이 뒤지는 이유다.

이것이 '작전 중 실종'이 '도착 시 이미 사망'보다 고통스러운 이유다.

이것이 우리가 관을 열어 두고 모두가 부고를 읽는 이유다.

아는 것이 알지 못하는 것보다 낫고, 그것이 너라는 사실을 아는 것이 그것이 나라는 사실을 아는 것보다 두말할 나위 없이 낫다. 일단 내가 죽은 사람이 되면, 네가 괜찮든 그가 괜찮든 나에게는 별 상관없는 일이 되기 때문이다. 다 꺼져도 상관없다. 죽은 사람은 아무런 관심이 없기 때문이다.

물론, 살아 있는 사람은, 부사副詞와 보험 통계에 묶여 여전히 관심을 가진다. 자, 그런 차이가 있고, 그래서 내가 사업을 해나갈 수 있다. 살아 있는 자는 주의 깊고 또 종종 관심을 기울인다. 죽은 사람은 관심이 없다. 어쩌면 근심이 없는 것인지도 모른다. 어느 쪽이든, 없다. 이것은 눈에 잘 띄지는 않지만 입증할 수 있는 진실이다.

　나의 전 장모는—그녀 또한 눈에 띄지는 않지만 입증할 수 있는 진실이었는데—늘 제임스 카그니*처럼 허세를 부리며 장황하게 말을 늘어놓는 것을 좋아했다. 요컨대, "내가 죽으면, 그냥 상자에 집어넣어서 구멍에 집어넣어." 하지만 우리가 실질적으로 모든 사람을 그렇게 한다는 사실을 지적하면 언제나 그 여자는 침울해지면서 약간 짜증을 내곤 했다.

　나중에 미트로프와 그린빈을 먹을 때 그녀는 어김없이 "내가 죽으면 그냥 화장해서 재를 뿌려" 하는 말로 자신의 기분을 드러내곤 했다.

　나의 전 장모는 관심 없는 태도가 두려움 없는 태도로 보

＊ 미국의 배우.

이게 하려고 애를 쓰고 있었다. 아이들이 먹다 말고 서로 바라보았다. 아이들 어머니는 애원했다. "아, 엄마, 그런 식으로 말하지 마세요." 나는 라이터를 꺼내 만지작거리곤 했다.

이와 비슷하게 나를 이 여자의 딸에게 결혼시킨 사제—골프와 황금 성합과 아일랜드 리넨으로 만든 제의를 사랑했던 남자, 와인색으로 실내를 장식한 크고 검은 세단을 몰고 다니며 늘 추기경 자리를 눈여겨보던 남자—는 어느 날 공동묘지를 떠나다 갑자기 마음이 동한 듯 나에게 다음과 같은 지시를 내렸다. "나한테 청동 관은 쓰지 말게. 천만에! 난蘭이나 장미나 리무진도. 평범한 소나무 상자가 내가 원하는 거야. 거기에 '평平미사'와 빈민의 무덤. 허식과 요란은 됐네."

그는 소박, 검약, 경건과 내핍의 본보기가 되고 싶다고 설명했다—모두 사제의, 또 분명히 기독교의 미덕이었다. 나는 말했다, 그때까지 기다릴 필요가 없다, 당장 오늘이라도 좋은 본보기가 되는 사목을 할 수 있다, 컨트리클럽에서 탈퇴하고 공을 치는 일은 퍼블릭 코스에 가서 하고 브로엄을 팔고 중고 셰베트를 사라, 플로샤임 구두와 캐시미어와 소

갈빗살에서 자유로워지고, 빙고 게임 하는 밤과 건축 기금에서 자유로워지면, 정말이지, 성 프란체스코의 화신, 아니면 파두아의 안토니우스의 화신이 될 수 있다. 그러면서 실제로 내가 그 일을 기꺼이 도와주겠다, 기쁜 마음으로 그의 저금과 신용카드를 교구의 자격을 갖춘 가난한 사람들에게 나누어 주겠다, 그리고 슬픈 의무를 이행할 때가 오면, 그즈음이면 그에게도 익숙해졌을 방식으로 공짜로 묻어주겠다. 내가 그 사람에게 이렇게 이야기하자 그는 아무 말도 하지 않고 사나운 눈길로 나를 보았다. 아마 오래전 스위니도 그렇게 바라보았을 것이고, 그 뒤에 그를 새로 바꾸는 저주를 걸어 다시 인간으로 돌아오지 못하게 했을 것이다.

내가 그 사람에게 말해주려고 했던 것은 물론 죽은 성자가 되는 것은 죽은 토란이나 죽은 전자리상어가 되는 것만큼이나 가치 없는 일이라는 사실이었다. 사는 것이 어려운 것이고, 그것은 늘 그랬다. 살아 있는 성자들은 여전히 이 눈물의 골짜기*의 화염과 낙인을, 순결의 아픔과 양심의 고

* 삶을 가리키는 말.

26

통을 느낀다. 그러나 일단 죽으면 그들은 자신의 유골이 자기 할 일을 하게 놓아둔다. 내가 그 사제에게 말하려고 했듯이, 죽은 사람은 아무런 관심이 없기 때문이다.

오직 산 자만 관심이 있다.

되풀이해 미안하지만, 이것이 내 사업에서 중심이 되는 사실이다―당신이 일단 죽으면, 당신에게 또는 당신을 위하여 또는 당신과 함께 또는 당신에 관하여 도움이 되건 해가 되건 할 수 있는 일이 아무것도 없다는 것, 우리가 주는 어떤 피해나 보여주는 친절은 살아 있는 사람들, 당신의 죽음을 하나의 사건으로 받아들이는―그것이 정말로 누군가에게 사건이 되는 것이라면―사람들에게 영향을 준다는 것이다. 산 사람들은 당신의 죽음과 함께 살아야 한다. 당신은 그렇지 않다. 당신의 죽음이 안겨주는 슬픔 또는 기쁨은 그들의 것이다. 당신의 죽음으로 인한 손실 또는 이득은 그들의 것이다. 기억의 고통과 기쁨은 그들의 것이다. 장의 서비스에 대한 청구서는 그들의 것이고 그 돈을 지불하기 위해 우편으로 보내는 수표도 그들의 것이다.

그리고 진실, 매우 자명한 진실, 그러나 지금 생각해 보니 늙은 처갓집 식구들, 교구 사제, 또 이발소와 칵테일파티와 사친회에서 나에게 다가와 말을 걸면서 단호하게 또는 의무감에 자신들이 죽으면 이렇게 저렇게 해 달라고 은근히 알려주는 낯선 사람들은 잘 파악하지 못하는 진실이 있다.

그냥 놔두라는 것이 내가 하고자 하는 말이다.

일단 죽으면, 두 발을 편한 데 올려놓고, 하루가 끝났다 여기고, 남편이나 부인이나 애들이나 형제가 당신을 묻을지 태울지 대포에 넣고 쏠지 어딘가의 배수로에 내버려 말라비틀어지게 할지 결정하게 놓아두어라. 그것을 지켜보는 것은 당신의 일이 아니다. 죽은 사람은 상관이 없기 때문이다.

사람들이 늘 나에게 다가와 자신의 장례식 예행연습을 하는 또 한 가지 이유는 제정신을 가진 사람이면 누구나 느끼는 죽음에 대한 공포와 관계가 있다. 그것은 건강한 것이다. 그것 때문에 우리는 운전 중에는 장난을 치지 않는다. 나는 그것이 아이들에게 전해주어야 하는 것이라고 생각한다.

내가 데이트한 여자들, 이 지역 로터리 회원, 내 자식의 친구들 사이에는 하나의 믿음이 널리 퍼져 있는데, 그것은 내가 이곳의 장의사이기 때문에 죽은 사람들에게 어떤 비정상적인 매혹을 느끼고, 특별한 관심을 갖고, 그들에 관한 내부 정보를 알고 있고, 심지어 그들에게 애착을 느낀다는 것이다. 그들은, 이 사람들은, 일부는 어쩌면 옹호할 수 있을 만한 이유로 내가 그들의 주검을 원한다고 생각한다.

흥미로운 생각이다.

하지만 진실은 이렇다.

죽는 것은 우리 자신과 몇몇 다른 종을 괴롭히는 일련의 재앙 가운데 하나—최악이자, 마지막—이지만, 결국 그 가운데 하나에 불과하다. 이 목록에는 치은염, 장폐색, 분쟁이 되어버린 이혼, 세무 감사, 영적 고민, 현금 유동성 문제, 정치적 격변 등등과 몇 가지가 더 포함되지만, 이것으로 끝나지 않는다. 불행은 모자라는 법이 없다. 그리고 치과의사가 당신의 나쁜 잇몸, 의사가 당신의 썩은 내장, 회계사가 당신의 너저분한 지출 기록에 매력을 느끼지 않듯이 나는 죽은 사람들에게 매력을 느끼지 않는다. 나는 금융 종사자나 법률가, 목사나 정상배와 마찬가지로 불행을 즐기지 않는다. 불행은 무심하고 어디에나 있기 때문이다. 불행은 부도 수표이고, 전 배우자이고, 거리의 폭력배이고, 국세청이다— 이들은 죽은 사람들과 마찬가지로 아무것도 느끼지 않고, 죽은 사람들과 마찬가지로 관심이 없다.

그렇다고 죽은 사람이 중요하지 않다고 말하는 것은 아니다.

중요하다. 중요하다. 당연히 중요하다.

지난 월요일 아침 마일로 혼스비가 죽었다. 혼스비 부인이 새벽 2시에 전화를 해서 마일로가 숨을 거두었는데 내가 돌봐줄 수 있겠느냐고 물었다. 마치 그의 상태가 회복되거나 어떤 식으로든 개선할 수 있는 다른 어떤 상태인 양. 새벽 2시에 렘수면으로부터 갑자기 붙들려 나온 나는 생각하고 있다, 마일로는 혼자 알아서 놀라고 하고 아침에 다시 전화해라. 하지만 마일로는 죽었다. 한순간에, 눈 깜빡할 사이에, 마일로는 돌이킬 수 없이 우리가 닿을 수 없는 곳으로, 혼스비 부인과 자식들 너머로, 그가 소유한 세탁소의 여자들 너머로, '리전 홀'의 전우들, '프리메이슨 집회소'의 총본부장, 제일침례교회의 목사 너머로, 우편집배원, 지역구위원회, 시의회, 상공회의소 너머로, 우리 모두, 그리고 우리가 마음속에 갖고 있는 그에 대한 모든 배반 또는 모든 친절 너머로 가버렸다.

마일로는 죽었다.

눈에 X가 그려지고, 빛이 꺼지고, 막이 내렸다.

힘도 없고, 해도 끼치지 못한다.

마일로는 죽었다.

따라서 내가 새벽 이른 시간에 억지로 정신을 차리고, 커피를 마시고 얼른 면도를 하고, 홈버그 모자를 쓰고 두꺼운 외투를 입고, '죽은 왜건'의 시동을 걸고 조금 기다리다 프리웨이로 향하는 것은 마일로 때문이 아니다. 마일로는 이제 아무런 이유가 될 수 없다. 나는 그녀를 위해 간다―그녀가 같은 순간, 같은 눈 깜빡할 새에, 물이 얼음이 되듯 미망인 혼스비가 되었기 때문이다. 나는 그녀를 위해 간다―

그녀는 여전히 울고 관심을 가지고 기도하고 내 청구서에 돈을 지불할 수 있기 때문이다.

마일로가 죽은 병원은 최첨단이다. 문마다 신체부위나 어떤 과정이나 신체 기능을 가리키는 표지가 붙어 있다. 나는 그 말들을 다 합치면 결국 '인간 조건'이 된다고 생각하고 싶지만, 결코 그렇게 되지 않는다. 마일로에게 남은 것, 유해는 지하실에, 배송 및 접수와 세탁 사이에 있다. 여전히 물건들을 좋아한다면 마일로는 자신의 자리가 마음에 들 것이다. 마일로의 방은 병리라고 부른다.

죽음을 가리키는 의학적이고 전문적인 어법은 무질서를 강조한다.

우리는 실패, 변칙, 부족, 부전, 정지, 사고 때문에 늘 죽어가고 있다. 이런 것들은 만성이거나 급성이다. 사망확인서의 언어—마일로의 경우는 "심폐 기능 부전"이다—는 허약함을 가리키는 언어와 같다. 마찬가지로, 혼스비 부인은 그녀의 슬픔 속에서 무너지고 있다거나 부서지고 있다거나 박살나고 있다고 이야기될 것이다, 마치 그녀에게 구조적으로 뒤틀린 게 있는 것처럼. 마치 죽음과 슬픔이 '사물의 질서'의 한 부분이 아니기나 한 것처럼, 마치 마일로의 부전과 그의 미망인의 울음이 당혹감을 주는 것처럼, 또는 주어야 하는 것처럼. 혼스비 부인에게 "잘하고 있다는 것"은 그녀가 버티고 있다, 폭풍을 뚫고 나아가고 있다, 자식들을 위해 굳센 모습을 보여주고 있다는 뜻이 될 것이다. 우리에게는 그녀가 이렇게 하는 것을 기꺼이 도와줄 약사들이 있다. 물론 마일로에게 "잘하고 있는 것"은 위층으로 다시 돌아가, 꺾이지 않고, 계측기와 모니터를 계속 삐삐 울려댄다는 뜻일 것이다.

하지만 마일로는 아래층에, 배송 및 접수와 세탁 사이에, 스테인리스스틸 서랍 안에, 머리에서 발끝까지 하얀 비닐에 싸여 있고, 그의 작은 머리, 넓은 어깨, 튀어나온 배, 가느다란 다리, 발목과 발가락 꼬리표에서 늘어진 하얀 고무줄 때문에, 꼭 크게 확대해 놓은 정자처럼 보인다.

나는 서명을 하고 그를 거기에서 데리고 나온다. 마음 한 구석에서 나는 아직도 마일로가 젠장 참견을 할 것이라고 생각하고 있다. 하지만 이제는 물론, 우리 모두 그가 그렇지 않다는 것을 안다―죽은 사람은 관심이 없기 때문에.

장례식장으로 와서, 위층 외부인 출입금지라고 적힌 문 뒤의 방부처리실에서, 마일로 혼스비는 형광등 불빛을 받으며 도기 탁자 위에 둥둥 떠 있는 듯하다. 비닐을 풀자 쭉 뻗은 마일로는 이제야 그 자신에 조금 더 가까워 보이기 시작한다―눈은 크게 뜨고, 입은 헤 벌리고, 우리의 중력으로 돌아오고 있다. 나는 면도를 해주고, 눈을, 입을 닫는다. 우리는 이것을 이목구비 잡아주기라고 부른다. 아무리 그래도 살아서 늘 뜨고, 감고, 초점을 맞추고, 신호를 보내고, 뭔가 우리에게 말을 해줄 때처럼은 절대 보이지 않는다. 죽었을 때 눈과 입이 우리에게 말해주는 것은 이제는 어떤 일도 하지 않으리라는 것이다. 정돈해야 할 마지막 세부사항은 마일로의 두 손이다. 곧 한 손은 다른 손 위에 포개져 있고, 두 손은 배꼽 위에, 편안한, 쉬는, 물러난 자세로 놓여 있게 될 것이다.

이것들도 이제는 어떤 일도 하지 않을 것이다.

나는 그렇게 자리를 잡아 주기 전에 먼저 두 손을 씻긴다.

아내가 몇 년 전 집을 나갔을 때, 아이들은 이곳에 그대로 남았고, 남부끄러운 일들도 그대로 남았다. 작은 타운에서는 큰 뉴스였다. 뒷담화와 호의가 오갔는데, 이런 동네들은 원래 그런 것으로 유명하다. 많은 이야기가 오갔지만, 아무도 나에게 딱히 어떤 말을 해야 할지 몰랐다. 그들은 무력했다, 나는 그렇게 생각한다. 그래서 냄비요리와 쇠고기 스튜를 가져오고, 아이들을 데리고 영화관이나 카누 타기에 가고, 어린 누이들에게 나를 찾아가 보라고 설득했다. 마일로가 한 일은 내가 가정부를 구할 때까지 두 달 동안 일주일에 두 번씩 자신의 세탁 밴을 우리 집에 보낸 것이었다. 마일로는 아침에 다섯 보따리를 들고 가 깨끗이 빤 다음 개서 점심때쯤 돌려주었다. 나는 그에게 그렇게 해달라고 부탁한 적이 없었다. 그를 안다고 할 수도 없었다. 그의 집이나 세탁소에 가 본 적도 없었다. 그의 부인은 내 아내를 안 적이 없었다. 그의 자식들은 우리 자식들과 놀기에는 나이가 너무 많았다.

가정부를 구한 뒤 나는 마일로를 찾아가 세탁비를 냈다.

청구서에는 보따리의 개수, 세탁기와 건조기 사용 횟수, 세제, 표백제, 섬유유연제가 꼼꼼하게 적혀 있었다. 총액은 육십 달러였던 것 같다. 세탁물을 가져가고 가져다주고, 쌓고 개고 크기별로 정리하고, 내 목숨과 내 아이들의 목숨을 구해주고, 우리가 내내 깨끗한 옷과 수건과 침대보를 쓰게 해준 값은 얼마냐고 물었다. "그건 됐소"가 마일로의 대답이었다. "한 손이 다른 손을 씻는 거지."

나는 마일로의 왼손 위에 오른손을 얹고, 또 반대로도 해본다. 그랬다가 처음으로 돌아온다. 그랬다가 이건 중요한 게 아니라고 결정을 내린다. 어느 쪽이든 한 손이 다른 손을 씻는다.

방부처리에는 두 시간 정도 걸린다.

일을 다 마쳤을 때는 날이 환하다.

매주 월요일 아침, 어니스트 풀러가 사무실로 온다. 그는 한국전쟁에서 어떤 심각한 방식으로 상처를 입었다. 상처의 구체적인 내용을 동네 사람들은 모른다. 어니스트 풀러는 다리를 절지도 않고 어디가 없는 것도 아니기 때문에 모두들 그가 한국에서 뭔가를 보는 바람에 좀 단순해졌다고, 이따금씩 몹시 당황한다고 생각한다. 하루 종일 걸어 다니다가 느닷없이 발을 멈추고, 쓰레기의 의미를 곰곰이 생각하고, 병뚜껑과 껌 종이를 유심히 살피곤 한다. 어니스트 풀러는 신경이 곤두선 미소를 짓고 죽은 물고기를 만지듯이 악수를 한다. 그는 야구 모자를 쓰고 두꺼운 안경을 끼고 있다. 매주 일요일 밤이면 슈퍼마켓에 가서 보통 샴쌍둥이나 영화배우나 UFO가 등장하는 표제가 달린 타블로이드판 신문을 계산대 옆 판매대에서 살 수 있을 만큼 산다. 어니스트는 속독을 하고 수학을 잘하지만 그 상처 때문에 일을 한 적이 없고 얻으려고 한 적도 없다. 어니스트는 매주 월요일 아침 601파운드 남성 관 밑이 빠져 추락—심각한* 상황 또는 스타들의 방부처리 담당자 엘비스는 영원하다고 말하다 같은 표제가 달린 기사 스크랩을 나에게 가져온다. 월요일 아침에 마일로 혼스비는 죽었다. 어니스트의 스크랩은 동 앵글리아 어딘가에서 나온 유골이 가득 담긴 단지와 관련된 내용이었다. 툴툴거리고 끙끙거리는 소리를 내고, 가끔 휘파

* grave는 무덤이라는 뜻도 있다.

람을 불고, 곧 말을 시작할 것으로 예상되는 단지였다. 잉글랜드의 어떤 과학자들은 이것을 이해할 수가 없었다. 그래서 몇 가지 검사를 했다. 그러나 자식 아홉만 달랑 남겼을 뿐 재산은 남기지 않은 유골의 미망인은 허무하게 줄어들어 버린 지극히 사랑하던 남편이 그녀에게 복권 당첨 번호를 말해주려 한다고 확신하고 있다. "재키는 우리 앞길을 밝혀주고 떠나려 했을 게 분명해요." 그녀는 말한다. "그이는 그 어떤 것보다 자기 가족을 사랑했으니까." 그들 둘의 사진이 실려 있다. 미망인과 단지, 산 사람과 죽은 사람, 육신과 청동, 빅터 축음기와 빅터 축음기의 개. 개는 귀를 쫑긋 하며 기다리고 있다.

우리는 늘 기다리고 있다. 어떤 좋은 소식이나 당첨번호를 기다리고 있다. 징조나 이적, 우리가 사랑하는 죽은 사람으로부터 그가 여전히 관심을 가지고 있다는 어떤 신호를 기다리고 있다. 우리는 그들이 눈에 띄는 일을 하면, 무덤에서 일어나거나 관을 뚫고 추락하거나, 백일몽 속에서 우리에게 이야기를 하면 기뻐한다. 마치 죽은 사람이 여전히 관심을 가지는 것 같아, 계획이 있는 것 같아, 아직 살아 있는 것 같아 대단히 즐겁다.

하지만 잘 알려진 슬픈 진실은 우리 대부분이 관에 그대로 있을 것이고 오랫동안 죽어 있을 것이며, 우리의 단지나 무덤은 절대 소리를 내지 않으리라는 것이다. 우리의 이성과 레퀴엠, 우리의 묘석이나 장엄미사는 우리를 하늘로 데려다주지도 않고 하늘에 가지 못하게 막지도 않는다. 우리 삶의 의미, 삶의 기억은, 우리의 장례식과 마찬가지로, 산 사람들에게 속한 것이다. 죽은 사람들이 지금 어떤 존재를 가지고 있든, 그것은 산 사람들의 믿음에 의해서 가지게 된 것일 뿐이다.

우리는 겨울 매장을 위해 여기 무덤들에 열을 가한다. 파들어가기 전의 일종의 전희前戱로, 묘지 관리인과 그의 굴착기가 땅을 열기 전에 땅을 쥐고 있는 서리의 손아귀를 좀 느슨하게 풀려는 것이다. 우리는 수요일에 마일로를 땅에 묻었다. 우리가 거기에, 떡갈나무 관 안에, 서리 선線 바로 아래, 묻은 것이 이제 마일로이기를 중단했다는 것은 자비로운 일이다. 마일로는 그 자신의 관념이 되었다. 3인칭과 과거 시제로 영원히 고정되었다. 그의 미망인의 식욕 상실과 수면 장애가 되었다. 우리가 그를 찾는 여러 장소에서 결석자가 되었다. 우리에게서 마일로라는 습관은 사라져, 그는 우리의 환각지幻覺肢, 우리의 다른 손을 씻기는 한 손이 되었다.

아버지의

죽은 몸

장의사들은 저 너머 다른 섬에 있다. 그들이 그곳에 있는 것은 이른바 '한겨울 대회' 때문이다. 이것은 미시간의 장례 지도사들이 소앤틸리스 제도의 따뜻한 장소를 찾아 업계의 다급한 현안을 논의하는 매년 이월의 일주일간에 붙인 이름이다. 워크숍과 세미나의 제목은 모호하다. "장례 서비스의 미래", "사람들이 관 안에서 원하는 것", "화장 무리에 대처하는 법"―이런 것들이다. 리조트에는 룸서비스, 욕조, 좋은 해변, 현장이나 근처에 쇼핑할 장소를 갖추어야 한다. 치열 교정의와 법정변호사도 틀림없이 마찬가지일 것이다.

그리고 나는 여기 이웃한 섬에 있다―항구가 너무 얕아 크루즈 배가 들어올 수 없고 비행장도 없는 작은 곳이다. 내 고향 주의 장의사들이 있는 곳에서 페리보트를 타면 올

수 있는 곳이다. 내가 미시간의 겨울을 피하는 시간을 그들의 회의 시기와 맞추어 놓은 것은 혹시 회의에 등록을 하여 내 여행을 비용으로 처리하고 싶을 수도 있기 때문이다. 그것은 합법적이고 분별력 있는 일이며, 궁극적으로 내가 장례지도사로 있고 또 지금까지 거의 이십오 년 동안 장례지도사로 일해 온 내 타운 사람들의 장례비용을 낮출 것이다.

하지만 나의 휴가 가운데 며칠이라도 일 이야기를 하면서 보내고 싶은 의욕은 조금도 나지 않는다. 그렇다고 그들이 훌륭한 무리가 아니라는 것은 아니다. 그들은 주식중개인이나 보험업계 사람들과 마찬가지로 수다스럽고 붙임성도 좋다. 게다가 고향을 벗어나, 자신을 모르는 곳에 왔으니, 즐거운 시간을 보내고 싶은 마음이 간절하여, 약간 수줍어하면서도 아주 재미있게 함께 놀 수 있다. 다만 나는 오랫동안 나만의 '한겨울 대회'를 열어온 듯한 느낌이 들 뿐이다. 일 이야기는 그만하면 됐다. 나는 이제 해변을 거닐며 앞으로 어떻게 할지 숙고할 필요가 있다.

아버지는 장례지도사였고 내 다섯 형제 가운데 셋이 장례지도사다. 세 누이 가운데 둘이 우리의 성, 그러니까 우리

아버지의 성을 달고 있는 대도시 근방의 장례식장 네 곳 가운데 한 곳에서 생전 장례예약과 부기 담당으로 일하고 있다. 묘한 결과다─일종의 가족 농장으로, 다들 그늘진 감정을 다루는 일을 하며, 우리 생계는 다른 사람들의 죽음에 의존하고 있다, 의사들이 병에 의존하고, 변호사들이 범죄에 의존하고, 성직자들이 신에 대한 두려움에 의존하듯이.

어머니와 아버지가 이런 '한겨울 대회'에 갔다가 새까맣게 탄 모습으로 이런저런 구상을 가득 안고 돌아와, "경쟁자"가 아니라 "동료"라고 부르라고 강조하던 사람들에 관한 뒷담화를 늘어놓던 기억이 난다. 아버지는 그렇게 불러야 의사나 변호사, 그러니까 전문직업인─문제가 생기면 한밤중에 전화를 걸 수 있는 사람들, 존재가 하는 일과 융합되기 시작하여 자신이 하는 일이 곧 그들 자신인 사람들─같은 느낌이 든다고 말했다.

우리의 핵심─우리가 누구이고, 우리가 무엇을 하느냐─은 늘 죽음과 죽어감과 슬픔과 사별이었다. 그러니까 생명, 자유, 또…… 뭔가의 추구 같은 더 강건한 명사들의 취약한 하복부인 셈이었다. 우리는 작별, 안녕, 마지막 경의를 거래한다. "고객을 내려놓는* 마지막 사람들." 아버지는 가장 신뢰하는 친구들에게 그렇게 농담을 하곤 했다. 아버지가 무료로 나누어주는 성냥과 플라스틱 빗과 우천용 모자에는 "위엄 있는 봉사"라는 문구가 적혀 있었다. 또 아버지는 위대한 빅토리아시대 자유주의자인 글래드스턴을 인용하기 좋아했는데, 그는 마치 뉴에이지 공화당원처럼 사람들이 죽은 사람을 돌보는 방식을 보면 토지법에 대한 그들의 존중심을 수학적으로 정확하게 측정할 수 있다고 썼다. 물론 글래드스턴은 장례식이 공적인 일이고 섹스는 사적인 일인 시대에 영국에 살았고, 영국인은 대영박물관을 위해 전 세계의 이교도의 무덤을 약탈했지만, 어느 모로 보나 예의를 지켜가며 그렇게 했다. 아마 아버지는 어느 때인가 '한겨울 대회'에 참석했다가 글래드스턴에 관한 이야기를 들었을 것인데, 요즘 들어 나는 그들이 정말 옳다는 생각을 하게 되었다—글래드스턴이, 아버지가.

* let down, 실망시킨다는 뜻도 있다.

아버지는 삼 년 전 내일 플로리다 걸프 코스트의 한 섬에서 죽었다. '한겨울 대회'에 갔던 것은 아니다. 오래전, 어머니가 죽은 뒤 대회 참석은 그만두었다. 하지만 여자 친구와 콘도를 함께 쓰고 있었는데, 그녀는 늘 성적인 에어로빅의 치료 효과를 과대평가하고 있었다. 아니면 그냥 아버지의 심장 질환의 진전을 과소평가하고 있었을 뿐인지도 모르겠다. 우리 모두 그게 다가오고 있다는 것을 알았다. 홀아비가 되고 나서 첫해 동안 아버지는 몹시 상심한 채 의자에 주저앉아 어서 완전한 결말이 다가오기를 기다렸다. 그러더니 어느새 여자들과 데이트를 하기 시작했다. 형제들은 좋아했다. 누이들은 자주 눈알을 굴렸다. 아마 이런 걸 "젠더 문제"라고 부르나 보다. 그 뒤 이 년간의 동거 기간 아버지는 시계처럼 정확하게 여섯 달에 한 번씩 심한—즉 가슴이 찢어지는 듯하고, 의식을 잃는—심장마비를 겪었다. 아버지는 그것을 한 번만 빼고는 다 견디어냈다. "넷 가운데 셋은," 아버지가 말하는 소리가 들리는 듯하다, "심장마비가 끝났을 때도 계속 심장이 마비된 상태야." 아버지는 겪을 만큼 겪었다. 지금도 지바고의 심장이 "종잇장처럼 얇았다"라고 묘사되던, 데이비드 린의 오래전 영화의 그 마지막 장면을 생각한다. 지바고는 모스크바에서 라라가 모퉁이를 돌아가는 것을 보았다고 생각한다. 그는 버스에서 내리려고 하다가 타이를 느슨하게 풀고, 마침내 보도에 내려서는데, 두 걸음을 걷다가 그대로 죽는다. 사랑을 쫓다가 죽다니, 이것이야말로 우리가 죽어라 추구할 만한 것이다. 그게 나의 아버지였다―버스에서 내리는 게 아니라 공동으로 사용하는 콘도의 샤워에서 나오다, 모스크바가 아니라 보카 그란데에서, 하지만 똑같이 분명하게 사랑을 쫓고 있었다. 죽을 때까지 쫓고 있었다.

우리는 아버지의 여자 친구로부터 연락을 받았을 때 무엇을 해야 할지 알았다. 우리 형제는 전에 머릿속에서 연습을 해두었다. 우리에게는 여행용 방부처리 도구가 있었다. 장갑, 용액, 바늘, 기타 이런저런 것들. 가방 내용물을 조사하다 도지 퍼마글로 용액으로 폭탄을 만들까 봐, 또는 전에 본 적도 없는 스테인리스스틸 제품들이 가득한 "슬로터 외과 물품"이라고 적힌 상자로 객실 승무원들을 위협하고 제압할까 봐 걱정하는 항공사 보안요원들에게 우리는 설명을 해야 했다. 아버지를 데려다 놓은, 아버지의 몸을 가져다 놓은 장례식장에 도착하자, 그곳의 주인은 정말 우리가 이걸 직접 하고 싶으냐며 — 그래도 당신들 아버지가 아닌가?— 자기네 방부처리 전문가를 불러주는 건 전혀 어렵지 않은 일이라고 덧붙였다. 우리는 괜찮다고 그를 안심시켰다. 그러자 그는 우리를 준비실로, 도기와 타일과 형광등 조명으로 이루어진 그 익숙한 장식이 있는 곳으로 안내했다. 우리는 필멸에 대한, 너무도 쉽게 있음에서 있지 않음으로 미끄러져 들어가는 것에 대한 어리석은 공포를 막기 위한 깔끔한 과학적 장소로 들어갔다.

그것은 우리가 늘 아버지에게 약속했던 일이었다, 지금은 어떤 맥락에서 그런 약속을 했는지 도무지 기억이 나지 않지만. 그가 죽으면 아들들이 방부처리를 하고, 수의를 입히고, 관을 고르고, 염을 하고, 사망기사를 준비하고, 사제와 연락을 하고, 꽃, 음식, 경야經夜, 행렬, 미사와 매장을 관리하겠다는 약속. 어쩌면 그냥 암묵적이었던 것인지도 모른다. 아버지의 장례는 아버지가 지도할 필요가 없는 일이었다. 우리가 할 일이었다. 아버지는 장례를 수천 건 지도했지만, 자신의 선호에 관해서는 한 번도 언급한 적이 없었다. 그 문제에 관해서 물을 때마다 "어떻게 해야 할지 알게 될 거야" 하고 말할 뿐이었다. 실제로 우리는 알게 되었다.

우리가 주검을 어떻게 상대하느냐에 관한 "그냥 껍데기" 이론이 있다. 젊은 성직자, 가족의 오랜 친구, 선의를 가진 인척들―타인이 막 느끼기 시작하는 슬픔에 마음이 흔들리는 사람들에게서 그 이야기를 많이 듣게 된다. 자동차 사고로 죽거나 어떤 남성적인 폭력으로 썩도록 방치된 딸의 주검을 처음 보게 하기 위해 어머니와 아버지를 데리고 들어갈 때 그런 말을 듣게 된다. 위로가 불가능한 상황임에도 위로를 하려 할 때, 위안을 줄 수 없는 것에 대한 위안으로서 제시되는 말이다. 뼈를 으스러뜨리는 흐느낌의 들숨과 날숨 사이의 바로 그 순간에, 겁에 질려 있지만 선의를 가진 무지한 사람은 "괜찮아요, 저건 그 아이가 아닙니다, 그냥 껍데기일 뿐이에요" 하고 내뱉을 수밖에 없다. 나는 한 감독파 사제가 백혈병으로 십 대 딸을 잃은 어머니에게 이런 조언을 했다가 느닷없이 따귀를 맞고 쓰러질 뻔한 장면을 본 적이 있다. "저게 '그냥 껍데기'가 되면 내가 알려줄게요." 그 여자는 말했다. "지금은, 그리고 내가 달리 말하기 전까지는, 저 아이는 내 딸이에요." 그녀는 죽은 사람을 죽었다고 선포할, 산 사람의 오래된 권리를 주장하고 있었다. 우리가 세례를 통하여 산 사람이 살아 있다고 선포하듯이, 결혼으로 연인들이 사랑하고 있다고 선포하듯이, 장례식은 우리가, 일어난 죽음과 중요한 죽음 사이의 간극을 메우는 방법이다. 그것은 우리가 우리의 작지만 주목할 만한 역사들에 의미를 할당하는 방법이다.

우리가 사랑받는 산 사람들과 죽은 사람들을 하나의 지위에서 다른 지위로 안내하기 위해 고안하는 의식들은 공연보다는 의미와 관계가 있다. "기능 부전"이라는 말이 의미심장한 말이 된 세계에서, 움직이지 않게 된 몸은 이렇다 할 쓸모가 없는 것처럼 보인다. 이 몸의 기능 부전은 우리의 타블로이드판 신문과 토크쇼를 채우는 성적이고 가족적인 형태들보다 훨씬 분명해 보인다. 움직이지 않는 몸은, 처음에는, 이제 존재하지 않게 된 사람에 대하여 우리가 갖고 있는 증거가 된다. 존재하지 않게 된 사람은 네안데르탈인이 처음 죽은 사람을 묻을 구멍을 팠을 때와 다름없이 강한 흥미를 자아내는 미래를 드러내, 우리가 죽음과 마주할 때 떠올리는 질문들을 만들어낸다. "이게 다인가?" "이게 무슨 의미인가?" "왜 이렇게 차가운가?" "나에게도 이런 일이 일어날 수 있나?"

따라서 처음에 슬픔이 터져 나오는 상태에서 그 슬픔을 줄여준답시고, 주검이 "그냥" 무엇무엇에 불과하다고 말하는 것은 어떤 여자가 방사선 치료로 머리가 다 빠졌는데 "그냥" 오늘따라 미장원에서 머리 모양이 잘 안 나온 것일 뿐이라고 말하는 것만큼이나 부실한 대응이다. 아이를 위하여 이야기하는 천국의 희망은 사실 그리스도가 죽은 사람들 가운데 있다가 "그냥" 몸이라고 부르는 것을 부활시켰다는 믿음에 기초하고 있다. 만일 그리스도가 죄의 용서를 위하여 십자가 처형보다는 그냥 낮아진 자존심으로 고통받고 사는 쪽을 택했다면 어땠을까? "그냥 껍데기"보다는 가령 자신의 인격, 또는 '자기 자신이라는 관념'만 부활시켰다면 어땠을까? 사람들이 그것 때문에 달력을 바꾸었을까? 십자군 운동을 했을까? 마녀를 불태웠을까? 부활절은 몸과 피의 문제이지, 상징도 아니고, 에두른 표현도 아니고, 어중간한 조치도 아니었다. 만일 그리스도가 그보다 못한 어떤 것을 부활시켰다면, 물론, 바울이 지적하듯이, 우리 가운데 부제副祭를 비롯하여 몇 명은 실업자가 되었을 것이고, 토요일 안식일,* 분별력 있는 식단으로 돌아갔을 것이고, 크리스마스는 없었을 것이다.

새로 죽은 사람들의 몸은 파편이나 잔존물이 아니고, 그렇다고 우상이나 본질도 아니다. 그것은 오히려 요정이 바꿔친 아이, 부화하는 존재, 갓 부화한 새로운 현실로서 우리의 이름과 기념일, 우리의 형상을 지니고 있다. 이런 점은 우리 자식과 손자들의 눈과 귀에 확실하게 드러난다, 우리의 출생 소식이 우리 부모와 조부모의 귀에 확실하게 박혔던 것처럼. 그런 새로운 것은 부드럽게, 세심하게, 존중심을 갖고 대하는 것이 지혜롭다.

* 유대인은 토요일을 안식일로 지킨다.

나는 전에도 아버지가 수평으로 누워 있는 것을 본 적이 있었다. 마지막에는 주로 집중치료실에서였으며, 관상동맥이나 바이패스 성형 수술 뒤의 일이었다. 아버지는 무력했고, 남들이 모든 것을 해주고 있었다. 그러나 그 전에는 거실에 몸을 쭉 뻗고 누워 내 형제나 자매들 가운데 어린 아이를 공중에 던져 올리는 남자가 있었다. 또는 첫 장례식장의 사무실에서 검은 스리피스 양복, 줄무늬 타이, 윙팁 구두에 깨끗이 면도를 한, 완벽하게 유니폼을 입은 상태로 낮잠을 잔다거나. 아니면 욕조에 누워 "몬테수마의 궁에서부터 트리폴리의 해안까지"*를 부르거나. 아버지는 이따금씩 남태평양에서 걸린 말라리아 증상을 보이기도 했다. 나의 어린 시절 아버지는 동네의 모든 아버지들과 마찬가지로 무적이었다. 아버지가 죽는다는 것은 나의 십 대에는 허구였고, 이십 대에는 공포였고, 삼십 대에는 유령이었고, 사십 대에

* 미국 해병대가.

는, 사실이었다.

하지만 아버지가 심장 질환으로 사망하여 귀와 손가락 끝에 또 어깨와 갈빗대 하단과 엉덩이와 발꿈치에 말단 부위를 따라 푸르스름하게 변색된 모습으로, 포트 마이어스의 '앤더슨 영안실'의 방부처리 탁자에 몸을 뻗고 있는 모습을 보자 나는 생각했다, 이게 아버지가 죽었을 때의 모습이겠구나. 그러다가, 뒤에서 문이 쾅 닫히는 것처럼, 그 모든 것의 시제가, 이게 나의 아버지, 죽은 아버지다, 하는 피할 수 없는 현재로 바뀌었다. 남동생과 나는 서로 끌어안고, 함께 또 서로를 위해 또 미시간 집에 있는 우리 자매와 형제들을 위해 울었다. 이윽고 나는 아버지의 이마, 아직 껍데기가 아닌 이마에 입을 맞추었다. 그런 다음 우리는 아버지가 우리를 훈련시킨 방식대로 작업하기 시작했다.

아버지는 협조적인 몸이었다. 동맥경화증에도 불구하고 아버지의 순환계는 방부처리를 쉽게 해주었다. 또 막 샤워에서 마지막으로 운명의 발을 내디뎠기 때문에 깨끗했고 말끔하게 면도한 상태였다. 아버지는 호스피스나 집중치료실에 들어가 있지 않았다는 의미에서, 아프지 않았다. 따라서 의학이 만들어 내거나 설치한 멍이나 튜브가 전혀 없었다. 아버지는 바라던 죽음을 얻었다. 전속력으로 달려오던 죽음에 붙들려, 빠르고 깨끗하게 갔다. 아마 그 전에는 해변을 거닐며 손주들에게 줄 조개껍질을 주웠거나, 어쩌면 콘도를 함께 쓰는 친구와 서로 약간 뼈를 튕겨주는 놀이를 했을지도 모르지만, 그녀는 아무 말을 하지 않았고 우리도 물어보지 않았으며, 그냥 그랬기를 바랄 뿐이었다. 우리가 아버지와 작별을 할 수 있도록 일정한 시간 동안 아버지를 보존해 줄 용액이 제대로 흐르고 빠져나오도록 다리, 손, 팔을 마사지하고, 용액이 그의 몸 전체를 도는 동안 손가락 끝과 발꿈치에서 파란색이 사라지는 것을 지켜보면서, 비록 아버지는 이제 죽어 나나 다른 사람의 친절을 넘어선 곳에 있지만 그래도 내가 아버지를 위해 뭔가를 해주고 있다는 느낌을 받았다. 마찬가지로, 아버지의 몸에는 일종의 역사가 있었다. 열여덟 살의 해병대원으로 제2차 세계대전에 참전했을 때 문신으로 새겨 놓은 어머니의 이름, 아버지가 나보다 어리고 나는 내 자식들보다 어렸을 때 아버지가 어머니의 마스카라로 검게 칠하는 것을 지켜보곤 하던 완벽하게 다듬어진 콧수염. 5중 바이패스 수술을 하고 남은 흉터, 절대 벗지 않던 금주 협회 메달, 어머니가 아버지의 마흔 살 생일 기념으로 준 인장 도장―우리 모두 단지에 오십 달러가 모일 때까지 저금을 했다. 또 희끗희끗해지는 가슴 털, 털 없는 발목, 비행기의 일등칸과 이발소의 이중 거울 앞에 있는 남자들의 머리에서 보곤 하던 남성형 대머리. 아버지의 방부 처리를 하면서 나는 우리가 우리의 죽은 사람들을 묻고 또 스스로 죽은 사람이 되는 과정을 떠올렸다. 결국 나는 아마 이게 내가 죽었을 때의 모습이겠구나, 하고 말할 수밖에 없었다.

어쩌면 아버지가 처음으로 자신이 무엇을 하는지, 그것을 왜 하는지 생각해본 것이 '한겨울 대회' 때였는지도 모른다. 아버지는 늘 우리에게 방부처리는 미국 내전 때 사회 관습상 필요한de rigueur, 이런 표현 쓰는 거 용서하라, 일이 되었다고 말했다. 그때 미국 역사상 처음으로 많은 사람들― 주로 남자들, 주로 군인들―이 집과 그들을 슬퍼할 가족으로부터 멀리 떨어진 곳에서 죽어 갔기 때문이다. 죽음을 처리하는 음침한 사업가들은 전장의 가장자리에 있는 텐트에서 아마도 받을 수 있는 최대 요금을 받으며, 주검을 소독하고, 보존하고, "복원"하는 일을 했을 것이다—그 말은 주검의 입을 닫고, 총알구멍을 봉합하고, 팔다리나 그 일부를 원래 위치에 꿰맨 다음, 아내와 어머니, 아버지와 아들이 있는 집으로 보냈다는 것이다. 이 모든 귀찮은 일과 비용 부담은, 죽은 사람은 장례식에 있어야 한다, 더 정확하게 말하자면, 산 사람들이 죽은 사람을 하느님 또는 신들 또는 '뭐든 저 밖에 있는 것'에게 맡기고 나서 들판에 묻거나 불에 태우기 위해서는 죽은 사람이 거기 있어야 한다는 관념에 기초하고 있었다. 죽은 인간의 몸이 장례식에 있고 거기에 참여하는 것은, 아버지가 말한 대로, 신부가 결혼식에 참석하고, 아기가 세례식에 참석하는 것만큼이나 중요하다.

그래서 우리는 우리의 죽은 사람을 집으로 데려왔다. 주검을 비행기에 태워 돌려보내고, 지역 신문들에 팩스로 부고를 보내고, 사제, 묘지 관리인, 꽃가게 주인, 석수에게 연락을 했다. 우리는 말로 표현할 수 없는 것을 행동으로 표현한다.

일찍이 1963년, 우리가 장례식을 거행하고 관을 열어 놓는 것은 아버지의 표현대로 "죽음이라는 현실"이라고 부르는 것을 마주하려는 것이라고 아버지가 말하던 기억이 난다. 아마 아버지는 그 말을 그런 대회에 가서 들었을 것이다. 제시카 밋퍼드는 막 《미국의 죽음의 방식》을 백만 부 팔아치웠고, 에블린 워는 그 전에 이미 《사랑하는 자》로 거들고 있었으며, 칵테일파티의 화제는 "야만적 의식"과 "병적 호기심"으로 돌아가고 있었다. 장의사 협회들은 앞다투어 포장할 말들을 찾아 나섰다. 성직자와 교육자와 심리학자—새로운 성직자—는 모여서 우리가 지금까지 쭉 해오던 것이 사실 어떤 목적에 도움이 된다고, 감정적으로 효율적이고, 심리학적으로 올바르다고 말했다. 이 점에서 우리는 많은 실적을 쌓아 두었다. 우리는—장의사들이 아니라 우리 종은—대체로 수천 년 동안 똑같은 일을 해 왔다. 아래로 땅을 파면서 위를 보고, 그 모든 것을 어떻게라도 이해해보려 하고, 우리의 죽은 사람들이 바위와 철쭉과 심지어 오랑우탄과 다른 방식으로 살았고 그 삶이 언급하고 기억할 가치가 있다고 말하기 위해 충분히 휴지休止를 두어가며 그들을 처리해 왔기 때문이다.

그러다가 케네디가 총을 맞고 죽고 그다음에는 리 하비 오스왈드가 죽고 우리는 그들을 묻으며 그해 십일월 말을 보냈다―우리 베이비붐 세대 대부분의 인생에서 첫 충격을 준 죽음들이었다. 텔레비전에서 보았던 다른 사람들은 금요일에 〈건스모크〉에서 총에 맞고 죽었다가 일요일 밤에 건강한 모습으로 〈보난자〉에 나타났다. 하지만 케네디는 아버지가 말하고 있던 그 죽음이라는 현실들 가운데 하나였으며, 우리는 그의 관과 장례행렬과 경례를 하는 어린 존과 선글라스를 쓴 미망인은 보았지만, 죽은 케네디는 결코 보지 못했다, 우리 대부분은. 그러다가 세월이 지난 뒤에 부검 사진이 풀리면서 보게 되었고, 모두 정말로 무슨 일이 있었는지 보려고 영화관에 갔다. 그 사이에 케네디는 죽은 게 아니라 어떤 값비싼 비밀 기계에 연결되어, 뇌는 없지만 숨은 쉬고 있다는 소문이 돌았다. 자프루더의 필름이 케네디가 죽은 게 틀림없다는 확신을 심어 주었음에도 우리는 믿을 수 없을 정도로 그를 떠받들었다. 물론, 우리가 사진으로 그가 죽은 것을 보게 되자, 그의 얼굴, 그의 몸을 보게 되자, 그는 다시 인간이 되었다. 사랑스럽고 불완전하고, 기억에 남을 만하고 죽어 있었다.

　내 세대가 자신들의 십 대 자식들에게 피자와 빅맥을 먹이면서 어떤 "가족 가치"를 주려고 애쓰는 것을 지켜보며, 어쩌면 글래드스턴이 제대로 보았을지도 모른다는 생각이 든다. 아버지가 제대로 보았다는 생각이 든다. 그들은 삶의 의미가 죽음의 의미와 떼려야 뗄 수 없이 연결되어 있다는 것, 애도는 뒤집어놓은 로맨스라는 것, 사랑한다면 마음이 아프고 예외는 없다는 것―그걸 잘 감당하는 사람과 잘 감당하지 못하는 사람이 있을 뿐이라는 것―을 이해했다. 만일 죽음이 창피나 불편으로 여겨진다면, 죽은 사람이 우리가 얼른 제거해야 할 귀찮은 것으로 여겨진다면, 삶과 산 사람들도 비슷한 대접을 받아야 한다. 맥장례식, 맥가족, 맥결혼, 맥가치.* 이것이 옛 영국인이 말하던 수학적 정확성이

＊ 모두 맥도널드에 빗대서 만든 말.

고, 우리가 어떻게 해야 할지 알게 될 거라고 말할 때 아버지가 이야기하고 있던 것이다.

따라서 그의 죽음, 그의 죽은 몸을 돌보는 것은 나에게 내 아들들, 내 딸이 출생하는 자리에 있는 것만큼이나 중요했다. 〈오프라〉에 출연한 어떤 전문가는 이것을 "치유"라고 말할지도 모르겠다. 〈도나휴〉에 출연한 다른 전문가는 "카타르시스"라고 말할지도 모르겠다. 저기 〈제랄도〉에서 그것은 "그에게 평생 가는 상처를 남겼을"지도 모른다. 샐리 제시 아무개는 "훌륭한 선택을 하는" 문제를 언급했을지도 모른다. 마치 탯줄을 자르고 기저귀를 갈아주는 남자나, 자존심 문제나 데이트 강간범과 맞서는 여자들 이야기를 하듯이.

그것은 선택이나 기능이나 심리적 올바름의 문제가 아니다. 죽은 몸을 다룰 때는 고를 수 있는 것이 제한되고, 선택의 폭이 좁다. 그것은 오래된 것이며, 그럼에도 불구하고 우리는 그것이 해야 할 일이기 때문에 지금까지 해 오던 것을 한다. 우리는 바퀴를 새로 발명하거나 그것을 변호할 필요가 없다, 내 세대는 늘 그렇게 하기로 결심한 듯이 보이기는 하지만.

저 건너 다른 섬에서는 그런 일을 하고 있다. 장례식을 "슬픔의 건강한 표현을 위한 수단"으로 재발명하려고 하는데, 물론 장례식이 그런 것이기는 하다. 또는 "심한 상실감에 대한 간략한 치료"로 재발명하려고 하는데, 물론 그런 것이기도 하다. "단계", "과정", "회복"에 대한 이야기가 나올 것이다. 어떤 사람은 "사후 돌봄", "장례 후 후속 서비스", '미망인 대 미망인' 프로그램, '익명의 애도자들'* 이야기를 하지 않을까? 그리고 오후에는 골프 코스를 돌거나, 스노클링을 하거나, 너무 이른 시간부터 칵테일을 마시기 시작할 것이다. 저녁식사 후에는 춤을 추러 갔다가 잠자리에 들기 직전에 집으로 전화를 하여 사무실에 별일이 없는지 확인하고, 매출을 확인하고, 자기 타운 사람들 가운데 누가 죽었는지 알아볼 것이다.

어쩌면 내일은 나도 배를 타고 건너갈지도 모른다. 가 보면 고참들 몇 명이 있을지도 모른다―아버지 세대 사람들, 문제가 생기면 한밤중에 전화를 걸 수 있는 사람들. 그들을

* 금주 단체인 '익명의 알코올중독자들'을 빗댄 표현.

보면 아버지와 글래드스턴이 생각난다. 어쩌면 그들은 나를
보니 그가 생각난다고 할지도 모르겠다.

밖으로 밀려난
죽음

죽음과 해는 정면으로 보면 안 된다.

- 라 로슈푸코, 《격언집》

돈 패터슨과 나는 토머스 크래퍼*를 생각하며 골웨이의 울프 톤 다리를 건너고 있었다. 한밤중에 골웨이에 문을 연 유일한 인도 식당에서 끔찍한 카레를 먹고 새벽 이른 시간에 돌아가는 길이었다. 밤공기는 온화했고, 우리 생각은 어느새 크래퍼가 한 이야기로 흘러가곤 했다. 우리 뒤의 공기는 위장에 찬 가스를 연료로 한 광포한 불로 타오르고 있었다. 끔찍한 카레였다.

아니면 왜, 쿠어트 '문학제'의 초대 손님으로 국제적으로 알려지지 않은 시들을 낭송하러 골웨이에 온 국제적으로 알려지지 않은 두 시인이 수세식 화장실의 발명의 의미에 관

* 크래퍼에는 변소라는 뜻이 있다.

하여, 그리고 그 발명자, 영원히 똥과 연결되는 이름을 가진 그 음울한 사람에 관해 이야기를 하고 있겠는가? 아니면 왜?

마침내 이곳에서 나의 가장 최근에 나온 시집을 진심이 보이지 않는 칭찬으로 저주한─그것도 《타임스 문학판》에, 제기랄─사람에게 복수를 할 기회가 생겼다! 사실 돈의 상당히 망가진 상태─밤늦도록 마신 술, 앞서 말한 카레─를 고려할 때, 나는 그를 코리브강에 거꾸로 던져 넣고, 빙 크로스비처럼 콧노래를 부르며 그가 떠올랐다 가라앉았다 하며 골웨이만으로 떠내려가는 것을 지켜볼 수도 있었을 것이다. 나쁜 음식과 후련한 복수의 결과로 벌렁 자빠져 죽어버린, 가스로 가득 찬 묘한 백조 한 마리. 그러나 사실 그 비평은 뭐, 나쁘다기보다는 "공정"했으며, 사실 어떤 식으로든 활자화된 것이 그렇지 않은 것보다는 낫다. 그리고 나는 돈을 좋아한다. 그는 붙임성 있는 스코틀랜드인이고, 던디 출신이고, 나와 마찬가지로, 세상사람 누구나 아는 시인은 아니지만 출중한 시인이다. 더 나쁠 수도 있었어, 나는 속으로 말한다. 우리는 크래퍼가 될 수도 있었어. 그리고 그는 여전히 술을 잘 마신다. 지나침이 그 나름의 보상이라는 것을 받아들이는 방식으로 마시는데 나는 결코 그렇게 마셔본 적이 없다. 내가 고향 미시간에서 영위하고 있는 절대 금주 생활에서 약간 기분이 전환되는 느낌이다. 그곳에서 나는 몇 년째 술을 전혀 마시지 않았으며, 사실 모든 "F" 단어*들로 고생을 하고 있다. 나는 사십 대fortyish고, 네 명의 아버지 father of four이고, 장례지도사funeral director이고, 블랙 부시 위스키에 취하던 날들로 돌아가면 벌어질지도 모르는 일들에 대한 두려움으로 가득하다full of fear. 그래서 마시지 않는다.

　내가 처음 아일랜드에 발을 디딘 것은 이십칠 년 전이었다. 내 집안에 대한 호기심과 윌리엄 버틀러 예이츠―이 사람은 국제적으로 알려진 시인이다―의 시에 대한 애정이 동인이 되어 스무 살의 나는 편도 비행기 삯 외에 백 달러

* 원래는 fuck이라는 비속어를 가리킨다.

를 저축하여, 하늘을 찌르는 자신감을 안고 아일랜드로 서둘러 출발했다. 내 세대의 몇 명은 당시 베트남으로 떠났지만 나는 닉슨 로토에서 높은 번호들을 뽑는 바람에 자유롭게 떠날 수 있었다. 내 자신감이 그렇게 하늘을 찔렀던 근거는 내가 너무 심각한 문제에 빠지면 부모가 구해줄 거라는 믿음이었다. 따라서 케루악이나 우디 거스리와 같다고는 할 수 없었지만, 어쨌든 길에 나섰다. 아니, 더 정확하게 말해서, 친근한 하늘을 날았다.*

사촌 토미와 노라 린치—남매였고, 독신남녀였다—를 찾아냈을 때 그들은 클레어 카운티 서해안의 모빈이라는 타운랜드**에 있는 초가집에 살고 있었다. 집의 바닥에는 판석이 깔려 있고, 전등 소켓이 둘, 핫플레이트와 개방형 화덕이 하나 있었으며, 배관은 되어 있지 않았다. 물은 밭 다섯 개를 내려간 곳에 있는 기적 같은 샘에서 거품을 일으키며 솟아났으며, 맑고 차갑고 깨끗했다. 나는 곧 귀중한 물을 뜨

---

* 미국 유나이티드 항공사의 광고 문구.
** 아일랜드의 최소 행정단위.

러 내려갈 때면 물통과 《클레어 챔피언》 몇 장을 움켜쥐고 가게 되었으며, 쭈그리고 앉아 볼일을 본 뒤에는 부고나 구인광고나 지역 뉴스로 밑을 닦았다. 그것이 내가 처음 맛본 '자유'였다—나의 조상이 살던 땅의 야외에서 똥을 누며 아침의 소리, 새의 휘파람과 바람의 노래로 이루어진 아침 찬가에 귀를 기울이는 것이.

토미와 노라는 소를 기르고, 건초를 쌓고, 낙농장에 갔는데, 여느 농부나 알고 있듯이, 똥은 그 일에서 큰 부분이다. 그것이 풀을 푸르게 하고, 풀은 소의 먹이가 되고, 소는 우유를 만들고 다시 똥을 눈다. 내부 연소 기관의 모범으로, 옛날 포드 자동차만큼이나 능률적인 폐쇄계였다. 따라서 똥으로 덮인 광대한 땅에 내가 보탠 약간의 배설물은 돈을 받고 곡을 하는 사람들의 개인적 슬픔처럼 거의 눈에 띄지도 않았고, 안전하게 익명이 되었다. 이것은 먹이 사슬의 모범이었다. 우리가 델모니코 스테이크나 티본 스테이크 앞에 앉을 때면 먹이의 성분들, 소똥 등등의 것들은 시간이 섞는 카드들 속에 사라진다. 우리가 베이컨이나 달걀 앞에 앉을 때 닭의 교접이나 돼지의 습관에 눈을 감는 것과 마찬가지다. 그 과정—죽은 물고기가 양파를 자라게 하고, 거름은 햄버거와 야채샐러드가 되는 과정—은 흐릿해진다.

좋은 삶이었다. 바라보고 들여다볼 것으로서 화덕의 불을 텔레비전이 대체하기 전 시골에 흔했던 노래와 이야기와 시로 이루어진 밤을 보낸 뒤면, 나는 작은 집 뒷문으로 나가 고조할아버지가 킬러시의 말 장터에서 묘목으로 집에 가져와 심은 산사나무들 사이에 자리를 잡았다. 그리고 밝은 창공을 올려다보면서 그때까지 마신 흑맥주를 오줌으로 내보냈고—나는 젊었고 너무 많이 마셨다—그렇게 배출하는 동안 광대한 창공, 어둠이 검은 만큼이나 천국이 자리 잡은 곳은 밝게 빛나는 창공을 올려다보며, '자유Liberty'를 생각하고 살아 있는 것에 감사했다.

세월이 흐른 뒤, 미시간 작은 타운의 리버티 불러바드에 있는 크고 오래된 집에 살게 되었을 때 이 몽상을 되살려보려고 노력하곤 했다. 내 장례식장 옆집에 살았는데, 타운 사람 한 명의 방부처리를 하고 이른 아침에 돌아오다 우리 집 뒷문 옆 고광나무 근처에서 발을 멈추고 하늘을 올려다보며 볼일을 보았다. 어떤 밤에는 오리온자리나 플레이아데스성 단을 찾아내고 희미한 기억 속에서 그 별들과 관련된 신화를 생각하며 몸과 마음의 삶에 감사하기도 했다.

골웨이의 오늘 밤에 창공이 그러했다. 돈과 나는 하이 스트리트 케니 서점의 유명한 녹색 입구 앞에 어깨를 나란히 하고 서서, 곧 기절할 듯한 인사불성 상태에서 유리에 비치는 별들 사이에 있는 우리 책, 우리 얼굴, 굵은 글자로 쓴 우리 낭독회 고지문을 보았다. 임박한 재앙의 전조인 위장의 가스에도 불구하고, 돈과 나는 살아 있는 것이 기뻤다. 봄날의 부드러운 공기 때문에 기뻤는데, 어떻게 된 일인지 이 공기는 던디나 미시간보다 골웨이가 달콤했다. 또 영혼의 내적 작용에 대한 보수를 받은 적이 있다고 말할 수 있는 사람이 거의 없는 상황에서 시를 나누어주었다고 돈을 준 것이 기뻤다. 또 아마도, '축제 위원회'가 도미니크 스트리트의 애틀랜타 호텔에 우리를 위해 방을 잡아준 것에도 기뻤을 것이다―단단한 침대와 수세식 화장실을 갖춘 방으로, 우리는 '부족들의 도시'*의 삼월 온화한 밤에 가스에 찬 채 그곳으로 향했다.

나는 지금도 웨스트 클레어에 집을 갖고 있다. 토미는 죽었고 노라는 그보다 이십일 년을 더 살았다, 노변爐邊에서 홀로 살았다. 그러다 아흔한 번째 생일을 코앞에 두고 죽었다. 황달에 걸린 깔끔한 주검으로, 췌장암 때문에 녹색으로 작게 변해 있었다. 그녀는 집을 나에게 남겼다. 내가 그녀의 가족이었다. 나는 그 첫 번째 방문 이후 매년 웨스트 클레어를 찾았다. 물론 사업을 일구고 자식을 만드느라 방문 기간은 짧아졌지만.

오빠 토니가 1971년에 죽었을 때 그녀는 자전거를 타고 타운으로 가 우체국에서 전화를 했고, 나는 비행기를 타고 날아가 늦지 않게 경야와 장례식에 참석할 수 있었다. 아마 그때부터 그녀는 나를 가장 가까운 친족으로—전화를 하면 반드시 와줄 사람으로—쳐주기 시작했던 것 같다. 또 그때부터 그녀는 자신의 장례를 나에게 맡기기로 마음먹었을 것

---

* 골웨이를 가리킴.

같다, 죽기 일주일 전까지는 전혀 언급을 하지 않았지만.

그 집에서 내가 바꾼 것 몇 가지 가운데 하나는 물론 화장실과 샤워장을 설치한 것이었다. 뒷문 밖에 방을 하나 만들고 마치 프랑스 매춘굴처럼 그 안에 욕실을 집어넣었다. 타일과 반짝거리는 설비까지 갖추었다. 나는 뒤쪽 건초 마당에 오수 정화 탱크를 묻고 이곳이 그런 노력 때문에 더 살 만하게 되었다고 선포했다. 내가 없을 때는 작가들에게 세를 주었다.

그러나 모든 사치품에는 손실이 따른다. 노라가 여든 살에 전화를 설치하면서 자전거를 탄 우편배달부 존 윌리 맥그라스가 편지를 갖고 길을 올라올 때의 흥분을 잃었듯이, 그리고 여든다섯 살 때 텔레비전을 설치하면서 그녀의 친구들이 구불구불 관계를 이어나가던 것을 버리고 〈달라스〉 재방송을 보게 되었듯이, 현대적인 화장실 시설을 도입하자 장이나 방광이 가득한 상태로 밤공기 속이나 아침 안개 속으로 걸어 나가 "자연에 가깝다"고 부를 수밖에 없는 방식으로 풍경을 공격할 자유가 모빈으로부터 영원히 제거되어 버렸다.

새로운 화장실의 핵심은 증거를 아주 서둘러 없앤다는 것이다. 수세식 화장실은 종교나 법도 결코 이룰 수 없는 방식으로, 그 어떤 단일 발명품보다 확실하게 우리를 "문명화" 했다. 눈에 보이는 것과 소리와 냄새로 우리 육신의 부패 가능성을 일깨워주던, 요강이나 건물 밖 변소에서의 아침 볼일은 이제 사라졌다. 크래퍼의 놀라운 발명 이래, 우리가 뒤의 레버를 움직이기만 하면 증거는 사라진다. 난처한 것을 제거하는 일종의 환희다. 이 역학이 사회학자 필립 슬레이터가 오래전 70년대에 《외로움의 추구》라는 책에서 "화장실 가설"이라고 불렀던 것이다. 그의 말이 옳았다. 불쾌한 것을 정기적으로 처리할 필요가 사라지자 우리는 그런 필요가 생길 때 그런 일을 하는 능력도 잃었다. 또 이런 재앙을 잘 알고 있는 공동체도 잃었다. 간단히 말해서, 똥과 관련된 일이 발생할 때 우리는 혼자라고 느낀다.

우리의 죽은 사람들도 마찬가지다. 우리는 그들 때문에 당황한다. 마치 손님이 오는 밤에 흘러넘치는 변기에 당황하는 것과 마찬가지다. 긴급 상황이다. 우리는 배관공에게 연락을 한다.

가끔 이제는 자신이 하는 일에 자신의 이름을 거는 회사는 변기 만드는 회사와 장례를 지도하는 회사뿐이라는 생각이 든다. 두 경우 모두 신뢰를 주고, 안정적이고, 틀이 잡혀 있고, 정직하다는 느낌을 주려고 노력하는 것처럼 보인다. 트위퍼드스 애더먼트, 아미티지 섕크스, 모엔 앤드 모엔, 콜러가 떠오른다. 다른 기업 대부분은 사업할 때 사용하는 "내거는 이름" 뒤에 숨어 있는 것 같다. 잡화점과 부동산 중개업자들은 바이라이트나 페이레스나 리얼 에스테이트 원* 같은 더 교묘한 법인 정체성을 내세우기 위해 소유자의 성을 포기했다. 의사와 법률가들도 그 뒤를 따라, 자신의 작은

---

* BuyRite, PayLess, Real Estate One은 각각 제대로 산다, 덜 낸다, 최고의 부동산 등의 뜻으로 이해할 수 있다.

간판을 거두고 애매한 정체성과 법인의 보호막을 갖춘 네온 간판을 내건다. 직물점과 식료품점, 가구점, 술집과 레스토랑—이 모두가 사라지고 지금은 의미 없거나 허구적인 명칭이 달린 몰과 마트와 슈퍼마켓만 남았다. 하지만 장례식장과 수세식 변기는 여전히 고집스럽게 함께 사업을 하는 사람들의 이름을 공포한다. 린치 앤드 선즈*가 우리 이름이다. 에고나 정체성 위기일까? 가끔 자문해 본다.

여기 리버티에서 내가 살고 있는 집은 1880년에 지어졌다. 처음에는 배관이 없었다. 지하에 빗물을 받는 수조가 있고, 아마도 부엌에는 펌프, 뒤뜰에는 라일락으로 둘러싸인 옥외 변소가 있었을 것이다. 부엌 옆은 분만실로, 그 시대의 상냥한 여자들이 그곳에서 아기를 낳았다. 분만실은 부엌 바로 옆에 있었던 것은, 모두가 알다시피, 아기를 낳는 것과 물을 끓이는 것은 당시의 보편적 지혜에서는 늘 연결되는 활동이었기 때문이다. 아기가 태어나 살 수 있을 것(이것은 당시에는 자신할 수 없는 일이었던 것이, 1900년에 사망

* Lynch & Sons, 린치와 아들들이라는 뜻.

자 가운데 반 이상이 열두 살 이하 어린이였다) 같다는 좋은 조짐을 보이면 종종 앞쪽에 있는 방에서 세례를 받았다. 그 방에는 사제나 부모들이 그 시대에는 식구에 포함되던 아주머니와 아저씨와 조부모들 사이에 서 있었다. 이곳에서는 모두가 존-보이들과 수전들이 등장하고 안녕히 주무세요 할아부지, 하고 인사하는 월튼네 사람들*처럼 보였다. 다들 대가족이었는데, 자비로운 산아제한이 가족을 엄마와 아빠와 2.34명의 조니와 수로 바꾸어 놓기 전, 복지국가가 가구를 엄마와 아기와 유령 같은 남자―웨스트 클레어에 빗대어 말하자면 "옷 가방에 넣어" 젖소들에게 "데려온 황소" 같은 존재―로 바꾸어 놓기 전, 부모가 사랑을 나눈 결과로 커진 가족이었다.

가정은 많은 출산과 많은 세대를 담을 만큼 컸다. 이들은 아기들이 태어나고 있는 동안 위층에서는 조부모가 닭고기 수프를 먹고 의사의 왕진을 받으며 늙어가다가, 아뿔싸, 죽고, 그러면 아래층 아기가 세례를 받던 바로 그 방으로 모

* 1970년대 미국 드라마 제목.

셔와 그 당시 표현으로 "염을 하던" 가족이었다. 출생과 죽음 사이에 연애가 있었다. 막 십 대를 벗어난 젊은 남녀들이 구애를 하고 애무를 하고, 그 모습을, 가족 내에서 자신이 지켜야 할 자리 때문에 아이를 돌보고 집안일을 하느라 재능을 포기한 노처녀 아주머니가 감독했다. 홀딱 반한 젊은 사람들은 "사랑의 의자"—서로의 눈을 들여다보고 손을 잡을 수 있을 만큼 넓었지만 눕는 것은 막을 만큼 좁았다—에 앉아 있곤 했다. 아주머니는 전략적으로 일정한 시간 간격을 두고 나타나 레모네이드, 차, 방 안 온도, 청년의 가족에 관해 물었다. 예법은 유지되었다. 자식들은 결혼을 했다, 종종 같은 방에서—사생활을 보호하는 동시에 접근이 용이하도록 커다란 쪽 미닫이문을 닫아놓은 방에서. 조부모의 경야를 보내고 갓난아기들이 세례를 받고 사랑이 고백되고 계약된 방—거실에서.

반세기, 두 개의 세계전쟁, 뉴딜이 지난 뒤, 가정은 작아지고 차고는 커지면서 사람들은 이런 큰 행사를 집 밖으로 옮겨갔다. 안정성보다는 이동성을 강조하게 되었다. 가족과 그들이 사는 가정의 구조는, 발명과 개입에 의해, 어떤 것들은 집 안에 있으면 안 될 것 같은 뒷골 당기는 느낌에 의해 완전히 바뀌었다. 그러면서 분만실은 아래층 "욕실"이 되었다―실내 배관의 깔끔한 기능에 대한 강조. 출산은 병원의 반짝거리는 병동에서 관리되거나, 아니면 진짜 로맨스를 보여주는 경우에는, 병원에 가는 길에, 차 안에서 이루어졌다. 널리 퍼진 허구에는 경찰차나 뷰익의 뒷자리에서 아기를 받는 불운한 공무원이나 택시 기사가 등장했다. 똑같은 뒷자리에서, 흔히들 말하기로는, 아기가 만들어지기도 했다―세실리아 아주머니의 감독 하에 구애하고 애무하던 것이 마호니 경찰관이 순찰 도는 곳에 "주차하는 것"으로 바뀐 것이다. 대부분의 중요한 일들과 마찬가지로, 연애도, 가는 길에, 이동 중에, 달아나는 중에, 차 안에서 이루어졌다. 은퇴자는 '태양의 도시'로 추방당했다. 나이 든 사람들은 위층 자신의 침대가 아니라 일련의 제도화된 장소, 즉 요양소, 양로원, 병동, 보양지에서 나이 들고 병들어 갔다. 그리고 그곳에서 죽었다. 1960년에 자신의 침대에서 죽을 수 있는 사람, 그것은 열 명 가운데 한 명도 안 되었다.

그들은 가정 밖에서 삶을 살았고 죽음을 죽었기 때문에

가족 거실에서 염을 하는 게 아니라 장례식장으로 옮겨지는데, 그곳의 건물은 오래전에 사라진 가족 거실처럼 보이도록 준비되어 있어, 안에 뭐가 잔뜩 들어간 가구, 양치류 식물, 장식용 골동품, 주름진 휘장, 그리고 죽은 사람들로 혼잡스럽다.

이렇게 해서 나의 사업이 생겨나게 되었다.

오줌을 누는 것과 장의 운동을 집 안으로 가져올 무렵, 출산과 결혼과 병과 죽는 것은 밖으로 밀어냈다. 함께 기도하는 가족은 교회에서 이야기하는 틀에 박힌 문구를 지켜 함께 머물렀던 반면, 함께 똥을 누는 가족은 좀처럼 함께 붙어 있지 않는다.

우리에게는 이제 거실이 없고, 노변이 없다. 대신 대형 화면을 통해 수많은 채널이 나오는 텔레비전의 빛이 깜빡이는 가족실이 있는데, 우리는 그 텔레비전으로 우리에게 익숙하지 않은 삶의 재방송을 본다. 부엌에서는 조리를 하지 않고, 식당에는 먼지가 쌓인다. 응접실은 거의 오지 않는 "손님"을 위해 마련된 일종의 영묘다. 사랑을 나누는 일은 휴가로 "탈출하는" 주말에 하이야트나 홀리돔에서 이루어진다. 새로운 가정을 건설할 때는 침실이 줄고 완전 욕실*은 늘어난다. (반 욕실을 완전 변소라고 부르지 않는 것에 주목하라.) 모두가 "개인 공간", 프라이버시를 갖고 있다. 아기는 데이케어에 맡기고, 노인은 애리조나나 플로리다로 가 양로원에서 자신들의 또래와 함께 있으며, 엄마와 아빠는 "꿈의 집"을 사거나 부부 침실을 대형으로 리모델링한 돈을 갚느라 바쁘게 뛰지만, 사실 그런 곳에서는 이제 중요한 일이 거의 일어나지 않는다.

이것이 내 장례식장에서 열리는 장례식에 핵심적 요소—결혼에서 태어나는 아기와, 가족의 삶에서 우리가 애도하는 죽음들 사이에 이루어지는 연결—가 빠져 있는 이유이기도 하다. 나는 장례식장에서 결혼식이나 세례식을 열지 않

* 욕조, 샤워기, 변기, 세면대가 모두 갖춰진 욕실. 반 욕실은 변기와 세면대만 갖춰진 욕실.

으며, 따라서 나에게 돈을 내는 사람들은 아마 우리의 삶과 죽음 사이의 분명한 관련을 보지 못했을지도 모른다. 또 우리에게 단 한 번 일어나는 일, 출생과 죽음, 또는 결혼의 경우에는 두 번일 수도 있지만, 어쨌든 그런 일을 기리는 의식이 똑같은 감정적 우편물―상실과 얻음, 사랑과 슬픔의 메시지, 상황이 완전히 달라졌다는 메시지―을 배달한다는 것을 보지 못했을지도 모른다.

변소를 실내로 가지고 들어오는 것이 배설물을 당혹스러운 것으로 만들었듯이, 죽은 사람과 죽어가는 사람들을 밖으로 밀어내는 것이 죽음을 그렇게 만들었다. 종종 나는 돈 패터슨과 내가 막 아미티지 섕크스에게 나쁜 카레의 처리를 부탁하려던 것과 같은 방식으로 죽은 아저씨를 처리해 달라는 요청을 받는다. 눈에서 멀어지면 마음에서도 멀어진다. 가 버리게 만들어라, 사라지게 만들어라. 단추를 눌러라, 사슬을 당겨라, 삶을 계속 이어가자. 물론 문제는 삶이, 열다섯 살짜리라면 누구라도 이야기할 수 있는 것처럼, 똥으로 가득하고 그 안에 죽음이 오직 한 번밖에 없다는 것이다. 우리 배설물을 무시하는 것은 모양이 좋아 보일지 모르지만, 우리의 필멸성을 무시하는 것은 "불균형", 일종의 영적 불규칙성, 심리적 압박, 인간성 폐색, 우리의 본성 자체의 부정을 만들어낸다.

노라 린치가 병이 들자 연락이 왔다. 에니스의 병원 의사는 한두 주, 기껏해야 한 달 남았으며, 통증이 심할 수도 있다고 말했다. 나는 '재의 수요일' 아침에 샤넌에 착륙했고, 병원에 가는 길에 에니스의 성당에 들렀는데, 그곳에서는 학생과 타운 사람들이 학교나 직장으로 가기 전에 재를 받고 있었다. 병원 간호사들은 내가 그들 가운데 누구보다도 거룩하다고 말했다. 비행기로 날아가 이마에 재를 묻혔는데 웨스트 클레어 시간으로는 아직 오전 아홉 시가 되지 않았다. 노라는 나를 보고 행복한 표정이었다. 나는 그녀에게 우리가 뭘 해야 한다고 생각하느냐고 물었다. 그녀는 모빈의 집으로 가고 싶다고 말했다. 나는 의사들이 모두 그녀의 죽음이 머지않았다고 생각한다는 이야기를 해주었다. "무슨 해될 게······." 그녀는 말한다. "우리 다 그렇잖아?" 그녀는 내 이마의 점에 밝은 눈을 고정시켰다. 나는 의사들에게 그녀가 집에 갈 준비를 할 수 있도록 하루 말미를 달라고 부탁했다. 카운티 보건소에서 방문 간호사가 매일 와주기로 하고, 지역 의사가 모르핀으로 통증을 관리하고, 나는 수프와 포리지와 아이스크림, 성인용 기저귀, 휴대용 변기를 준비했다.

다음 날 나는 그녀를 데리러 다시 에니스로 차를 몰고 가, 빌린 차 앞자리에 그녀를 앉히고 벨트를 묶은 다음 오래전 섀넌에 처음 착륙한 이래 늘 그녀를 향해 차를 달리던 그 길을 따라 서쪽으로 향했다—에니스에서 킬러시를 거쳐 킬키까지 한 시간, 그런 다음 해안도로를 따라 10킬로미터 정도 가면 카운티 클레어의 서단 반도, 섀넌 강어귀와 북대서양 사이에서 점점 좁아지는 타운랜드 모빈이 나왔다. 아일랜드의 사순절 둘째 날이었으며, 겨울이 파괴한 들에 녹색이 돌아오고 있었고, 아침은 소나기와 햇빛 사이를 왔다 갔다 했다. 집으로 가는 길 내내 길에서 그녀는 "모빈의 벼랑", "트랄리의 장미", "킬마이클의 아이들", "놀라운 주 은

혜"를 노래했다.

"노라." 나는 한 절이 끝나고 다음 절로 넘어가기 전에 말했다. "지금 노래하는 걸 들으면 아무도 노라가 죽는다는 걸 모를 것 같은데요."

"어떻게 되든 나는 집에 가잖아."

그녀는 부활절 전에 죽었다. 그 마지막 날들은 노변에서 보냈고, 이웃, 사제, 또 내가 거기 없을 때 그녀를 "시중들도록" 고용한 이웃 여자 앤 머레이와 만나는 시간은 점점 줄어들었다. 나이 차이가 예순이 나는 두 막강한 미혼 여자는 농사와 잃어버린 기회에 관해 이야기를 나누고, 자신의 삶을 남자들이 규정하는 게 내키지 않는다는 말을 했다. 죽음이 규정하는 것도.

나는 노라가 곡기를 완전히 끊은 것을 눈치챘고, 그 이유가 무엇인지 궁금했다.

처음 아일랜드에 갔을 때, 사반세기 전 그 겨울과 봄에, 노라와 나는 자전거를 타고 도너비에 있는 레건의 농장까지 내려갔다. 레건 부인이 심장마비에 걸렸는데, 우리는 먼 친척 관계였다. 가야만 했다. 주검은 침실에서 염을 했고, 침대 발치에는 미사 카드가 흩어져 있었다. 초가 타오르고 있었다. 성수가 뿌려졌다. 여자들은 방에 무릎을 꿇고 앉아 묵주 기도를 드렸다. 남자들은 마당에 서서 담배를 피우며 물가와 날씨 이야기를 했다. 어린 양키인 나는 여자들이 있는 쪽에 배치되었다. 레건 부인의 주검이 있는 방에서는, 초와 꽃과 이월의 냉기—방부처리를 하지 않는 타운랜드들에서는 고마운 것이다—에도 불구하고 위장의 불편을 드러내는 끔찍한 냄새가 났다. 고운 아마포 밑에서 레건 부인의 배는 구근 같았다. 마치 임신한 것 같았는데, 점점 커지는 것 같았다. 끝도 없는 묵주 기도 사이사이에 이웃 여자들은 불안한 눈길을 빠르게 주고받았다. 나중에 나는 소리 죽여 웅성거리는 가운데 퍼져나가는 뒷담화 속에서, 파티에 사족을 못 쓰는 낙천적인 여자인 레건 부인이 죽기 전날 삶은 캐비지와 양파와 햄으로 저녁을 차려 먹고, 그 뒤에 킬키의 히키 술집에서 반 파인트짜리 라거를 몇 잔이나 들이켰다는 이야기를 들었다. 이런 용서받을 만한 부절제는 죽음의 원인이 되지는 않았지만 그녀의 경야를 치르는 방 안의 답답한 공기에는 책임이 있었으며, 레건 부인의 주검의 무례로 인해 진혼 미사를 하루 당기고 아주 즐거운 경야를 줄이게 되자 노라는 그것을 "모양이 나쁘다"라고 말했다.

밤이면 노라는 침대로 기어들어가, 통증 때문에 약을 먹고 잠이 들었다. "콜린스가 우리 사람이야." 그녀는 마지막에 다가가자 그렇게 말했는데, 콜린스는 캐리가홀트의 장의사로 관과 영구차, 그리고 우리의 조상 패트릭 린치에 이르기까지 우리 집안사람들 모두가 잠들어 있는 모야타에 무덤을 파는 일까지 믿고 맡길 수 있다는 뜻이었다. 그녀는 내 이름이 적힌 통장을 넘겨주었다. 오래전 오빠가 죽은 뒤 내 이름을 추가했다고 말했다. "샌드위치하고 흑맥주하고 와인, 셰리 와인, 달달한 것이 충분해야 돼. 무덤을 파는 사람들한테는 위스키를 주고."

노라 린치는 깔끔한 주검이었다. 차분했고 배설이 없었으며, 황달기가 있었지만, 그녀가 죽은 방의 침침한 빛 속에서는 전혀 드러나지 않았다. 그곳은 그녀가 태어난 방이기도 했고, 그녀의 경야를 지내는 방이기도 했다. 그녀는 꼼짝도 하지 않았다. 그래서 우리는 삼월 말에 사흘 밤낮을 꼬박 경야를 치른 뒤 캐리가홀트의 교회로 그녀를 모셔갔다. 그리고 월요일에 그녀의 아버지와 그녀의 아버지의 아버지, 그리고 거의 구십 년 전 태어나서 바로 죽은 쌍둥이 남동생들이 들어가 있는 것과 같은 관 수납용 틀을 박은 무덤에 묻었다. 우리는 무덤 파는 사람들에게 위스키를 주고 그녀의 이름과 날짜를 새긴 돌이 그녀의 무덤과 섀넌 강을 굽어보게 세워놓았다.

그 모든 것을 감당할 충분한 돈이 있었다. 그녀는 저금을 해 놓았다. 사제들을 부르고 콜린스에 있는 가장 좋은 관을 쓰고 파이프 부는 사람들과 주석피리 부는 사람들에게 다

값을 치르고, 합창단에게도 조금 주었다. 또 조객들이 나중에 롱 독으로 가 음식과 스타우트로 배를 가득 채우고 기억과 노래를 교환하는 비용도 충분히 감당할 수 있었다. 훌륭한 경야이고 장례였다. 우리는 울고 웃고 노래하고 조금 더 울었다.

나중에 보니, 변기와 샤워를 넣은 방을 만들어 오래된 오두막—나의 고조할아버지가 받은 결혼 선물로, 내가 물려받았다—을 20세기가 다 가기 전에 가까스로 20세기식으로 바꾸어 놓기에 충분한 돈이 남았다.

지금도 나에게는 마당, 산사나무, 라일락, 고광나무, 하늘의 별, 그 자유가 주는 어두운 위로를 찾아 도기와 배관을 피하는 웨스트 클레어의 밤이 있고 미시간의 밤이 있다. 볼일을 볼 때마다 내 생각의 흐름은 늘 죽은 사람과 산 사람과 내가 사랑하는 사람들로 흘러간다.

노라 린치와 레건 부인, 그리고 우리 사이에 존재했던 그들의 삶이라는 축복을 생각한다. 최근에는 애틀랜타 호텔로 돌아가는 데 성공한 돈 패터슨을 생각했다—그는 그의 방으로 나는 내 방으로. 어쩌면 그가 무릎을 꿇은 채 변기를 끌어안고 우리 모두가 한 번 또는 한 번 이상 그랬듯이 그 소용돌이를 들여다보며 정면으로 보지 말아야 할 것의 목록에 크래퍼의 지독한 이름을 덧붙였던 것은 술 또는 카레 또는 변기 이야기, 아니면 그 모두를 합친 것 때문이었는지도 모르겠다.

두려움과
믿음

나는 무난한 유년을 보냈다. 자식들은 귀중하다는 어머니의 신념에 아버지의 무시무시한 경계심이 보태졌다. 그는 모든 것에서 위험을 보았기에, 늘 재난이 눈앞에 있었다. 우리를 노리는 어떤 폭력적 사태가 동네 가장자리에 숨어 부모가 한눈을 팔아 우리를 채갈 수 있는 순간만 기다리고 있었다. 아무리 순진무구한 기획에서도 아버지는 위험을 보았다. 모든 풋볼 시합에서 비장 파열을 보았고, 모든 뒤뜰 수영장에서 익사를, 모든 멍에서 백혈병을, 모든 트램펄린에서 부러진 목을, 모든 발진이나 벌레 물린 데서 치명적인 수두나 열병을 보았다.

　물론, 장의가 문제였다.

　그는 장례지도사로서 무작위적이고 비합리적인 피해에

익숙했다. 그래서 두려움을 배우게 되었다.

어머니는 큰 것들은 하느님에게 맡겼다. 어머니의 아홉 자녀 가운데, 그녀는 우리에게 즐겨 말하곤 했는데, "계획"한 것은 한 명뿐이었다. 우리 나머지는, 완전히 놀라운 일은 아니었지만―원인이 무엇인지 알았으니까―하느님의 선물이었고, 또 그렇게 받아들였다. 마찬가지로 그녀는 하느님이 보호해줄 것이라고 기대했으며, 수호천사들이 지정된다고 믿었고―나는 그녀가 그렇게 믿었다고 확신한다―그들의 일은 우리가 해를 입는 길로 가지 않도록 지켜주는 것이었다.

하지만 나의 아버지는, 갓난아기와 아이와 젊은 남녀의 주검에서, 하느님이 '자연의 법칙'에 따라 살며, 아무리 잔인한 법규라 해도, 그 법규에 복종한다는 증거를 보았다. 아이들은 중력과 물리학과 생물학과 자연선택으로 죽었다. 자동차 사고와 홍역과 토스트 기계에 꽂힌 칼, 집안의 극약, 장전된 채 놓아둔 총, 납치범, 연쇄살인범, 터진 충수, 벌에 쏘인 상처, 목에 걸린 단단한 사탕, 치료하지 않은 위막성 후두염 등 그는 하느님이 자연 질서를 번복하기를 원치 않는 사례를 너무 많이 보았다. 여기에는 허리케인과 운석과 다른 '하느님의 행동'*과 더불어 유년의 일탈로 인해 생기는 재난이 있었다.

그래서 나나 내 형제들 가운데 한 명이 여기저기를 가자고 하거나, 이것저것을 하자고 하면 아버지의 첫 번째 답은 거의 언제나 "안 돼!"였다. 바로 그런 일을 하던 사람을 막 묻은 뒤였기 때문이다.

그는 성냥을 가지고 놀거나, 헬멧을 쓰지 않고 야구를 하거나, 구명조끼를 입지 않고 낚시를 하거나, 낯선 사람이 준 사탕을 먹은 어떤 아이를 막 묻었다. 나의 형제자매와 내가 성숙해 감에 따라 그런 불운에 이르는 아이들의 행동도 성숙해 갔다. 우리가 나이가 들면서 죽음은 재앙보다는 미묘한 인간관계에서 발생하는 것으로 바뀌어 갔다. 번개에 맞은 아이들 이야기는 자살로 이끈 짝사랑, 과속과 음주나 약물 과용으로 죽은 십 대, 부주의하다는 것 외에는 달리 탓할 것 없는, 그냥 엉뚱한 시간에 엉뚱한 장소에 있는 바람에 당한 수많은 죽음의 이야기로 바뀌었다.

* 불가항력을 가리키는 말.

기도의 힘과 자신의 세심한 돌봄에 믿음이 있었던 어머니는 종종 아버지의 금지 명령을 번복하곤 했다. "오, 에드." 그녀는 저녁을 먹으면서 아버지와 말다툼을 하곤 했다. "애들을 그냥 내버려 둬! 아이들도 스스로 뭔가 배워야 해." 한번은 내가 길 건너 친구 집에서 자고 오는 것을 허락하지 않자 아버지한테 "우스꽝스러운 짓 좀 하지 마, 에드" 하고 말하기도 했다. "뭐야!" 그녀는 책망했다. "방금 지미 슈라이오크네 집에서 자고 오는 바람에 죽은 아이를 묻고 오기라도 한 거야?"

아버지는 어머니의 개입을 반대라기보다는 미쳐버린 세상에서 들리는 이성의 목소리로 여겼다. 그러나 그것은 이따금씩 어머니의 믿음이 아버지의 공포를 누르는 승리일 뿐이었다. 그녀가 강력한 증언을 들고 싸움에 나서면, 그는 술 취한 사람이 찬물과 뜨거운 커피를 대하는 듯한 반응을 보였다. 마치, 고마워, 그게 필요했어, 하고 말하는 것 같았다.

하지만 아버지의 공포는 진짜였고 근거가 없지 않았다. 주위 모든 사람이 사랑하고, 원하고, 보호하고, 쭉쭉 빠는 교외의 아이들도 아무런 보장이 없었다. 동네는 미친개, 말라리아를 옮기는 모기, 집배원이나 교사로 가장한 범죄자가 들끓었다. 그의 하루하루의 생활이 알려주듯이, 늘 최악의 사태가 당장이라도 벌어질 것 같았다. 그에게는 나비조차 수상쩍었다.

그래서 어머니는 기도를 하고 하느님의 자녀답게 단잠을 자는 반면, 아버지는 늘 깨어 있고, 늘 경계하고, 늘 전화벨 소리―혹시 장례식장에서 한밤중에 전화를 할 경우에 대비해―와 경찰과 소방서 통신을 청취하는 무전기 소리가 귀에 들리는 곳에 있었다. 어린 시절 아버지가 먼저 일어나나와 내 형제자매들이 잠을 깨기를 기다리지 않은 날은 단하루도 기억나지 않는다. 또 열아홉 살이 될 때까지 내가집에 사는 동안 우리가 집에 오기를 기다리지 않고 아버지가 먼저 잠든 밤은 단 하루도 기억나지 않는다.

매일 아침이면 아버지는 무전으로 들은 간밤의 새로운 재앙 소식을 전해주었다. 매일 밤이면 자신이 지도한 슬프고차분한 장례식 이야기를 들려주었다. 우리 아침식사와 저녁식사에는 혼자된 사람과 가슴 아픈 사람, 비참한 사람과 사별한 사람들이 함께 앉아 있었으며, 그들 가운데는 자식의죽음으로 치유할 수 없는 상처를 입은 부모도 있었다. 어머니는 그의 걱정에 맞서 슬쩍 어이없다는 표정을 지으며 우리에게 자유를 허락해 주었다. 결국 우리는 정식 야구를 하고, 캠핑을 가고, 혼자 낚시를 하고, 차를 몰고, 데이트를 하고, 스키를 타고, 당좌 예금 계좌를 열고, 다른 일상적이고 발달에 도움이 되는 모험을 하는 것을 허락받았다―어머니의 믿음이 아버지의 공포가 만든 산을 움직였다.

"놔둬." 어머니는 말하곤 했다. "하느님께 맡겨."

한번은 심지어 형 댄 대신 아버지와 싸워 이겨서 BB건을 갖게 해주었다. 그는 곧 그 총을 자기보다 어린 형제자매에게 겨누었고, 우리가 철모와 가죽 재킷 차림으로 이튿 공원을 가로질러 뛰게 한 다음 사격 연습을 했다. 현재 그는 육군 대령이며 우리 나머지는 총을 무서워한다.

어머니는 무관심한 것이 아니라 '삶과 죽음'의 일을 하늘에 계신 하느님에게 맡겼다. 그 덕분에 어머니는 마음 편하게 우리가 우리 잠재력을 최대한 발휘하며 사는지 확인하는 것을 하루하루의 관심사로 만들 수 있었다. 어머니는 "성품", "성실성", "사회에 대한 기여", "우리 영혼의 구원"에 관심이 있었다. 어머니는 하느님이 자녀들의 영혼에 대한 책임을 자신에게 직접 물을 것이라는 믿음을 감추지 않았으며—오늘날에는 급진적인 생각이다—따라서 그녀의 천국은 우리의 좋은 행실에 달려 있었다.

아버지에게는 우리가 어떤 행동을 하느냐, 우리가 어떤 인간이 되어 가느냐 하는 문제는 우리가 존재한다는 부서지기 쉬운 현실에 부수적인 것이었다. 그 가엾고 걱정 많은 사람에게는 '우리가 있다는 것'으로 충분했다. 나머지는, 아버지는 말하곤 했다, 불로소득이다.

물론 아슬아슬한 일들이 있었다. 흔한 독감, 수두, 홍역 뒤에 우리는 1960년대와 70년대에 십 대로 진입했다. 팻은 술집에서 싸우다가 불시에 머리를 맥주병으로 맞았고 병이 깨졌다. 에디는 차를 몰다 차가 다리에서 벗어나 강둑에 박혔지만 말짱하게 걸어 나왔다. 그는 부모에게 음주운전을 한 것으로 보이는 다른 차가 자기를 길에서 몰아냈다고 말했다. 우리끼리는 그것을 "에디의 채퍼퀴딕"*이라고

* 테드 케네디 상원의원이 자동차 사고를 낸 섬으로, 다른 차 없이 혼자 사고를 냈다.

불렀는데, 우리의 형제가 맥주와 코카인을 좋아한다는 것은 우리만 아는 비밀이었기 때문이다. 줄리 앤은 친구가 차로 나무를 받는 바람에 앞쪽 유리를 깨고 밖으로 튕겨 나갔는데, 머리가죽이 찢어지고 상처가 난 것 외에는 멀쩡히 살아서 그 이야기를 우리에게 해줄 수 있었다. 브리지드는 어느 날 밤 독한 술과 함께 약을 너무 많이 먹었는데, 동기가 무엇인지는 오랫동안 수수께끼였고, 오직 어머니만 알았다. 나는 대학 3학년 때 3층 비상구에서 떨어져 라틴어로 뭐라고 부르는 뼈 몇 개를 부러뜨리고, 골반 골절을 당하고, 척추 세 개가 압착되었지만, 의식은 말짱했다. 영문과 교수이자 스승인 시인 마이클 헤퍼넌이 먼저 아래로 내려와 내가 떨어진 곳으로 나왔다. 나는 약간 어리둥절한 표정으로 숨을 헐떡이고 있었던 모양이다. "머리를 부딪혔어?" 그는 내가 살아 있다는 것을 확인한 뒤 계속 그 질문을 했다. "오늘이 무슨 요일이야?" "미국 대통령이 누구야?" 나는 그에게 뇌손상을 입지 않았다는 것을 보여주기 위해 "J. 앨프리드 프루프록의 연가"를 읊었다―나중에 듣기로는 감동적인 암송이었는데, 다만 화자가 "나는 늙어가고…… 나는 늙어가고…… 바지 밑단을 접어 입게 될 거야" 하고 말하는 이행 연구를 지나갈 때 트림을 한 게 흠이었다는 이야기를 들었다. 그런 뒤에 나는 토했는데, 추락 때문이 아니라 내 목숨을 구해주었다는 명예를 얻은 J. W. 댄트 버번 때문이었다. 추론에 따르면, 나는 켄터키 사워 매시*를 양껏 들이킨 덕분에 몸이 유연해져 영구적 손상을 면했다.

병원에서 눈을 떴을 때 아버지의 얼굴이 보였는데, 그 표정은 평생 잊지 못한다. 분노와 안도로 일그러진 얼굴은 자신과 전쟁을 벌이고 있었다. 또 나와 함께 병원까지 온 친구들, 함께 놀던 사람들이 만들어낸 동물원 같은 광경에도 놀라고 있었다. 헤퍼넌 교수는 트위드와 버튼다운 차림으로 정직한 시민인 척 꾸밀 수 있었지만, 물리학과 비교종교학을 공부하고 학기 대부분의 시간에 캠퍼스 변두리 어딘가에서 살며 학생회관에서 음식 찌꺼기를 뒤져 먹는 월트 휴스턴은 그렇지 못했다. 다량의 카페인을 섭취한 뒤─블랙커

---

* 위스키 등의 증류에서 젖산 발효를 높이기 위해 묵은 진국을 조금 섞은 원액.

피를 몇 단지 마신 뒤 담배 한 상자를 다 먹어치웠다―징병 신체검사에서 떨어지는 데 성공한 마일스 로렌첸도 마찬가지였다. 나중에 마일스는 마리화나 불법 소지로 감옥에서 힘든 시절을 보냈으나, 석방 한 달 뒤 마리화나 소지는 이십 달러 벌금형을 받는 경범죄로 바뀌었다. 더 심한 경우는 글렌 윌슨으로 그는 맥주 식스팩을 마신 뒤에 유일하게 하는 말이 늘 "극단적이야, 이 사람아!"였는데, 이렇다 할 이유도 없이 전혀 어울리지 않는 상황에서 그 말을 하곤 했다. 해로울 것 없는 술꾼과 아무 일도 안 하는 사람들, 아버지는 내가 고른 친구들을 수상쩍게 바라보았다.

어머니는 내가 죽지 않은 것을 하느님에게 감사하고 나를 물끄러미 응시했는데, 꽤나 연습을 한 것 같은 눈길이었다―사랑하는 사람의 취한 상태를 마주하며 오랜 고난을 겪은 사람의 차가운 눈길이었다. 아버지는 그 전해에 술을 끊고, 금주협회에 가입하여 모임에 나가기 시작했다. 형제들과 나는 약간 놀랐다. 전에 아버지가 술에 취한 것을 본 적이 없었기 때문이다. 나는 그전에 이모가 큰 소리로 아버지가 술 마시는 것을 불평하는 말을 들은 적이 있었다. 아마 여섯이나 여덟 살 때였을 것이다. 나는 다음 블록에 있는 팻 이모네 집까지 행진해 가 들어가자마자 아버지는 술꾼이 아니라고 말했다. 한번은 할아버지가 죽은 뒤의 크리스마스에, 아버지와 어머니가 늦게 집에 오는 소리를 들었다. 아버지가 약간 소리를 지르고 있었다. 나는 슬픔 때문이라고 생각했다. 아버지는 의사를 부르라고 고집을 부렸다. 심장마비가 오고 있다는 것이었다. 의사는, 내 생각에는, 아버지를 편들어주려고, 마치 술 이외의 다른 문제가 있는 것처럼 행동했다. 어쨌든 내가 발코니에서 다이빙을 했을 때 아버지는 일 년의 금주 경험을 확보하고 있었기에 내가 술에 취했다는 걸 모를 리가 없었다. 그러나 아버지는 저주 대신 축복을 보았다. 아들이 좀 망가지기는 했지만, 수리 가능하고 여전히 살아 있었던 것이다.

이제 두 부모 모두 세상을 떴는데, 내 생각에, 아버지의 천국의 변함없는 핵심 조건은 자식들 가운데 아무도 그곳에 없는 것이고, 어머니의 천국의 핵심 조건은 우리 모두가 늦든 빠르든, 틀림없이 자신을 뒤따를 것이라는 직관일 것이다.

우리는 부모에게서 본 대로 자식들에게 부모 노릇을 한
다. 부모가 나에게 정말 의미를 갖게 된 해는 1974년이었
다. 이월에 나의 첫 자식이 태어났다. 유월에 우리는 밀퍼드
의 장례식장을 매입했다. 나는 출생과 사망이 주목을 받는
타운에서 새로운 부모이자 새로운 장의사였다. 그런데 내가
주목하게 된 것은 우리에게 처리해 달라고 요구하는 사산
아와 사망한 태아의 수였다. 이십 년 전에는 근처에 병원이
없었다. 타운 내에는 진료실이 모인 건물이 없었다. 따라서
태아를 돌보는 일에 아쉬운 점이 많았으며, 우리는 그 시절
매년 백 명의 어른 장례 외에 여남은 명의 유아―사산아
나 살아서 태어났지만 어떤 이상 때문에 곧 죽은 아이, 또
몇 년 동안은 매년, 지금은 유아 돌연사 증후군이라 부르지
만 당시에는 아기 침대 사망이라고 부르던 것으로 죽은 아
이―를 감당해야 했다.

나는 이 아기들―판별할 수 있는 원인을 찾지 못한 채 죽은―의 엄마 아빠와 함께 앉아 있곤 했다. 그들은 숨 쉬는 것도 잊고, 이 모든 일을 어떻게든 조금이라도 이해해 보려고 애를 썼다. 보호하고 돈을 내는 것이 자기 의무라고 여기던 아버지들은 무력감을 느꼈다. 어머니들은 내장에 고통을 넣고 다니는 듯했고, 그 때문에 곧 부서질 것처럼 보였다. 그들의 얼굴에 적힌 압도적 메시지는 이제 아무것도 중요하지 않다는 것이었다, 아무것도. 우리는 소규모 경야와 무덤가 예배를 준비하고, 분홍색과 파란색을 서로 뒤집어 사용할 수 있는 천이 내부에 깔린 아주 작은 관을 주문하고, 조객이 찾아올 때 관을 올려놓을 "아기용 관가棺架"의 먼지를 털고, 유족이 받은 상처를 고려하여 모든 절차와 장식을 축소했다.

노인을 묻을 때 우리는 알려진 과거를 묻는다. 가끔 실제보다 나았을 수도 있다고 상상하는 과거지만, 어쨌거나 과거이고, 그 일부에는 우리가 살았다. 기억은 압도적 주제이지만, 궁극적으로는 위안이다.

하지만 유아를 묻을 때 우리는 미래, 모양이 없고 알려지지 않았고, 장래성과 가능성이 가득하고, 우리의 장밋빛 희망들이 강조하는 결과를 낳을 미래를 묻는다. 슬픔에는 경계가 없고, 한계가 없고, 알려진 끝이 없고, 모든 묘지의 모퉁이와 담장 근처 등 변두리를 차지하고 있는 작은 아기 무덤들은 절대 슬픔을 담을 수 있을 만큼 크지 않다. 어떤 슬픔은 영원하다. 죽은 아기들은 우리에게 기억을 주지 않는다. 우리에게 나쁜 꿈을 준다.

아버지이자 장례지도사이던 시절, 아기를 만드는 데도 신참이고 아기를 묻는 데도 신참이던 그 처음 몇 년이 기억난다. 나는 한밤중에 일어나 내 아들들과 딸이 자고 있는 방들로 슬며시 들어가, 아기 침대에 허리를 구부리고 아이들이 숨 쉬는 소리를 들었다. 그걸로 충분했다. 나에게는 우주비행사나 대통령이나 의사나 법률가가 필요하지 않았다. 그저 아이들이 숨을 쉬기를 바랐을 뿐이다. 아버지와 마찬가지로, 나도 두려움을 배우게 되었다.

아이들이 자라면서 나에게 묻어달라고 하는 죽은 소년소녀들의 몸도 자랐다―유아는 걸음마를 하는 아기가 되고, 걸음마를 하는 아기들은 초등학생이 되고, 초등학생은 사춘

108

기 청소년들이 되고, 그러다가 십 대, 그러다가 젊은 성인이 되어, 그들 부모를 어린이 야구단이나 브라우니즈나 사친회나 로터리나 상공회의소에서 알게 되었다. 나는 아이들 관을 재고로 쟁여두지 않으려 했기 때문에 필요한 일이 생기면 주문을 했다. 2피트에서 5피트 6에 이르는 제 사이즈와 반 사이즈. 종종 아직 카운티 시체보관소에서 나오지 않은 죽은 아이의 몸을 안전하고 건강하게 살아 있는 내 아이들의 몸 크기에 견주어 추측하기도 했다. 내가 주문하는 관들은 하나같이 "순수와 황금" 주제로, 모퉁이에 천사들이 있었고 내부는 파우더리 핑크나 베이비 블루의 주름 잡힌 크레이프 천이었다. 나는 관의 도매가만 받고 우리 서비스는 무료로 제공하곤 했는데, 그 대가로 그저 사람을 공허하게 만드는 아이 부모의 슬픔이 나에게 전염되는 일은 면해주기만 바랄 뿐이었다.

"순수와 황금"에 예외가 있었다. 지금도 이름이 기억나는 남자가 아이들 어머니가 시내에서 웨이트리스로 일하고 있는 동안 각각 여덟 살과 네 살짜리 자식 둘을 총으로 쏘고 자살한 일이 있었다. 우리는 손잡이에 '최후의 만찬'이 있는

18게이지 강철에 그를 안치하고, 그의 딸과 아들은 짝을 이루는 관에 함께 안치했다. 돈은 전혀 받지 못했다. 아이들 어머니는 집을 팔고, 허겁지겁 떠났다. 나는 추적하지 않았다.

한번은 크리스마스 철에 여섯 살짜리 쌍둥이가 이 타운을 가로지르는 강의 얼음에서 빠졌다. 강은 그들의 뒷마당을 통해 흘렀는데 그들이 함께 빠진 건지 아니면 한 명이 다른 하나를 구하려 한 건지는 아무도 모른다. 한 명은 그날 발견되었고 나머지는 이틀 후, 소방관들이 댐 옆의 얼음을 깬 뒤 하류에서 떠올랐다. 우리는 그들을 베개 두 개를 넣은 한 관에 안치하고 키를 딱 맞추었다. 아이들 어머니가 크리스마스 선물로 시어스에서 우편 주문한 새 오시코시 비고시 청바지와 격자무늬 셔츠를 입혀 놓으니 둘이 똑같았다. 당시 젊었던 아이들 아버지는 하룻밤 새에 폭삭 늙더니 오 년이 지나지 않아 슬픔 외에는 이렇다 할 원인 없이 죽었다. 어머니는 전이된 슬픔이라는 암 뒤에 진짜 암에 걸려 죽었다. 유일하게 남은 쌍둥이의 형은 이제 서른 가까이 되었을 텐데, 이곳을 떠난 지 오래다.

얼굴을 다치기나 한 것처럼 일그러진 표정의 가난한 남

자가 기억나는데, 그의 부인은 여덟 살 난 아들을 허리띠로 목 졸라 죽였다. 그런 다음 14페이지짜리 유서를 써, 읽는 게 느린 아들이 평생에 걸쳐 조롱을 당하고 실패할 것이라고 생각하여 자신이 아들을 그런 인생으로부터 자유롭게 해 주기로 했다고 이유를 밝혔다. 그런 다음 마흔 알 가까운 약을 먹고 아들 옆에 누워, 자신도 죽었다. 처음에 남자는 벚나무 관을 골라 그들을 함께 안치했다. 아들은 어머니의 겨드랑이 밑에서 쉬고 있었다. 그러나 매장 전에 그는 아들을 어머니의 관에서 꺼내 별도의 관에 안치하고 별도의 무덤에 묻어 달라고 요청했다. 나는 그가 지시하는 대로 했고, 그것이 사리에 맞는다고 생각했다.

그래서 초기부터 나는 나의 아버지의 두려움을 배웠다. 우리 아이들의 모든 움직임이 잠재적으로 치명적인 결과를 만드는 게 눈에 보였다. 우리는 장례식장 옆의 오래된 집에서 살았다. 아이들은 옆 마당에서 축구를 하고, 주차장에서 롤러스케이트를 타고, 이어 스케이트보드를 타고, 자전거를 타고, 그다음에는 차를 운전하면서 성장했다. 아이들이 열, 아홉, 여섯, 네 살일 때, 아이들 어머니와 나는 이혼했다. 그녀는 다른 곳으로 갔다. 나는 양육권을 "수여"받았다―보고만 있어도 내가 실패자라는 느낌을 안겨주는 몹시 애처로운 네 아이들을. 차츰 이혼이 제공하는 탈출의 느낌에 대체로 만족하다가―결혼은 참혹한 사건이 되고 말았기에―혼자서 부모 노릇을 하는 것은, 다른 무엇보다도, 아이들을 지켜볼 눈이 한 쌍이라는 뜻임을 문득 깨달았다. 두 쌍이 아니라. 땅에 갖다 댈 귀도 한 쌍이었다. 그들과 위험 사이에 끼울 몸이 하나였다. 정신이 하나였다. 갈등은 줄었지만 걱정은 늘었다. 집 자체가 위험했다. 모든 싱크대 밑에는 독이 있었고, 모든 전기 기구에는 감전이 있었고, 지하실에는 라돈이 있었고, 새끼고양이 깔짚에는 전염이 있었다. 하지만 법정에서 내가 부모로서 더 "적합"하다고 선포했기 때문에 나는 그런 부모가 되기로 결심했다.

나는 일찍 일어나, 아이들이 시리얼을 먹는 동안 도시락을 싸고, 다 먹으면 아이들을 학교에 태워다 주었다. 정오에 와서 세탁과 청소를 할 가정부를 두었고, 막내가 유치원에서 돌아올 때는 집에 있었다. 아홉 시 삼십 분부터 네 시까지 사무실에 있다가 저녁을 준비하러 집에 왔다. 저녁은 주로 스튜였고, 파스타, 치킨 앤드 라이스였다. 아이들은 절대 내가 준비한 만큼 먹지 않았다. 그다음에는 숙제와 무용 교실과 야구가 있었고, 그다음은 침대였다. 다 끝나면, 아이들이 잠자리에 들고 집이 전기 기구, 세탁기와 건조기와 전축으로 윙윙거리는 소리를 낼 때면, 텀블러에 아이리시 위스키를 따라 윙백 의자에 앉아 담배를 피우고 술을 마시며 가만히 귀를 기울였다—다음에 무슨 일이 일어날지 경계하는 마음으로.

밤이면 대부분 피로나 위스키나 그 둘 다 때문에 의자에 앉은 채 정신을 잃었다. 그러다 침대로 기어 올라가, 드문드문 자다가, 다시 일찍 일어났다.

두려움의 가난한 사촌이 분노다.

그것은 우리 아이들이 혼잡한 거리로 달려 들어가기 전에 양쪽을 살피지 않을 때 우리 안에서 솟아오르는 격한 감정이다. 또는 함정에 빠지거나 문제가 생기지 않도록 우리가 늘 제공하는 무료 조언을 가슴에 새기지 않을 때도. 그것은 엉덩이를 때리거나 말로 채찍질을 하거나, 문을 쾅 닫거나, 개를 걷어차거나, 주먹을 불끈 쥐게 하는 것이다―우리를 아프게 하는, 하느님 우리를 도우소서, 사랑이다. 슬픔이다. 우리가 아무 힘을 쓸 수 없는, 전혀 힘을 쓸 수 없는 삶의 현실에 대항하여 벌이는 전쟁이다. 그것은 영웅과 배우들에게는 도움이 되지만, 아이를 기르는 방법은 결코 아니다.

내가 영웅적으로 분노하여, 숙취에 시달리며 내 삶의 통제 불가능한 사실들에 격분하며 잠을 깨는 아침이 있었다. 내 사업의 끊임없는 요구, 내 침대의 쓸쓸함, 망가진 물품 같은 아이들의 모습. 내가 정말로 화를 내는 대상은 결코 아이들이 아니었지만, 아침 다섯 번 가운데 세 번 그 화를 뒤집어쓰는 것은 아이들이었다. 그러나 한 번도 때리거나, 하느님 감사합니다, 소리를 지르지는 않았다. 자로 잰 듯한, 꼼꼼하게 정리된 말로 표현했다. 나는 부글부글 끓었다. 그런 뒤에는 술꾼이 사랑하는 사람에게 그러듯이 사과를 하고, 용돈을 두둑이 주고, 환심을 사 용서를 빌곤 했다. 그러다가 술을 끊었다. 두려움이 완전히 사라지지는 않았지만, 분노는 잠잠해졌다. 나는 금주에 성공했다기보다는 술을 마시지 않는 술꾼인 셈이었으나, 결국은 풀려난 것에 화를 내기보다는 감사하고 있음을 깨닫게 되었다.

그러나 내가 아는 한, 두려움에 대한 현재 알려진 유일한 치료는 믿음뿐이다―누군가 여기에서 책임을 지고 있고, 신분증을 확인하고, 경계선을 살펴보고 있다는 느낌. 믿음은 나의 어머니가 말한 것이다. 마음을 비우고 하느님께 맡겨라―우리가 통제할 수 없지만 늘 환영하는 미지의 세계로의 도약. 어떤 날은 당연한 소리를 하는 것처럼 들린다. 어떤 날은 우리가 완전히 혼자라는 느낌이 든다.

이런 일이 일어나기도 했다. 나는 막 이름이 스테파니―석공들의 수호성인이자 첫 순교자인 성 스테판에서 따온 것이다―인 소녀를 묻었다. 아이는 가족과 함께 조지아로 가는 길에 주간 고속도로를 달리다가 밴의 뒷자리에서 잠이 든 상태에서 묘지 표지석에 맞아 죽었다. 한밤중이었다. 가족은 매달 십삼 일에 '축복받은 어머니'가 나타나 신자들에게 말을 건넨다는 조지아의 한 농장으로 가려고 그날 저녁 미사간에서 출발했다. 어둠 속에서 고속도로를 따라 켄터키 주 한복판을 달리는데, 남쪽으로 삼십 분가량 떨어진 곳에서 지역 남자아이들 몇 명이 달리 놀 것이 없어 공동묘지에서 묘석들을 쓰러뜨렸다. 그들은 14파운드 정도 나가는 묘석을 하나 뽑아들었다―돌이었다. 아이들이 그걸로 뭘 하려고 했는지는 아무도 모른다. 아이들은 주간 고속도로를 건너는 육교를 건너다 전리품을 계속 가지고 다니는 것이 짜증이 났다. 육교 밑으로는 남쪽을 향해 질주하는 자동차들의 불빛이 꼬리를 물고 있었고, 아이들은 악의가 있다기보다는 장난으로 그것을 난간 너머로 던졌다. 바로 이 순간 스테파니의 아버지가 몰던 밴이 지역 공동묘지에서 훔친 표지석과 만났다. 돌은 초속 32피트로 땅을 향해 떨어지고 있었다. 밴은 시속 70마일로 남쪽으로 달리고 있었다. 돌은 앞 유리를 박살 내고, 스테파니의 아버지의 오른쪽 어깨를 스치며 조수석에 앉아 있던 어머니를 깨우고 앞의 의자 두 개를 나누는 공간을 가른 뒤 뒷좌석에 누워 자고 있던 스테파니의 가슴을 때렸다. 스테파니는 남동생과 막 자리를 바꾸어, 남동생은 밴의 맨 뒷자리에서 다른 두 누이에게 바짝 붙어 웅크리고 있었다. 돌은 스테파니를 바로 죽이지 않았다. 그러나 흉골이 부서졌고, 아이의 심장은 손쓸 수 없을 정도로 망가졌다. 트럭 운전사가 차를 멈추고 무선으로 구조를 요청했지만, 금요일 새벽 두 시 켄터키주의 이름 없는 곳에서 구조는 시간이 걸린다. 가족은 길가에서 묵주 기도를 암송하며 기다렸고 스테파니는 숨을 헐떡이며 신음을 토했다. 두 시간 뒤 병원에서는 아이의 사망을 선고했다. 스테파니의 어머니는 뒷자리에서 돌을 발견하여 당국에 넘겼다. 거기에는 포스터 구역이라고 적혀 있어, '부활 공동묘지'의 '포스터 구역'의 모퉁이 표지석이라고 추정할 수 있었다.

가끔은 복수의 선택지처럼 보인다.

A: 그것은 '하느님의 손'이었다. 하느님이 13일의 금요일에 잠을 깨 "나는 스테파니를 원해!" 하고 말했다. 그렇지 않고서야 이 괴상한 사건들의 운명적 교차를 달리 어떻게

설명할 수 있겠는가. 그 사실들을 천천히 말해 보라, 그러면 하느님이 손수 한 일처럼 들릴 것이다. 만일 결과가 달랐다면 우리는 그것을 기적이라고 부를 것이다.

또는 B: 그것은 '하느님의 손'이 아니었다. 하느님은 그것을 알았고, 곧 소식을 들었지만, 손도 까딱하지 않았다. 우리가 '자연법칙'―중력이나 물체들의 운동과 정지―에 얼마나 의존하게 되었는지 알기 때문에, 하느님 자신은 무작위적으로 또는 의도적으로 결과를 조작하지 않는다. 하느님은 우리에게 이 사실을 알릴 수밖에 없다는 것을 안타까워하지만, 틀림없이 우리도 하느님의 입장을 이해하게 될 것이다.

또는 C: 악마가 한 짓이다. 만일 믿음이 '선'의 존재를 뒷받침한다면, '악'의 확률도 뒷받침할 것이다. 가끔 '악'이 우리를 앞지르기도 한다.

또는 D: 위의 것들 모두 아니다. 거지 같은 일은 일어난다. 그게 '인생'이다, 그걸 극복해라, 그렇게 알고 잘 지내라.

또는 E: 위의 모든 것이다. 신비―수십 알로 이루어진 묵주의 신비*―영광의 신비와 슬픔의 신비.

이 가운데 어떤 답도 내가 물려받은 것을 조금도 건드리지 못한다—나의 아버지의 두려움, 나의 어머니의 믿음. 만일 하느님의 뜻이라면, 하느님은 부끄러운 줄 알아야 한다, 이것이 내가 하는 말이다. 그게 아니라면, 하느님은 부끄러운 줄 알아야 한다. 둘은 똑같은 말로 들린다. 나는 계속 '전능하신 분'에게 주먹을 휘두르며, 십삼일 아침에 어디 계셨습니까? 하고 묻는다. 알리바이는 매일 바뀐다.

　물론 답, 믿음은 요구하지 않는 답, 미리 마련되어 있지 않은 답은 스테파니의 부모를 비롯하여 오랜 세월 내가 알았던, 그들과 같은 처지에 있는 수백 명이 직접 찾아야 할 것이다.

* 가톨릭에서 묵주를 이용해 예수의 삶과 죽음의 사건들을 명상하는 것.

나는 크리스마스까지 스테파니의 묘석을 준비하겠다고 약속했다—사실, 12월 26일인 성 스테판의 날에 맞춘 것이었다. 그날 우리는 모두 '선한 왕 벤체슬라스'*를 부른 것이 기억난다. 스테판은 신성모독으로 고발되어 서기 35년에 돌에 맞아 죽었다.

딸을 위한 무덤을 사기 위해 처음 스테파니의 부모를 묘지에 데려갔을 때, 아이 어머니는 길에 서서 '부활한 그리스도'상을 가리켰다. "아이가 저기 있으면 좋겠어요." 그녀가 말했다, "예수님의 오른편에." 우리는 그 구역을 가로질러, 그리스도의 쭉 뻗은 화강암 오른팔 밑, 아무 표지가 없는 텅 빈 공간으로 갔다. "여기요." 스테파니의 어머니가 말했다. 그녀의 젖은 눈은 위로 올라가 그리스도의 잿빛 눈을 보고 있었다. 스테파니의 아버지는 이웃한 무덤의 이름을 읽으며 눈이 점점 가늘어졌다. 거기 적힌 이름은 포스터였다. 그 이름은 돌에 새겨져 있었다.

---

* 크리스마스 캐롤로, 12월 26일 스테판의 잔치에 가난한 자들을 도우러 나간 보헤미아의 왕을 기리는 노래.

사랑의
죽음과 구원
그리고 시

사태는 우리가 신을 생각할 수밖에 없는 방식으로 전개된다. '우연'에 맡겨두면, 벌어지는 과정에서 무시무시할 수도 있는 대칭과 질서를 얻는다. 여기에서 일어나는 일은, 마치 계획이라도 한 것처럼, 다른 곳에서 일어나는 일과 교차한다. 우연의 일치는 자신의 차례가 왔을 때 원인과 결과의 내밀한 결합을 증명하는—처음에는 속삭임으로, 그다음에는 뻔뻔스럽게 확신을 갖고 큰 목소리로, 왜냐하면, 왜냐하면, 하고 말한다—상관관계에 자리를 양보한다. 결국 모든 것이 수상쩍어진다. 세차를 하자 비가 온다. 그녀가 그 향수를 쓰자 그는 욕망으로 정신이 어찔해진다. 네가 그 곡을 휘파람으로 부는 한 호랑이는 나타나지 않는다. 아이러니인가? 우연인가? 아니면 그 곡조가 호랑이를 꼼짝 못 하게 하는 것인가? 의도적으로 그 도미노들을 건드리는 운명의 또는 운명의 '창조자'의 손가락. 오랜 세월에 걸쳐 도미노가 기우는 것이 역사다.

이 년 전 나의 친구이자 스승인 시인 헨리 뉴전트는 갑자기 두 번째 결혼이 깨지면서 고뇌에 사로잡혔다. 돌이켜 보면 늘 조짐이 보인다. 십 대들과의 문제, 나이 든 부모의 죽음, 직업적인 자리 잡기와 실망. 가늠할 수 없는 중년의 위기들에 십칠 년간 버텼던 결혼 생활의 일반적인 스트레스가 보태져, 그 뒤로 한 해를 더 버티지 못했다.

그들은 켄터키주 남동부의 한 작은 주립대학에서 그가 영문과 부교수이고 그녀가 학생이던 시절 만났다. 욕정과 불신에서 태어나 잘 맞지 않는 짝으로 자식 없이 칠 년간 이어지던 첫 번째 결혼은 재산이나 자손이 쌓이기 전이라, 그들 말대로, 우호적으로 버려졌다. 헨리 뉴전트는 서른이지만 소년 같은 잘생긴 얼굴에, 종신직 교수를 향해 나아가고 있었고, 이렇다 할 감정적 짐은 없는 것 같았으며, 서가에 꽂힌 첫 시집이라는 형태로 문학적 저택의 계약금을 지불한 상태였다. 이제 전 뉴전트 부인이 된 여자는 막 십 대에서 벗어난 비범한 미녀로, 거무스름한 이탈리아인이었으며, 시장에 내놓을 만한 학위의 소유자였고, 그녀 나름의 욕망이 있었으며, 남자 형제들과 함께 자라난 여자들에게서 보이는, 남자들과 관련된 문제에서의 용의주도함이 있었다. 그러나 그녀는 단지 그런 부분들의 합 이상에 이를 수 있는 몸과 마음의 속성들의 소유자였으며, 헨리는 이후 이십 년의 많은 시간을 운문으로 그것을 판독하며 보냈다. 그리고 그녀는 그가 늘 트위드를 즐겨 입는 문인과 서정적이고 억누를 수 없는 시인 사이에서 균형을 유지하려고 노력한다고 보았고, 그런 균형에 끌렸다. 그가 그녀의 안쪽 허벅지의 희디흰 빛깔, 배꼽 밑의 짧은 털이 그리는 어두운 선, 자신의 옆에 누운 그녀의 몸의 곡선을 잘 만든 소네트와 빌라넬*과 세스티나**

* 19행 2운체 시.
** 6행 6절과 3행의 절구節句로 된 시.

의 주제로 삼는다는 사실은 그 초기에는 매력적이었다. 하지만 이십 대의 여자들이 호의를 시와 교환하고 뮤즈가 되는 쉬운 의무에 따뜻한 태도를 보이는 반면, 서른이 되면 경계하게 되고 마흔이 되면 그것을 프라이버시에 대한 침해이자 정치적으로 공정하지 않은 행동으로 여긴다. 그들은 뮤즈가 되지 않으려 한다. 그들에게는 그들 나름의 이야기가 있다. 하지만 그녀는 그때 스물이었다.

그들은 홀딱 반했다. 그들은 결혼했다. 오하이오로 이사했다. 자식들을 낳았다. 무척 행복한 듯했으나, 그녀는 서른일곱 살을 맞이하기 직전 어느 날 나에게 전화를 걸어 이제는 못 견디겠다고 말했다. 쉬고 싶을 뿐이다. 더는 견딜 수 없다. 그녀는 아들들을 데리고 뷰익을 타고 켄터키로 돌아가, 그가 서류를 받고 서구 세계의 너무 많은 남자들이 익숙한 법과 관습의 힘에 의해 추방당한 뒤에야 돌아왔다.

물론 나중에야 냉정하고 자세한 내용들이 서서히 흘러나왔다. 닭 가공 공장의 중간 관리자 유형과의 바람. 그곳에서 생산하는 닭의 유명 브랜드는 지역 식료품점의 정육 코너를 자주 찾는 사람들이라면 금방 알 수 있을 것이다. "진단",

"욕구", "경향"에 대한 숨죽인 언급이 있었다. 그리고 불가피하게 가장 사적인 일들에 관한 공적인 이야기—깨진 신뢰, 무너진 믿음, 상처로 나뉜 집안. 결국 친구들의 위로나 기도의 힘으로도 어쩔 수 없는 슬픔이 있었다, 그런 모든 사건은 슬픔이기에. 그것은 특별히 완벽하지는 않아도 선하기는 한 사람들에게 일어나는 나쁜 일이었다.

'사랑'과 '죽음'이 위대한 주제라면, 시인의 삶에서 사랑의 죽음은 예측 가능한 수수께끼다.

가족의 속박에서 풀려난 내 친구는 아내와 아들들을 잃고, 그 무렵 새로 저당을 잡은 방 네 개짜리 스플리트 레블 주택을 잃고, 모든 종류의 전망을 잃고 자신의 인생 사십칠 년째 해의 총구를 들여다보았다. 그는 좋은 생명보험을 가진 이혼하는 남자들 다수가 이르게 되는 결론에 이르렀다—그가 가족을 위해 할 수 있는 가장 좋은 일, 자신에게 남은 일은 급사하는 것이다. 그러나 변호사는 성급한 판단을 하지 말라고 조언했다.

　그가 법적으로 복잡하게 얽힌 과정을 반쯤 헤쳐 나갔을 때 그의 네 번째 시집《훌륭한 조언》이 명망 있는 대학출판부에서 나왔다. 시집은 곧 전 배우자가 될 사람에게 헌정되었는데, 그녀는 전혀 관심이 없었고, 아들들에게도 헌정되었는데, 그들도 결혼 실패의 지루한 과정에 말려든 터라 별 감명을 받지 않았다.《워싱턴 포스트》의 짧지만 뜨거운 리뷰도 그의 기분을 북돋워주지는 못했지만, 한 번의 주말에 그의 시집 초판의 반이 팔리는 데는 도움을 주었다. 그는 불행에 사로잡혀 어찌할 바를 모르고 이혼의 세부사항에 완전히 말려든 채 몇 달을 보냈다. 변호사, 사립탐정, 선서증언, 심문. 훈련으로 보나 기질로 보나 학자이고, 언어와 은어에 능숙한 인물이었던 그는 판례법과 판례, 정당한 이유 진술, 고소와 맞고소에 정통하게 되었다. 한번은 그가 아들들을 "미성년 자녀들"이라고 불렀고, 나는 이의를 제기했다. 어머니의 지혜와 아버지의 두뇌, 아버지의 어두운 유머와 어머니의 갈색 눈을 소유한 이 아름다운 소년들이 소중하다는 말 외의 다른 말로 표현되는 것을 듣는 것을 견딜 수가 없었다. 그는 내가 그런 날은 절대 오지 않을 것이라고 말했음에도, 법정에 서는 날에 대비해 증언과 최종 변론을 계속 작성하고 있었다. 양쪽 변호사가 요금을 청구할 수 있는 시간은 점점 늘어났다.

그들이 아이들의 대학교육을 위해 절약해 놓은 돈을 모두 쓰고 나자, 칼을 덜거덕거리고 일제사격을 개시하는 대가로 돈을 두둑이 받은 양쪽 변호사들은 만나서 스시를 먹고, 약탈물을 나누고, 다음 주말에 날씨가 좋고 맡은 사건의 부담이 없다면 골프장에서 만나자고 약속했다.

끝이었다.

누구라도 판단할 수 있는 일이지만, 변호사의 훌륭한 조언을 들을 수 있는 시절은 분명하게 또 돌이킬 수 없이 끝나 버렸다.

거시적으로 볼 때, 오하이오 남중부까지 떠밀려온 슬픈 남자는 더 큰 슬픔들과 비교하면 하찮아진다. 늘 전쟁이 벌어지던 곳에서는 전쟁이 벌어지고, 굶주림이 인구 전체를 조금씩 줄여 나간다. 역병이 문화와 하위문화들을 열에 하나씩은 죽인다. 가난한 사람들은 늘 우리와 함께 있다. 도처에 죽은 사람들이 있다. 그런 세계에서는 종신직이 있고, 연금의 많은 부분이 남아 있고, 방문권이 있고, 건강하고, 할 일이 있는 백인 남자에게 공감을 일으키는 것은 어렵다.

상심은 눈에 보이지 않는 괴로움이다. 다리를 절뚝이게 되지도 않고, 분명한 흉터도 없다. 좋은 주차장 자리나 자유로운 출입을 보장하는 스티커도 발부되지 않는다. 그래도 심장은 마찬가지로 부서진다. 영혼은 곪는다. 이 상처는 치료하지 않으면 치명적일 수도 있다.

하지만 법정 화폐처럼 피해자 지위를 나누어주는 세계에서 나의 친구는 인구통계학적 위치 때문에 제도적인 형태의 구조를 받을 자격을 얻지 못했다. 이혼하는 여자들은 자신의 삶을 책임지거나 학대 관계에서 벗어나는 것으로 보는 반면, 이혼하는 남자는 손상된 물품, 참패한 아버지로 본다. 마음의 아픔은 받아 마땅한 벌이다.

진실을 말하자면, 그는 혼자라고 할 수 없었다. 패스트푸

드점과 영화관과 쇼핑몰이 자식들과 "좋은 시간"을 보내는 양육권 없는 부모로 가득한 토요일과 일요일을 자세히 보라. 진짜 부모들은 주말에 집에 머물며 정원 일을 하거나 골프를 치거나 스토브에 스튜가 천천히 끓게 놓아두고 옛날 영화를 본다. 하지만 양육권이 없는 부모는 다른 삶을 산다. 뿌리가 뽑히고, 늘 분주히 움직이고, 일주일 치의 애정과 훈육과 인도를, 패배하는 변호사가 늘 "자유 방문권"이라고 부르는 것에 맞추어 넣을 수밖에 없다. 그들은 자식들과 가정생활 비슷한 것을 조금이라도 누리려고 무리를 할 수밖에 없다. 타코벨이 칠면조와 매시트포테이토를 대신한다. 늘 아이를 기르기에 좋은 곳으로 묘사되는 고향의 메인 스트리트를 쇼핑몰이 대신한다. 주중 부모는 아이에게 속옷과 치아 교정기를 사준다. 주말 부모는 장난감을 사주고 반짝이는 미래에 디즈니 월드를 찾아갈 계획을 이야기한다. 많은 사람들이 노력을 포기하고, 아이에게 너무 힘들다고, 자신에게 너무 힘들다고 혼잣말을 한다. 너무 힘들다고.

처음에 두 뉴전트는 매주, 때로는 매일, 때로는 하루에 두 번씩 전화를 했다. 나는 그들 둘 다에게 빚을 지고 있다고 여겼다. 그들 둘 다 십 년 전 나 자신의 망가진 결혼이 해체되어 갈 때 기꺼이 내 이야기에 귀를 기울여주었다. 그래서 나도 귀를 기울였고, 무료 조언을 해주었고, 늘 내는 만큼 받는 것이라는 단서를 달았다. 그녀는 내가 화해 이야기를 꺼내자 전화하는 것을 그만두었다. 그녀는 그것은 전혀 원치 않았다. 하지만 그는 계속 전화를 했다. 그는 화가 났고, 가슴이 찢어졌고, 사랑과 증오로 제정신이 아니었다. 나는 늘 공감하지는 않았다. 나는 그들의 자식들이 느꼈을 거라고 짐작했던 것을 느꼈다. 분열되고 혼란에 빠지고, 완전히 무력했다. 그리고 이혼은, 로맨스나 자살과 마찬가지로, 그 나름의 전염력이 있기 때문에 묘하게 위험하다는 느낌을 받았다.

오하이오에서 이런 비참한 일이 전개되는 동안 나의 친구이자 편집자인 시인 로빈 로버트슨은 런던 조너선 케이프 출판사에 있는 사무실에서 마무리 안 된 일을 정리하고 있었다. 그는 아일랜드 모나건의 뉴블리스 카운티에 있는 타이론 거스리 예술 센터 아나그마커리그에서 지낼 수 있는 한 달짜리 레지던시에 지원을 하여 합격했다. 그가 이곳에서 출간을 위한 자신의 첫 번째 원고를 준비하는 동안 다

른 저자들의 소설과 얇은 책들을 출간하던 평소의 의무는
중단되었다.

뉴블리스는 유월이었다. 저택을 둘러싼 철쭉은 꽃으로 타
올랐다. 레지던트 책임자 버나드 로우린은 평소와 마찬가지
로 정형원整形園에서 일을 하고 있었다. 장미를 비롯한 다년
생 식물에 피망, 가지, 토마토, 아티초크가 몇 줄 추가되어
있었다. 로빈 로버트슨은 타이론 거스리의 서재에 있는 퇴
창의 책상에 앉았다.

이곳에서는 시인에게는 늘 거스리의 서재를 배정해 주었
다. 늙은 연극인은 아나그마커리그를 북아일랜드와 공화국
양쪽의 '예술 협회'에 주면서, 그들이 이것을 평화로운 용
도로 쓰기를 바랐다. 이곳은 국경에서 5킬로미터 정도 떨어
져 빙퇴구氷堆丘와 호수 사이에 자리 잡고 있다. 그들은 음
악가에게는 다시 꾸민 마구간을, 화가와 조각가에게는 헛간
을 배정해 준다. 작가는 큰 집으로 들어간다. 들어가서 소설
가와 극작가는 위층으로, 시인은, 늘 오직 시인만, 일 층의
타이론 거스리의 서재로 간다. 이곳은 넓은 방으로 더 넓은
주제들을 생각하는 데 도움이 된다. 침대와 대형 옷장이 있

음에도, 어슬렁거릴 만한 바닥 공간이 충분하다. 거대한 벽난로, 높은 천장들, 정원들을 내다보는 긴 퇴창에 자리 잡은 책상은 모두 서사시와 걸작을 떠올리게 한다.

더욱이, 버나드 로우린 자신은 빌리거나 물물교환으로 얻을 수 있는 담배만 피우는데, 시인들이 담배를 가장 열심히 피워대는 사람들임을 알게 되었다.

그 유월의 아침나절에 버나드는 열린 창문으로 몸을 밀어 넣고 시인이 신중하게 손으로 만 담배에 대한 대가로 줄거래 물품으로 "나의 누추한 정원에서 나온 녹색의 표본"을 제시했다. 로빈은 고개를 끄덕이며 거래를 승인하고, 아티초크를 받아 책상에 놓았다.

로빈 로버트슨은 그의 환경에 어울리는 주제를 찾아 퇴창 너머를 내다보았다. 그는 앞에 놓인 백지를 검은 잉크로 겨냥한 다음 "아티초크"라고 적었고 기억으로부터 그가 나중에 결혼하게 된 여자를 위해 준비한 첫 번째 식사를 꺼내기 시작했다.

그는 아티초크를 쪘다. 녹여 항아리에 넣은 버터와 고수 잎으로 사이드 드레싱을 준비했다.

그들은 아티초크 껍질을 벗기며 점차 생각에 잠겼다. 탁자 때문에 그들은 눈길이 아니면 서로에게 닿을 수 없었기에, 이따금씩 눈길이 마주치다 다시 앞에 놓인 야채의 껍질을 벗기는 의무로 돌아갔다. 그들의 손은 껍질을 벗기느라 축축하고 따뜻해졌다. 음식을 만드는 느린 의식 때문에 그들은 말을 잃고 경이에 사로잡혔다.

잎에서는 은밀하고 사적인 부분, 삶의 가장 안쪽의 질감이 느껴졌고, 거기에서는 엉겅퀴와 잔털이 쾌감에 자리를 내주며, 촉감과 맛이 하나의 감각이 된다. 그는 그녀가 잎들의 통통하고 걸쭉한 밑동을 물고 혀를, 이어 이를, 이어 입술을 움직이는 것을 지켜보았다. 그리고 그녀는 그가 자신을 지켜보는 것을 지켜보았다.

"됐어." 여자는 첫 번째를 다 벗기며 말했고, 속이 드러났다. 그녀는 먼저 그것을 핥았고, 거기에 대고 입술을 오므렸고, 그러는 내내 그를 보았고, 음미하는 아주 작은 소리만 내면서 눈을 감은 채 그것을 먹었다. 그는 손가락들이 털들 속으로 깊이 내려가게 놔두었고, 마침내 청결한 축축함이 영원할 것 같은 느낌이 찾아왔으며, 방은 지중해의 따뜻한 향기로 가득 찼다.

그는 썼다, "비벼댄 잎들은 녹색의 지분거림에 떨어져 나와, 얇은 막으로 얇아졌다."

이 말을 그는 네 행으로 나누어, 각 행의 끝에서 휴지를 반복했다. 이 말들이 묘사하는, 성례를 치르는 듯한 일의 속도를 따라가게 했다. 독자들은 사실들과 더불어 그 사실들을 음미할 시간을 가져야 한다, 그는 그렇게 판단했다.

여름 중반에 이르자 뉴전트 대 뉴전트 이혼 사건의 잉크가 말랐다. 그녀는 집과 집세, 차와 양육권, 그녀가 바라던 것보다는 적은 그의 연금, 그들의 결혼 침대로부터의 해방을 얻었다. 그는 방문권, 자녀 양육비 송금 일정, 죽은 어머니의 가구 대부분, 첫 세 시집에 들어간 시가 담긴 상자를 얻었다. 마지막 것은 사건이 미결 상태인 동안 물에 약간 손상되었다. "그냥 감당해." 그가 원고에 벌어진 일에 놀라 그것을 표현하자 전 배우자는 그렇게 말했다. 씁쓸한 고통의 언어들은 법정 문서에서는 언급되지 않았지만, 확실히 그의 것이 되어 그의 독특한 말투와 시에 영향을 주기 시작했다.

로빈 로버트슨은 《뉴요커》의 시 편집자에게 보낼 시 몇 편을 깨끗하게 정리한 사본을 준비하고 있었다. 스스로 "아마도 세계에서 가장 좋은 잡지"라고 광고하는 이 잡지는 논란의 여지없이 시인들이 발표를 하기에 가장 좋은 잡지로 꼽힌다. 편집자는 매년 자신에게 날아오는 수만 편의 시들 가운데 백 편이나 백이십 편을 내보낼 것이다. 영어권 전체의 시인들은 시 자체의 훌륭함을 떠나, 그녀가 시에서 무엇에 반응하는지 짚어내려고 애를 써 왔다. 그녀의 취향은 한 가지에 얽매이지 않으며, 국제적이고, 완전히 예측 불가능하다. 그러나 《뉴요커》에 시가 실린다는 것은 일반적인 시의 울타리를 넘어서는 청중을 보장한다. 가장 훌륭한 "작은 잡지"와 시 계간지의 시 독자는 수천 명, 또는 수백 명의 정기독자로 한정된다. 그러나 문명화된 행성 전체의 수십만 명이 《뉴요커》를 읽는다. 주식중개인, 변호사, 산부인과, 광고대행사의 대기실에서 그것을 훑어본다. 시 선집 편집자, 문학상 심사위원, 옛 애인, 완전한 타인이 그것을 본다. 그것이 서점 서가에 꽂혀 있는 기간은 L. A.와 런던, 홍콩과 파리, 시드니와 더블린까지 고려해서 계산해야 한다.

따라서 로빈 로버트슨이 원고를 준비하면서 "아티초크"의 수정본들을 계속 다듬은 것도 놀랄 일은 아니었다. 첫 연의 마지막 두 행을 바꾸었다가 다시 원래대로 바꾸어 "남성의 빠른, 자줏빛 시작"으로 읽히게 했고, "얇은 막" 뒤의 대시를 콜론으로 바꾸었다. 그는 편집자에게 무엇을 보내든 최고의 것을 보내고 싶었다.

편집자는 그것을 즉시 받아들였다. 전화를 해서 보내주어 고맙다고 말했다. 시간이 흐르자 꽤 푸짐한 수표가 우편으로 왔고 그의 런던 사무실 팩스로 교정지가 왔다.

"아티초크"는 십이월 헨리 뉴전트의 마흔일곱 살 생일과 크리스마스 사이에 실렸는데, 그는 두 행사를 모두 새로 이사해 들어간 방 두 개짜리 연립주택에서 상자들—아직 풀지 않은 책과 레코드—사이에서 맞이했다. 그나 이제 멀어진 그의 전 부인이 그해 십이월에 "아티초크"를 읽었는지는 확인되지 않았다.

로버트슨에 관해 말하자면, 그는 《뉴요커》에 처음 시가 실린 것—그 뒤에도 몇 번 실린다—을 기념하여 평판이 좋은 보모를 고용하고 아내를 셰퍼드 마킷의 알 함라로 데려가 레바논 음식을 먹었는데, 그곳에는 여러 메뉴 가운데 양의 고환, 그리고 물론 아티초크도 있었다. 그가 나중에 한 이야기에 따르면, 그들은 고환을 먹지는 않았다.

판권의 일반적 허용 범위 때문에 시의 전문을 보여주지는 않겠다. 시는 전부 53단어이고, 이 단어들이 6행으로 이루어진 두 연 사이에 능란하게 분배되어 있다. 전부 12행밖에 되지 않는 셈이다. 하지만 그 검소한 언어, 그 맛을 느껴

볼 수 있도록 하나의 예로 둘째 연의 첫 세 행을 과감하게 제시해 보겠다. "그러다가 속의 느린 털." 시인은 기록한다. "전리품을, 받침 달린 야채 잔을," 그렇게 전리품을 한 번 더 강조한 뒤에 마무리를 짓는다. "지키는 조임 장치."

이 페이지를 들고 팔을 쭉 뻗은 다음 눈을 가늘게 뜨고 보면, 마치 동거인을 위해 저녁으로 먹을 게 뭐가 있다고 냉장고에 남겨 놓은 짧은 메모처럼 보인다. 아이들은 할머니 집에 있어, 와인 잊지 마. 아니면 장을 볼 물품 목록일 수도 있겠다. 어떤 면에서는 둘 다이다. 이것은 하얀 공간과 여백이 많은 친밀한 텍스트다. 여기 적힌 말들은 아티초크의 껍질을 까서 인간이 먹을 수 있도록 준비를 하는 묘사로, 정직하고 완전히 솔직하다.

이 시의 힘, 그리고 아마도, 그 매력의 핵심은 독자의 가장 사적이고 일차적인 식욕을 어김없이 돋운다는 것이다. 나아가서, 독자에게 미치는 영향—신경 말단, 그리고 자신의 가장 깊은 속만 알고 있는 의도의 자극—은 균일하여, 성이나 인종이나 나이 예측 변수의 방해를 받지 않는다. 이것을 자신의 집의 편안한 환경에서 한번 읽어볼 수도 있다.

친구들이나 행인에게 한번 읽어줄 수도 있다. 그들은 얼굴을 붉히고 싱글거리며 시를 달라고 할 것이다.

내 친구이자 스승인 시인 헨리 뉴전트는 지리적 치료를 찾아 나섰다. 오하이오는 너무 고통스러웠다. 아들들을 보는 것이 마음에 상처를 주었다. 그 아이들의 어머니, 그가 여전히 사랑하고 불신하는 여자를 보는 것은 그가 잃어버린 것을 너무 자주 기억나게 했다. "마치 경야에 갔는데," 그는 말했다, "끝이 나지 않는 것 같았어. 죽은 사람은 묻힐 필요가 있어, 결국은." 그는 집을 샀다. 연립주택에 있던 상자들을 새집으로 옮겼는데, 새집은 여전히 가정 같은 느낌을 주지 않았다. 아들들이 비디오를 들고 찾아와, 요에서 잤고, 치킨 맥너깃을 먹었고, 어떻게든 해보려고 노력했다.

그는 안식년 휴가를 떠나며, 나에게 웨스트 클레어에 있는 오두막을 쓸 수 있느냐고 물었고, 아일랜드로 날아가, 오두막을 찾아냈다. 이월에는 아무런 볼 게 없었고, 춥고 눅눅

하기만 했다. 답은, 북쪽으로 차를 달리는 것이다, 그는 놀랍게도, 그런 판단을 했다. 골웨이, 슬리고, 벨파스트로, 또 페리를 타고 호수 지역으로, 그랬다가 다시 삼월 말에 웨스트 클레어로 돌아왔고, 그곳에서 나는 그를 잠깐 만났다. 날씨는 별로 나아지지 않았다.

그는 끔찍하게 흥분해 있었다. 가만히 앉아 있지를 못했다. 그는 필사의 사명을 떠안은 사람처럼 보였다. 그는 사랑을 찾고 있었다.

결혼이 끝장나고 나서 몇 달 동안 그는 섹스를 많이 했다. 이것은 이혼한 모든 사람에게 알려진 책무다. 다른 무엇보다도 성적인 협정이라고 할 수 있는 것에서 실패했기 때문에 남자와 여자 모두에게 파경의 원인이 된 것이 '성적 수행의 문제가 아니었다'는 것을 그 증거를 받아들여주는 누구에게든 보여주는 것이 중요하다. 그래서 행복하게 결혼 생활을 하고 있는 사람들의 지루하지만 편안한 성적 패턴이 갓 결혼에서 풀려난 사람의 에로틱한 에어로빅으로 대체된다. 새로운 속옷을 사고, 윗몸 일으키기를 한다. 더 열심히 목욕을 하고, 손톱을 깎고, 크림과 로션과 화장수에 투자한다. 새로운 침대보, 목욕 가운, 스타일과 분위기를 이루는 요소들. 모든 우연한 만남이 일종의 오디션이기 때문이다. 그리고 기억은 그런 것들로 이루어진다.

그러나 헨리 뉴전트는 일 년 정도 이런 우연한 만남을 한 뒤 사랑에 굶주리게 되었다. 나와 같은 종에 속하는 또 다른 존재가 자신의 삶에 들어가 있는 나를 부담 없이 반기는 상태를 갈망하게 된 것이다.

그는 웨스트 클레어에서 나를 떠날 때 서쪽으로 향하고 있었다. 다시 오하이오로 날아가, 오단 기어와 버킷 시트를 갖춘 새 차를 사서, 서쪽으로, 북쪽으로, 다시 서쪽으로 달렸다. 사월에 워크숍을 열고 시 낭독을 하기로 예정되어 있던 대학 도시에서 그림엽서들이 왔다. 낭독회 뒤에 《훌륭한 조언》에 서명을 받으려고 줄을 선 사람들 가운데 창작을 가르치는 교수이자 젊은 시인이 있었는데, 그녀는 그의 팔을 어루만지면서 그의 시들, 특히 클리블랜드에서 아픈 아들과 호텔 방에서 보낸 밤에 관한 시에 감사한다고 말했다.

오월과 유월에는 아이다호와 몬태나, 오리건과 캘리포니아에서 그림엽서들이 날아왔다. 그는 한 엽서에 썼다, "이산들을 보면 칼라브리아가 떠올라—이탈리아의 멋진 발 말이야—모든 아름다움이 있는 곳이지." 나는 그 말을 어떻게 받아들여야 할지 알 수 없었다.

칠월에는 그림엽서가 멈추었다. 팔월 중순에는 강가에서 그와 프린트 스커트를 입은, 눈에 확 띄는 젊은 여자가 끌어안고 있는 스냅 사진이 딸린 편지가 왔다. 배경에는 산들이 있었다. 그들의 몸은 서로에게 익숙하다는 느낌을 주었다. 칼라브리아 이야기를 한 것이 이해가 되기 시작했다.

그들은 저녁을 먹을 계획을 세웠다. 방은 그에게 가정 특유의 기분 좋게 낡은 느낌을 주었다—책으로 가득 찬 책꽂이, 편지와 잡지들이 쌓인 탁자, 죽었지만 기억되어, 수직의 평면에 압정으로 붙여 놓은, 그림엽서에 박힌 시인과 작가들의 초상. 심지어 부엌도, 생존하기 위해서가 아니라 맛을 보기 위해 조리를 하고, 저녁을 먹으며 책을 읽는 여자의 책벌레 특유의 어지러운 상태를 즐기고 있었다. 올리브기름 여과기와 비커들이 새 시의 서평 사본, 그녀 자신의 첫 시집, 이탈리아 지역에 편향된 닳고 닳은 요리책과 찬장 공간을 공유하고 있었다.

냉장고에는 자석으로 《뉴요커》에서 뜯은, 시가 인쇄된 오래된 페이지가 고정되어 있었다.

"저 사람은 내 친구의 런던 편집자라오."

"로버트슨이요? 정말이요? 어여쁜 시예요."

헨리는 2연의 마지막에서 세 번째와 두 번째 행을 생각했다. "그 살은 거꾸로 놓여 있다, 씹는 맛이 나는 상태로 전시되어 있다."

"한겨울에 멋진 선물이었어요." 그녀가 말했다. "모든 게 잿빛이고 춥고, 성장은 가망 없는 것처럼 보일 때."

"'뭉툭한 뿌리가 기름 속에서 갈망하고 있다.'" 그는 소리
내어 읽었다.

그렇게 배가 고파본 적이 없었다.

"아티초크 좋아하세요?" 그 여자가 물었다.

구월에 결혼을 했다는 카드가 왔다. 헨리는 이해 십이월
의 생일이 다가오자 전화를 해서 말한다. "이게 다 자네 친
구 로버트슨 탓이야, 그 시, 그 '아티초크' 탓이야." 전화선
너머로 그가 싱글거리는 것을 느낄 수 있다.

나는 로빈에게 늙은 의사 윌리엄 카를로스 윌리엄스가 했
던, 사람들은 시에서 놓치는 것 때문에 매일 죽는다는 말의
의미 한 가지를 말해준다. 나는 그에게 사람들은 매일 태어
나고, 또다시 태어나는데, 자신의 존재 자체를 시에게 빚지

고 있다는 뜻이라고 말한다.

어떤 날은 하느님을 확신하고, 어떤 날은 그렇지 않다. 대부분의 날에는 내기 확률을 따졌던 프랑스인 블레즈 파스칼 편이다. 그의 책략은 있는 것을 믿지 않는 것보다는 없는 것을 믿는 게 낫다고 가르친다. 신의 모든 선물 가운데 최고는 언어다―이름 짓고 선포하고 찾아내는 힘, 시끄러운 공허로부터 공중의 새, 바다의 물고기, 잔디에서 자라는 것, 또 경멸과 애정, 쾌락과 고통, 아름다움과 질서와 그들의 부재를 가리키는 우리의 어휘를 지어내는 힘. '누군가가 책임을 지는' 세상이라도 모든 끝이 행복한 결말은 아니다. 또 모든 발언이 축복도 아니다. 하지만 모든 죽음에는 어떤 구원이 있다. 모든 상실에는 우리 이름으로 기념되는 부활절이 뒤따르고, 모든 비애는 구애로 돌아갈 수 있다.

그런 세상에서 내 친구이자 스승인 시인 헨리 뉴전트는 그의 단어 창고에 기쁨의 어휘를 다시 들여와 "아홉들"이라는 제목의 시를 쓴다. 이것은 결혼 축시다―"신부의 방에 붙이는" 오래된 형식의 시다. 솔로몬의 《아가》가 한 예다―"그대 내 사랑, 멋진 모습 얼굴만 보아도 가슴 울렁이네. 우리의 보금자리는 온통 녹음에 묻혔구나." 고대 그리스의 사포는 놀라울 정도로 현대적인 '단편'에 결혼의 신 휘멘에 대한 암시와 전쟁의 신 아레스에 대한 암시를 교묘하게 결합한다. 이 시는 "마룻대를 더 높이, 더 높이 들어 올리라"라고 강하게 설득한다. 남편이 "키 큰 남자보다 훨씬 크기" 때문이다. 집을 짓는 사람들에게 네 남자가 "문으로 들어올 수" 있도록 "지붕 들보를 더 높이, 높이 올리라"라고 훈계한다.

헨리 뉴전트의 시는 우선, 이해할 만한 일이지만, 결혼이라는 공적 제도에 대한 주의를 주고, 마지막으로 그들의 "영원"이 적어도 삼십 년은 지속되고, 어떤 관습법이나 관례가 아니라 그들이 결혼식 밤에 드러낸 둘만의 정열이 그들이 함께하는 삶의 긴 밤들에 함께 하기를 바란다. 그는 이런 식으로 시에서 산수를 하듯이 계산을 하고 싶은 유혹을 물리치지 못한다.

이 시는 두 연으로 이루어져 있고, 각 연은 9행이며, 느슨하게 약강격을 따르고 있다. 다시 말해서, 다둠, 다둠, 다둠, 다둠, 다둠, 하는 심장의 박동소리를 따르고 있다는 것이다. 셰익스피어를 생각해 보라. "내 심장이 지금까지 사랑을 했던가? 맹세코 부인하라, 눈이여!/오늘 밤 이전에는 진정한 아름다움을 본 적이 없었으니."

아마 수와 음절들 사이에서 마치 귀에 들릴 듯이 이룩된 이런 교묘한 아이러니, 형식과 기능이 공동의 목적을 위해 공모한 점이 《뉴요커》의 시 편집자의 마음을 움직여 뉴전트 씨의 시를 받아들이게 했을 것이다. 그녀는 그에게 수표와 교정지와 독특한 감사 인사를 보낸다.

내 친구이자 편집자인 시인 로빈 로버트슨은 런던의 사무실에서 싱글거릴 것이다. 그는 언어의 힘을 잘 아는 사람으로서 잡지에서 그 페이지를 잘라내, 집으로 가져가 냉장고에 붙여 놓을 것이고, 그곳에서 이 시는 우리는 알 바 없는 방식들로 구 년간 그의 아내 노릇을 한 사람에게 감동을 줄 것이다.

그러나 시간이 무르익으면 그녀는 이 시의 형태와 소리가 특별히 마음에 든다고 밝힐 것인데, 저작권의 허용 범위도 내가 여기에서 그 시를 공유하는 것을 막지는 못한다.

이렇게 우리는 우리가 좋아하는 긍정을 선언한다.

하겠습니다, 합니다, 아멘, 여기요 여기,

먹고, 마시고, 즐거워합시다. 결혼이란

수표책과 생식기, 가정용품, 겁쟁이, 이런

은밀한 부분을 공적 구경거리로 만드는 것.

입 맞추어주는 아주머니들, 사제의 안전한 설교,

저 쨍그랑거리는 잔들로 모든 의심을 진정시키고

우리를 진정으로 영원히 함께 묶어주는

타이를 바짝 조여, 완벽하게 차려입고.

여보, 내 생각에는 아마 삼십 년일 것 같아,

우리 나이와 기대 수명을 고려할 때.

비극적인 일이나 때 이르게 찾아오는 것이 없다면, 그러니까

만 번의 아침, 만 번의 저녁이지,

제발, 이와 같은 만 번의 축축한 밤을 맞이할 수 있기를,

이런 서약 같은 것은 관계없이, 우리가 다르지만,

그럼에도 그것 때문에 끌리는 밤을. 사랑의 뺄셈을 하자면,

일반적인 시간들로부터 오늘 이 영원 같은 시간을 빼니까—

구천, 구백, 아흔아홉 번의 밤을.

어머니의

위로의 말

쓰고, 읽고, 노래하고, 한숨 쉬고, 침묵을 지키고, 기도하고,
남자답게 자신의 십자가를 짊어져라. 영원한 삶은
이 모든 일을 하고, 또 더 큰 전투를 치를 가치가 있나니.

- 토마스 아 켐피스

그것은 캘리포니아 상공에 높이 떠 있을 때 찾아왔다. 나는 로스앤젤레스에서 시를 낭독하려고 나라를 가로질러 날아가는 중이었다. 나는 '헌팅턴 도서관', UCLA, 샌버너디노, 포모나 대학에서 낭송회를 했다. 일정 사이에 나흘 동안 자유롭게 캘리포니아 남부를 돌아다닐 수 있었다. 내가 술을 끊고 어머니가 죽은 해의 아름답고 파란 구월 말이었다. 또렷하고 구름 한 점 없이, 나라의 지형이 창가 좌석에 앉은 내 아래 펼쳐져 있었다. 광활한 하늘, 열매가 맺히는 평원, 자주색 산맥의 웅장함.

  나는 내가 누리는 축복을 꼽아보고 있었다.

  나의 첫 대륙 횡단 비행에 이런 날씨를 누리는 것, 다른 사람이 비행기 표와 비용을 대고 내가 기꺼이 소득세를 낼

보수도 주는 것, 내가 시인이라고 말할 수 있고 나에게 캘리
포니아에 사는 사람들이 돈을 내고 들으려고 하는 시가 있
다는 것―이런 것들이 좋은 선물이었다. 어머니는 고향 미
시간에서 죽어가고 있었다, 암으로. 그녀는 종양학과 의사
들에게 "이제 그만, 그만" 하고 말했다. 그들은 화학치료를
중단했다. 나는 거기에 담긴 의미로부터 달아나고 있었다.

나는 죽도록 무서워하고 있었다.

우리는 디트로이트에서 우선 미시간호를 날아서 건넜고,
그다음에는 낟알이 풍성한 중서부와 평원지대 주들을 거쳤
고, 그다음에는 대大서부의 산과 골짜기, 그리고 마지막으
로 라스베이거스와 르노의 사막, 그리고 마침내, 멀리서, 나
는 샌버너디노 산맥의 서쪽 가장자리를 볼 수 있었다. 모하
비 사막은 온통 메마른 갈색이다가 마침내 지형이 사막에서
산으로 바뀌기 시작하기 직전, 푸릇푸릇한 녹색의 불규칙한
사각형이 눈에 들어왔다. 그것은 사막과 산비탈에 일부러
옮겨다 놓은, 케리 카운티나 버진 고르다섬의 말로 표현할
수 없는 녹색이었다. 크기에 관해서는 그저 추측을 해볼 수
밖에 없었다. 내 계산으로는 200에이커는 될 것 같았다, 우

리가 날아가고 있는 고도가 얼마인지는 전혀 몰랐지만. 이
미 마지막 하강을 시작한 것일까? 기장은 안전띠 표시를 켜
놓았다. 우리는 등받이를 당기고 테이블을 접었다.

"골프 코스가 분명해"가 내가 나 자신에게 한 말이었다.
기하학적으로 계산하여 심어놓은 나무와 불규칙하게 구불
거리는 좁은 길이 보였다. "아니면 묘지거나. 젠장!" 그런
생각이 들었던 기억이 난다. "여긴 캘리포니아야, 둘 다일
수 있어!"

중서부에서 우리는 캘리포니아를 단지 또 하나의 주와 시
간대로 생각하는 게 아니라 또 다른 마음 상태, 완전히 다
른 지대, 디트로이트나 클리블랜드나 일리노이보다 오리온
자리와 공통점이 더 많은 곳으로 생각한다.

그때 그것이 떠올랐다, 그 비전. 둘 다일 수 있다는 것!

그 이후로 나는 은밀히 작업을 해 왔다.

내가 특별한 천재성이 있어서 제정신을 가진 사람이 장

례식을 좋아하지 않는다는 진실에 다다른 것은 아니다. 이 문제로 특별 투표를 해보거나 CNN 여론조사를 해볼 필요는 없다고 생각한다. 대부분의 사람들은 관이나 매장용 지하 납골소를 사는 것보다는 의류나 먹을 것을 사는 걸 좋아한다. 선택을 할 수 있다면 대부분은 장례식장에 가는 것보다 치아 근관 치료를 받는 쪽을 택할 것이다. 심지어 신체검사에서 의사가 "좀 불편할 수도 있습니다" 하고 말하는 부분도 여론 조사에서 백에 아흔아홉 번은 시신 방부처리보다 표가 많이 나올 것이다. 무작위 표본 추출에 기초한 소비자 선호 조사에서 "울고 애도하는 것"은 우리가 휴가 때 하고 싶은 일로 절대 등장하지 않는다. 장례지도사가 대통령으로 선출될 수 있다고 생각하는가? 내 직업은 과거나 현재나, 또 가엾어라, 미래에도 '음침한 직업'이다. 우리는 신뢰받을 수도 있고(아버지가 자주 말하던 대로 고객을 내려놓는 마지막 사람들), 존경받을 수도 있고(어떻게 그런 일을 하는지 모르겠어!), 관용을 얻을 수도 있고(뭐, 누군가는 해야 할 일이지), 심지어 사랑을 받을 수도 있다, 비록 우리를 사랑하는 사람들이 종종 약간 수상쩍기는 하지만(어떻게 저 사람이 네 몸에 손을 대는 걸 견딜 수 있어 나중에⋯⋯?). 하지만 기쁜 마음에 조금이라도 다가간다고 말할 수 있는 어떤 심정으로 장례식을 고대하는 남자나 여자는 거의 없다, 흔치는 않지만, 국세청 요원이나 텔레마케터나 전 배우자의 오만불손한 변호사의 기분 좋은 장례식이라면 혹시 몰라도.

더 나쁜 것은, 세상의 모든 광고로도 결코 이것을 확장 가능한 시장으로 만들 수 없다는 것이다. 널찍한 주차장, 청동과 구리로 적어 놓은 재고 정리 가격, 유리한 신용 조건, 하루 24시간 봉사 대기를 이야기해도, 어떤 소비자에게서도 가령 "참깨 빵에 완전 쇠고기 패티 두 장, 특별 소스, 상추, 치즈, 피클, 양파" 이야기로 폭동을 선동하듯 패스트푸드에 대한 우리의 입맛을 자극하는 것처럼 장례식에 대한 욕구를 자극하지는 못한다. 어떤 사람이 콧노래로 "당신은 오늘 하루 쉴 자격이 있어"* 하는 곡조를 흥얼거릴 때 파블로프의 개처럼 침을 흘리지 않을 사람이 몇이나 될까? 우대 금리가 하락하면 쇼핑하는 사람들은 고가 상품—주택, 자동차, 유

* 맥도널드 햄버거의 광고 노래.

람선―을 찾아 나서지만 장례식은 결코 찾지 않는다. 늘씬하게 빠진 몸에 속옷만 걸치고 이리로 오라는 표정을 짓는 가슴 큰 십 대들은 우리에게 필요하지도 않은 쉐보레 자동차를 사게 할 수 있고, 필요 이상으로 향수를 사게 할 수 있고, 필요 이상으로 말보로를 사게 할 수 있고, 더 많은 유람선 표, 컴퓨터, 운동 기구를 사게 할 수 있다. 더 많고 더 좋은 것, 더 적고 더 좋고 새롭고 개선되고 더 빠르고 더 싸고 더 섹시하고 더 크고 더 작은 것을. 하지만 고객당 한 번의 장례식이라는 규칙은 수천 년 동안 유지되었으며, 대부분의 사람들에게는 심지어 단 한 번도 너무 많다는 것을 보여주기 위해 연구 같은 것은 필요하지 않다.

따라서 우리는 장례식과 그것을 지도하는 사람들을 우리에게서 치질과 종기와 변비를 없애주는 사람을 대할 때와 똑같은 모진 양가감정을 갖고 대한다―고맙습니다, 우리는 그런 쪽에서 제안이 오면 움찔하거나 싱긋 웃는다, 하지만 사양하겠습니다!

이 매우 무게 있는 진실에 약간의 예외가 있다.

늘 그렇듯이, 변칙이 규칙을 증명하는 법이다.

예를 들어 시인은 거의 언제나, 옷을 차려입고 만가挽歌적 스타일로 장황한 말을 늘어놓을 기회를 평소의 고독보다는 그런대로 낫다고 간주하기 마련이다. 공짜 술이나 스웨덴 미트볼을 자랑하는 뷔페가 덤으로 붙는다면 더욱더 좋다. 내가 아는 한 평자는 시인들이 모든 것을 시간 안에 고정시키기를 바라는 문학적 박제사이며, 늘 시로 기릴 죽은 아주머니와 아저씨를 만들어낸다고 아주 정확하게 지적한다. 지당한 말이다. 그런 게 없으면 하루 종일 뭔가 할 말을 찾아 말의 더미를 뒤적이거나, 말할 만한 가치가 있는 뭔가를 찾아 경험의 창고를 습격하고 있을 사람에게는 좋은 웃음, 좋은 울음, 좋은 장 운동이 다 똑같은 것이다. 또 기억에 남을 만한 연설은 기억에 남을 만한 시와 마찬가지로 돌에 새겨질 것을 요구할 권리가 있다. 따라서 시인은 장례와 무덤가가 자신을 기억에 남을 만한 존재로 만들어줄 가능성 언저리까지 가게 해줄 수 있다는 것을 안다. 사람들은 영원을 가리키는 표현, 압도적 질문에 대한 답을 찾아 귀를 쫑

굿 세우고 있다. "이 인물들은 남게 하소서," 우리는 예이츠와 함께 그의 영원한 구절에서 애원한다, "모든 것이 다시 폐허가 될 때도."

그리고 세례식이나 결혼식보다 장례식이 신자들의 코를 신앙의 창문 쪽으로 밀어붙인다는 사실을 깨닫게 된 존경받는 성직자 집단이 있다. 비전과 통찰은 종종 사망과 함께 일어난다. 죽음은 모든 것을 다 내려놓는 순간이다. 우리가 죽는다는 진실 때문에 우리 예언자와 사도들의 주장이 타당성을 지니게 되는 그런 진실의 순간이다. 성가대에서 노래를 부를 때, 빵 바자회나 성전 건축 운동에, 좌석 안내원이나 부제나 장로나 사제에게 신앙은 요구되지 않는다. 신앙은 우리가 죽어가는 시간, 우리가 사랑하는 사람들이 죽어가는 시간을 위한 것이다. 큰 성공을 거둔 교구 사제나 목사―"사목"을 하게 된 사람들―는 자신의 신앙심 깊은 양떼가 유대교도나 기독교도나 무슬림이나 불교도 또는 이런 서로 친화성이 있는 종교들의 다른 변형의 신자답게 신앙을 유지하면서도 인간답게 슬퍼하는 것을 허락하는 사람들이다. 그들은 우는 동시에 춤을 출 필요, 신성모독을 하는 동시에 우리 신앙의 교조들을 끌어안을 필요, 우리 신들을 비난하는 동시에 그들에게 감사할 필요를 인정한다.

친척 아저씨들은 우리 귀 뒤에서 오 센트짜리 동전을 발견한다. 마법사들은 모자에서 토끼를 끄집어 낸다. 말 잘하는 사람이라면 누구나 적당한 때만 오면 하늘의 파이를 설교하거나 따뜻하고 듣기 좋은 말을 꺼낼 수 있다. 하지만 우리 가운데서 죽은 사람들이 일어나 걸어 다니거나 우리 영혼의 어두운 밤에 우리에게 말을 거는 것은 오직 신앙에 의해서만 가능하다.

따라서 랍비와 설교자, 현자와 대사제는 자신들의 소명의 바탕에 깔린 죽음을 이해하는 것이 온당하다. 우리의 필멸성이 없다면 교회, 이슬람성원, 신전, 회당도 필요 없을 것이다. 장례를, 시끄럽고 귀찮은 일로 여기거나 기도에 쓸 시간을 낭비하는 것으로 여기거나 스테인드글라스나 종탑에 쓸 돈을 낭비하는 것으로 여기는 성직자들은 종이 누구를 위해 울리는지 궁금하지 않을 것이다. 그들은 자신을 부르는 소리는 들었을지 모르나 핵심은 놓쳤다. 내세는 세상의 삶이 가고 나서야—우리가 사랑하는 어떤 사람이 우리의 행동반경 내에서 죽었을 때—비로소 진정한 의미가 생기기 시작한다. 뜨거운 욕조에 둥둥 떠 있는 유쾌한 사람도 다른 배꼽처럼 천국이 필요하다. 신앙은 상심한 자, 한이 맺힌 자, 의심하는 자, 죽은 자를 위한 것이다. 장례식은 그런 사람들이 모이는 장소다. 성직자 가운데 일부는 그것을 좋아하게 되었다. 그래서 아주 명랑한 태도와 분명한 공감을 드러내며 장례식에 참석하는데, 신앙인이 아닌 다른 사람이 그런 모습을 보였다면 표리부동이라는 느낌을 주었을 것이다. 그런 과감한 신앙, 그런 강력한 증거를 지니고 있어 죽은 자와 산 자 사이에 똑바로 서서 "보라 내가 너희에게 신비를 말하노니……" 하고 외친 사람들을 알 수 있었다는 것을 나는 나의 소명의 큰 축복으로 꼽는다.

인종적으로 장례식에 우호적인 경향인 사람들도 있는데, 이들은 검은 휘장과 만가 사이에서 감정적으로 강력하고 영적으로 자극적인, 산 자와 죽은 자의 교차를 인식한다. 죽음과 그 의식에서 삶에서는 찾기가 아주 힘든 기울지 않은 경기장을 본다. 우리가 죽은 사람을 윌버트 납골묘에 묻든, 나무들 사이에 두어 새들이 쪼게 하든, 태우든, 우주로 보내든, 또 성가대가 나오든 회당의 독창자가 나오든, 백파이프를 부는 사람이 나오든 재즈 밴드가 나오든, 작은 관이 나오든 큰 관이 나오든 시신에 둘둘 말 수의가 나오든, 우리는 죽은 사람들을 추적하고 우리가 늘 그들보다 수가 적다는 것을 알고 있는 종이다. 이렇게 이민 온 아일랜드인, 디아스포라의 유대인, 북아메리카 흑인, 온갖 신앙의 난민과 망명자와 죄수는 인구통계학자와 사회학자의 정밀 조사에 따르면 죽음과 연결된 의식이나 행사에 대한 높은 관용, 거의 욕구를 보여준다.

　나아가서 이런 지지는 다음 변수들 가운데 한 가지 또는 그 이상에 근거하고 있는 것처럼 보인다. 음식, 술, 음악, 수치와 죄책감, 아주머니나 먼 친척의 키스, 환희, 복장, 모든 귀향에 대한 간절한 갈망.

장례에 대한 일반적 혐오에서 다른 예외는 물론 삶과 생계가 거기에 달려 있는 나와 같은 종류의 사람들이다. 대부분의 사람들에게는 명백한 모순 어법으로 들리는 말―훌륭한 장례식―이 장의사들 사이에서는 일반적인 표현이다. 물론 일부는 큰 차와 검은 양복과 부富에 관한 소문에 끌려 장례업에 들어온다는 것을 인정하지만, 자신이 하고 있는 일을 좋아하지 않는 사람들 사이에서는 자연감소율도 높다. 신참 장의사가 힘든 상황에 처한 다른 사람들을 돕는 데서, 또는 우리 구호 가운데 하나대로 "죽은 자를 돌봄으로써 산 자에게 봉사하는"데서 만족을 찾지 못한다면, 결코 이 일을 계속하지 못한다. 하지만 아이들을 치열교정 의사에게 보낼 여유는 있지만 기숙사학교에 보낼 여유는 없고, 소매 거래와 현금 흐름으로 인한 걱정에 묶여 있고, 침대 옆에 업무용 전화를 두고 살고, 다른 사람들의 요구를 들어주느라 식사와 친밀한 시간을 늘 중단해야 하는 우리 대부분은 요금표 이상의 만족이 없다면 그렇게 하지 않을 것이다. 알려진 세계의 대부분의 사람들은 아무리 돈을 많이 주어도 크리스마스에 이웃의 방부처리를 하거나 아내의 열린 관 옆에서 늙은 홀아비와 함께 서 있거나 백혈병에 걸린 어머니에게서 곧 엄마를 잃게 될 자식들 걱정을 듣고 있지는 않을 것이다. 이 일을 계속하는 사람들은 자신이 하는 일이 사업과 수지 맞추기에 좋을 뿐 아니라, 결국에 가서는 우리 종에게도 좋다고 믿는 사람들이다.

내가 함께 일하는 웨슬리 라이스라는 남자는 하루 온종일 하고도 모자라 밤까지 새가며 어떤 소녀의 두개골 조각들을 맞춘 적이 있다. 아이는 미치광이한테 납치되어 강간당한 뒤 야구방망이로 살해당했다. 그 일이 벌어진 날 아침에 소녀는 사진 찍는 날을 맞아 옷을 차려입고 학교로 갔다―사진사 앞에 서려고 옷을 깔끔하게 차려입고 어머니에게 손을 흔드는 여학생. 그 사진은 찍지 못했다. 아이는 버스 정류장에서 납치되어 하루 뒤에 이곳에서 남쪽으로 내려가면 나오는 한 타운십의 길에서 좀 떨어진 작은 숲에서 발견되었다. 미치광이는 아이를 강간하고 목 조르고 칼로 찌른 뒤, 야구방망이로 머리를 때렸으며, 방망이는 아이의 주검 옆에서 발견되었다. 자세한 내용이 지역 매체에 냉정하게 보도되면서 어느 부상이 치명적이었느냐 하는 추측도 나왔다―질식인지, 칼인지, 야구 방망이인지. 이런 추측이 검시관이 사망확인서에 여러 군데 부상이라고 적기 전 아이를 두 번 부검했을 때도 초점이었을 것이 틀림없었다. 웨슬리 라이스가 시체보관소에서 가져온 자루와 같은 것을 열 경우 방부처리를 하는 사람들은 대부분 "관 닫기"라고 간단히 말하고, 유해에서 냄새를 억제하는 정도의 처리만 한 뒤, 자루의 지퍼를 올리고, 집으로 가 칵테일을 마셨을 것이다. 그게 더 쉬웠을 것이다. 보수는 똑같다. 그러나 웨슬리 라이스는 일을 시작했다. 열여덟 시간 뒤 아이를 보겠다고 간청한 어머니는 그 결과를 보았다. 물론 아이는 죽었고, 심하게 손상되어 있었다. 하지만 얼굴은 미치광이가 망가뜨린 모습이 아니라 다시 아이의 것이었다. 머리카락은 미치광이의 것이 아니라 아이의 것이었다. 몸은 미치광이의 것이 아니라 아이의 것이었다. 웨슬리 라이스는 아이를 죽은 사람 가운데서 일으키지도 못했고 분명한 사실을 감추지도 못했지만, 아이의 죽음을 아이를 죽인 자에게서 회수했다. 그는 아이의 눈을 감기고, 아이가 입을 다물게 했다. 상처를 씻어내고, 찢긴 곳을 봉합하고, 두들겨 맞아 깨진 두개골 조각들을 다시 합치고, 부검 때 절개한 곳을 꿰매고, 손톱 밑의 흙을 파내고, 손가락 끝에서 지문을 채취할 때 묻은 잉크를 지우고, 머리를 감기고, 청바지와 파란 터틀넥을 입히고, 아이를 관에 넣었고, 아이 어머니는 이틀 동안 그 옆에 서서 뭔가가 강제로 뽑혀나간 사람처럼 흐느꼈다. 그녀의 목사가 옆에 서서 "하느님이 함께 울고 계신다"라고 말했을 때도 마찬가지였다. 주검을 땅에 묻었을 때도 마찬가지였다. 그때나 다른 어느 때나 끔찍하고, 무시무시하고, 달랠 수 없이 슬펐고 슬플 것이다. 하지만 분노, 공포, 상심은 살인자나 매체나 시체보관소, 주검에 대한 권리를 주장했던 그 각각의 것이 아니었다. 아이와 아이 어머니의 것이었다. 웨슬리는 그들에게 몸을 다시 주었다. "주검을 놓고 법석을 떠는 것은 야만적이다." 제시카 밋퍼드는 그렇게 말한다. 나는 야구 방망이를 든 괴물이 야만적이었다고 말한다. 웨슬리 라이스가 한 일은 친절이었다. 실제로 우리 눈으로 보게 된 상실을, 상상하거나 신문에서 읽거나 저녁 뉴스에서 들었던 것과는 달리 그나마 편한 마음으로 애도할 수 있게 해준다면, 그것은 우리 장의사들이 훌륭한 장례라고 부르는 것이다.

그 장례는 죽은 자를 돌봄으로써 산 자에게 봉사했다.

그러나 이런 주변화된 사람들 — 시인과 설교자, 외국인과
장의사 — 을 제외하면 의사의 돌봄을 받거나 강력하게 처방
된 약을 먹지 않는 사람들 가운데는 장례식에 진정으로 "감
사하는" 사람은 거의 없다. '미국의 경험'은 영국, 또는 일본
이나 중국의 경험 못지않게, "작별goodbye"에 들어가 있
는 "좋다good"는 말, "슬픔sadness"에 들어가 있는 "제정
신sane"이라는 말, "장례funeral"에 들어가 있는 "재미fun"
라는 말을 보지 못하게 해 왔다.

따라서 캘리포니아 상공에서 나에게 찾아온, 땅의 최고의
이용과 최선의 이용을 합친다는 것은 때가 무르익은 생각인
듯했다. 죽은 사람을 받아들인다는 아주 오래된, 지금도 계
속 중인 땅의 의무와 막 생겨나기 시작한 골프 사업에 대한
열광은 탈근대적 퇴화에 의해 래리 아저씨를 추모하는 동시

에 골프 쇼트 게임에도 쓸 수 있는 장소에 대한 나의 비전에 이르렀다―기억과 기억할 만한 구멍에 바쳐진 200에이커. 여기에서는 놓친 버디를 슬퍼하는 눈물과 부모의 무덤에서 흘리는 눈물이 섞일 수 있었다. 골프추모공원! 이것은 일요일의 문제를 완전히 해결할 터였다―교회 가기 전이나 후 또는 가는 것 대신에 무엇을 할지. 좋은 날씨에 몇 홀을 돌기 위해 창문은 "다음 주말"에 닦겠다고 늘 약속하는 식으로 시달리던 남편은 이제 자신 있게 골프화와 빅 버사 골프채를 잡으면서 아내에게 "가족 묘지"를 방문하겠다고 말할 수 있다. "애도 작업"이나 "마무리 안 된 일"이나 "아직 해결되지 않은 어른과 아이 문제"를 슬쩍 흘릴 수도 있다. 아니면 "꿈을 가지고" 있다거나 "위기감을 느낀다"라고 말할 수도 있다. 배우자가 그런 중요한 치료를 받겠다는데 어떤 선한 아내가 막아설까? 이 치료에 날씨가 허락할 경우 얼른 9홀이나 18홀이나 27홀을 도는 것이 포함된다 한들 뭐가 나쁠까?

이렇게 해서 나의 자아들 간의 대화가 시작되었다. 부정하는 사람과 진정한 신자 사이의 대화―우리 모두에게 이들이 하나씩 있다. 나는 로스앤젤레스에서 내 시를 읽고, 문학적 환경에서 수다를 떨고, 책 사인회나 와인과 치즈가 놓인 연회에서 간단하게 말을 하거나 사람들에게 둘러싸여 있었다. 그러는 동안에도 내내 골프추모공원과 죽어가는 어머니 생각에 사로잡혀 있었다. 헌팅턴 도서관 낭독회 뒤 책임자에게 캘리포니아 남부에서 나흘의 자유 시간이 생기면 어디로 가겠느냐고 묻자 그녀는 "산타바버라"라고 대답했고, 그래서 나는 그곳으로 갔다.

기준 타수 4마다 대체로 10에이커가 필요하다. 그런 곳이 18개 있으면 골프 코스가 생긴다. 연습용 그린, 클럽 하우스, 풀과 파티오, 주차장으로 20에이커를 더하여, 200에이커가 필요할 것이다. 이제 이용 가능한 땅, 즉 180에이커를 에이커당 매장지 수—천 개—로 나누고, 거기에서 그린, 워터 해저드, 샌드 트랩은 빼라. 그래도 앞쪽 나인 홀에 거의 8000개의 매장지가 들어갈 공간이 있고, 뒤쪽도 마찬가지다. 편하게, 18홀마다 성인 매장지가 1만 5000개씩 나온다고 해 보자. 거기에 다시 샌드 트랩에 뿌릴 화장한 유골, 워터 해저드에서 뱃전 너머로 던질 늙은 해병대원과 수병, 클럽 하우스의 벽에 납골할 이탈리아인을 더해라. 저 언덕에 황금이 묻혀 있다는 결론에 이르는 데는 천재가 필요하지 않다!

원하는 대로 웃어도 좋지만, 계산을 해 봐라. 에이커 당 비용이 만 달러가 들어가고 개발비로 같은 액수가 들어간다고 해 보자—그러니까 여느 콩밭을 로즈랜드 파크 골프추모공원이나 아버데일 또는 피치트리로 바꾸는 데. 골프 코스와 매장지 이름을 서로 바꿔 쓸 수 있다는 게 좋은 징조로 보인다. 글렌 이든이나 그랜드 론은 오클랜드 힐스나 페블 비치*처럼 어느 쪽에든 쓸 수 있으니, 둘 다에 사용해서 안 될 건 뭔가? 대체로 풍경과 관련된 말들이니까. 자, 토지에 200만, 거기에 개발비, 클럽 하우스, 그린, 수도

* 말 그대로 하자면 각각 에덴 골짜기, 웅장한 잔디, 오클랜드 언덕, 자갈 해변 등의 뜻이다.

에 200만. 선행 투자로 400만이다. 이제 텔레마케터 겸 추모공원 상담사를 잔뜩 데려다가 저녁 식사 때쯤 사람들에게 전화를 하여 땅을 "입회 가격"에, 예를 들어 매장지당 오백 달러에 팔면—어느 기준으로 보나 싼 가격이다—우와, 그럼 750만이 된다. 거기에 사전 계획 화장을 하는 데 백 달러, 그리고 추모 샌드 트랩에 뿌리는 데 추가로 백 달러를 받으면, 누가 골프장 사용권을 사거나 그린피를 내거나 골프공을 사거나 프로 숍에서 바가지를 씌운 모자와 액세서리를 사기도 전에 돈을 두 배로 불릴 수 있다. 아직 포리스트론의 페어웨이에서 살기를 원하는 사람들에게 가장자리 근처의 주택 단지를 팔기도 전이다. 건축 부지는 하나 조성하면 5만. 사람들은 할인가에 사고 싶어 안달을 할 것이다. 상상도 못할 정도로 부자가 될 수 있다. 이것은 아직 예를 들어 존 댈리나 아널드 파머와 같은 페어웨이에 묻히는 데 사람들이 낼 돈을 계산하기 전이다. 또는 잭 니콜러스가 너를 뿌린 샌드 트랩에서 공을 쳐 내는 데 낼 돈. 게다가 관심을 끌만한 유인 장치들도 생각해 봐라—홀인원이면 무료 매장, 사전 계약자에게는 티 타임 선택권. 또 패키지 거래도 있다. 18번째 홀에는 콘도, 앞쪽 9홀의 평균 3타 홀에는 무덤 여섯 개, 금요일 밤마다 저녁식사 예약, 마나님들을 위한 테니스 레슨, 네 추모 행사에서 사람들이 네가 어떤 사람이었는지 기억하는 것을 돕기 위해 너하고 너의 가장 친한 포섬을 찍어 놓은 비디오, 골프 친구들이 술을 한 잔 마시며 너를 기억하며 울 수 있는 19번째 홀 벽에 새겨 놓은 네 이름과 생몰년도. 한꺼번에 모든 걸 구매하면 대폭 할인해 주고, 마일리지를 극대화하는 방식으로 지불할 수도 있다.

결합하고 덩어리를 이루고, 물자와 용역으로 큰 천막을 펼치고자 하는 충동은 이 세기의 성공 이야기 다수의 핵심에 자리 잡고 있다. 이제는 도살업자도, 빵집 주인도, 촛대 만드는 사람도 없고, 우리는 슈퍼마켓으로 가서 고기, 빵, 자동차 오일을 살 수 있고, 가벼운 청구서를 처리하고, 비디오를 빌리고, 은행 업무를 볼 수 있다. 모두 한 자리에서 가능하다. 마찬가지로 모퉁이 주유소에서는 탐폰과 치약을 판다(물론 아무도 오일을 확인하러 오지도 않고, 유리 벽 뒤의 불면증에 걸린 사람은 브레이크를 고쳐주거나 와이퍼 블레이드를 바꾸어주지도 못한다). 우리의 교회는 이제 소나무 숲속의 작은 예배당이 아니라 복지 사업을 하는 수정 교회다. 한 지붕 밑에서 우리는 아이를 하루 종일 맡길 수 있고 위기 개입의 도움을 얻을 수도 있고, 성경공부를 할 수도 있고 지하유골 안치소를 이용할 수 있다. 80년대의 대형 TV 목회—바커스와 스와가트와 팔윌 같은 사람들—는 테마 파크이자 대학이자 병원단지가 되었으며, 부동산을 최대한 매입하여 그 위에 하느님의 면세 안전망을 펼쳤다. 어쩌면 오늘날 많은 초대형 교회에서 나타나는, 영감을 주기보다는 즐겁게 해주고, 예배를 보기보다는 놀라움을 주는 경향은 천막 부흥회에 필요한 큰 지붕은 대규모 서커스에 필요한 지붕과 다를 바 없다는, 몇 세대 전에 얻은 정보에서 유래한 것인지도 모른다. 이런 텔레비전 전도사 가운데 일부는 감옥에 갔고, 일부는 대통령에 출마했고, 일부는 말을 달려 망각의 석양으로 사라졌다. 어쨌든 그들은 팔 수 있는 것은 다 팔고 있는 것 같았다. 일종의 영혼을 위한 원스톱 쇼핑으로, 이곳에서는 치유, 용서, 남북 캐롤라이나의 휴가지 공동 소유, 음악 목회, 워터 파크, 성지 순례가 모두 비자나 마스터카드로 처리될 수 있다.

마찬가지로 인터넷은 골웨이의 서점의 서가에서 책을 살 수 있고, 피자나 딤섬을 주문할 수 있고, 결혼에 싫증이 난 낯선 사람에게 지저분한 이야기를 할 수 있고, 보츠와나의 인구 통계를 확인할 수 있는, 그것도 "홈 오피스"—이 말은 이십 년 전이라면 미친 소리로 들렸을 것이다—에서 꼼짝도 하지 않고 확인할 수 있는 떠오르는 장터, 세계적 쇼핑몰이라고 할 수 있다.

따라서 이중의 목적, 고도의 이용가치, 동시다발적 응용 방식이 시장과 나의 상상력을 사로잡았다.

전에도 나에게 이런 일이 일어난 적이 있었다.

화장火葬 시장이 정말로 뜨거워지기—이 말을 쓰지 않을 수 없다—오래전 나는 "화장 기념물"이라는 새로운 방식을 꿈꾸었다. 이것은 죽은 사람을 화장하는 쪽을 택한 가족도 매장하기로 한 가족과 마찬가지로 그들을 기념할 필요를 느낀다는 관찰에 기초를 두었다. 하지만 기념물이 돌—

정보를 주기는 하지만 소리가 없고 다른 용도로는 쓸 수 없다—의 형태를 띠는 매장과는 달리 죽은 사람을 재와 뼛조각으로 바꾸어놓은 사람들은 나쁜 것에서도 좋은 것이 나올 수도 있다는, 그들이 보기에 달리 쓸모가 없는 것에서 좋은 것이 나올 수도 있다는 생각에 기분이 좋아지는 것 같았다. 그런 생각은 일과 쓸모를 존중하는 프로테스탄트 윤리라고 부르는 것에 뿌리를 두고 있었다. 죽은 사람은 죽은 재를 떠나 기억이라는 단순한 행위를 넘어서는 뭔가에 도움이 되어야 한다, 그들은 그렇게 말하고 있는 것 같았다.

이들은 한쪽 끝에 죽은 인체가 있는, 꽃이 가득한 방을 볼 때면 언제나 "안타까워라" 또는 "이런 낭비가" 하고 말할 만한 사람들이다. 하지만 똑같은 꽃이 초빙 교수를 위해 차를 대접하는 살아 있는 인체를 둘러싸고 있을 때는 대부분 "정말 예뻐라" 하고 말한다. 또는 글라디올러스 사이에 있는 몸이 가령 삼중 바이패스 수술로부터 회복되고 있는 사람이라면 이 꽃들은 "아주 사려 깊군" 하는 말을 듣게 된다. 하지만 관이나 주검을 둘러싸고 있는 꽃들은 낭비이거나 안타까운 것이다. 돈이 "좋은 명분"에 더 잘 쓰일 수 있다는 것이다. 이런 생각이 인간의 주검을 휴대하기 쉽게 만들고—평균 10에서 12파운드다—새로운 시대의 폴리머와 레진과 함께 용해되기 쉽게 만드는 화장과 결합되어, 나는 오래전에, 죽은 사람을 재로부터 일으켜 다시 자기 몫을 하게 한다는 묘안을 떠올리게 되었다. 바로 화장 기념물이다. 늙은 사냥꾼이라면 자신의 유골이 멍청하게 단지나 차지하는 것보다 유인용 오리나 진흙 비둘기*를 만드는 데 사용되는 것을 더 좋아하지 않을까? 죽은 어부는 크랭크 미끼나 플라스틱 지렁이가 되어, 적당한 행사 뒤에, 가장 좋아하는 손자 손에 쥐어질 수도 있겠다. 늘 조용하고 위엄 있는 배우자였던 목사 부인은 목사관의 새 찻잔으로 부활할 수도 있을 것이고, 잔 받침에는 우아한 필체로 이름을 새겨놓을 수도 있을 것이다. 볼링 하는 사람들은 투명한 볼링공, 또는 볼링 핀, 또는 그들이 늘 주무르던 로진 백에 섞여 들어갈 수도 있겠다. 사교춤을 추던 사람들은 오카리나가 될 수 있고, 고양이를 사랑하던 사람들은 추모 고양이 집이 될 수

* 공중에 던져 올리는, 진흙으로 만든 원반 과녁.

도 있다. 적용할 수 있는 곳은 무궁무진하다. 도박꾼의 유골은 주사위와 판돈으로 쓸 칩이 될 수 있고, 자동차광은 기어 손잡이나 후드 장식이 될 수 있고, 가족 전체는 짝이 맞는 휠 캡이 될 수도 있다. 주방에서 오랜 세월을 보낸 미식가라면 추모 에그타이머가 될 기회를 마다할 리 있을까. 그들의 유골은 시간의 은유처럼 타이머를 흘러내릴 것이다. 북엔드와 장신구는 이렇게라도 해놓지 않았다면 지루하거나 쓸모없었을 뿐인 죽은 자로 만들 수 있다. 떠난 자가 뭔가가 되어 더 가치가 생기듯이, 그들로 이루어진 물건은 그 앞에 "추모"가 붙어 더 가치가 생길 것이다.

우리는 늘 유해를 벽장에 보관했다—가족이 가져가거나 묻거나 벽감에 두지 않은 것들은. 십 년이 지나자 찾는 이 없는 유해 상자가 수십 개 쌓여 있다는 것을 알게 되었다. 아무도 그것을 원하지 않는 것 같았다. 나는 책임의 한계에 관해 생각해 보았다. 화재가 나면 어쩌나. 소송을 상상해 보려 했다—늙은 가족이 나타나 "피해" 보상을 요구한다면. 물론 유해 상자도 피해는 입을 수 있다. 우리는 매년 크리스마스 때가 되면 이 버려진 유해의 가족이 이것을 두고 어떤 결정을 했는지 알아보려고 전화를 했지만, 많은 경우 상자를 그대로 갖고 있게 되었다. 어느 크리스마스에 남동생 에디가 거기에 '기억의 벽장'이라는 이름을 붙이고 매달 보관료를 받자고 선언했다. 삼십 일이 지나도 유해를 가져가지 않으면 소급해서 계산하여 가령 이십오 달러를 받자는 것이다. 전화를 돌렸다. 늙은 사촌과 의붓자식들이 갑자기 나타났다. 재혼한 지 오래된 과부가 돌아왔다. 부활절이되자 '기억의 벽장'은 거의 비게 되었다. 에디는 이것을 기적이라고 일컬었다.

나는 놀라운 일이라고 일컬었다—우리가 타고 남은 재, 이 유해 상자들과 관계를 맺는 방식들이. 그해 겨울과 봄내내 사람들은 아주 작아진 죽은 사람을 찾으러 왔고, 나는 그들이 그것을 얼마나 꼼꼼하게 "다루는지" 지켜보았다. 어떤 사람들은 활짝 웃음을 짓고 날씨 이야기를 하며, 철물점이나 공항 짐 찾는 곳에서 물건을 집어 들 듯이 유해를 들고, 콘플레이크나 새 모이처럼 차의 트렁크에 던져 넣었다. 어떤 사람들은 오래된 도자기나 '첫 번째 성체 배령'을 받 듯이, 마치 자신의 손이 그것을 만질 자격이 없거나 그럴 만큼 깨끗하지 못한 것처럼 그것—이름과 날짜가 적혀 있 는 검은 플라스틱 상자나 갈색 판지 상자—을 받았다. 한 나이 든 여자는 여동생의 유해를 찾으러 왔다. 여동생의 자 식들은 구태여 찾으려 하지 않는 것 같았다. 그러나 이모는 단호한 태도로 그들에게 그럴 만한 이유가 있다고 대신 변 명해 주었다. 그녀는 여동생의 유해를 차로 가져갔다. 트렁 크를 열었다가 그냥 닫았다. 파란 세단의 뒷문을 열더니 그 것도 그냥 닫았다. 결국에는 앞쪽 조수석으로 걸어가더니, 그곳에 상자를 조심스럽게 놓고, 잠시 동작을 멈추었다가, 상자에 안전띠를 채운 다음 운전석에 타 차를 몰고 떠났다. 몇 사람에게는 그것이 상처를 다시 헤집는 것이었다. 그들 은 우리가 어떤 행동을 하지 않으면 요금을 내게 하겠다고 자신들을 "들볶은" 것에 마음이 편치 않은 것이 분명했다. "내가 이 유해를 갖고 뭘 하고 싶겠어요?" 한 여자는 물었 다. 그녀의 죽은 어머니의 유해가 그녀에게 아무리 의미가 없더라도, 나한테는 훨씬 더 의미가 없을 가능성은 전혀 생각하지도 못하는 게 분명했다.

나에게 유일하게 중요한 어머니는 나 자신의 어머니였다. 그리고 그 어머니는 의사가 "다 잡았다"라고 안심시킨 수술 일 년 반 뒤에 재발한 암으로 죽어가고 있었다. 그들은 폐하나를 들어냈다. 우리는 최악의 두려움을 다 덮어두고 의사들이 던져 준 반지를 잡았고, 거기에는 "모든 게 괜찮을 겁니다" 하고 적혀 있었다. 그들이 틀렸다. 추수감사절에 시작된 기침은 밸런타인데이까지 그대로였고, 결국 누이 줄리에게 떠밀려 어머니는 병원으로 갔다. 의사들은 엑스레이에서 "이상한 점"을 보았고 한 철 방사선 치료를 받으라고 제안했다. 나는 이 이상한 점이 하제와 이뇨제를 처방하면 되는 이상한 점과는 다른 게 틀림없다고 생각했다. 유월이 되자 어머니의 몸은 방사선 때문에 건조해지고 자주색으로 변했지만, 그래도 어머니가 죽을 거라는 생각이 들지는 않았다. 팔월에도 어머니의 목소리는 거의 속삭임에 가까웠고, 어깨의 통증이 사라지지 않았음에도, 눈앞에서 죽어가는 여자 대신 "이상한 점"(이라고 쓰고 종양이라고 읽는다)의 진

전에만 초점을 맞추는, 사용자에게 친절하고 감정적으로 중립적인 종양학자의 어휘에 매달렸다. 어머니의 고통을 그들은 "불편"이라고 불렀고, 어머니의 정신적 공포를 "불안"이라고 불렀으며, 그 사이에 어머니의 몸은 이제 어머니에게 친구이기를 중단했을 뿐 아니라 적이 되고 말았다.

　나는 화장 기념물 사업을 추진하지 못했다. 은행과 경리 담당자를 내 마음대로 할 수가 없었다. 한 사람은 내가 시대를 앞선 것인지도 모른다고 말했다. 그가 옳았다. 요즘 업계 잡지에 화장한 유골을 예술품으로 만들어주겠다고 장담하는 이상한 광고가 등장하는데, 이 예술품은 하나같이 몇 년 전에 한참 유행하던 대리석 달걀과 닮았다. 참, 나는 한 번은 어떤 남자의 유해를 투명한 위스키 병에 담았고, 그의 부인은 거기에 전선을 연결하여 탁상 램프로 사용했다. "그이는 늘 내가 정말로 자기를 켠다고* 말했거든요." 그녀는 그렇게 말하며, 아직도 크리스마스카드에 베브와 멜이라고 남편 이름까지 서명한다. 마찬가지로 내가 함께 낚시를

* turn on에는 흥분시킨다는 뜻도 있다.

하던 남자의 미망인은 재혼을 한 뒤 그의 유해를 다시 가져 와 페르 마르케트강에 뿌려 달라고 했다―우리가 오랫동 안 이동하는 연어를 잡던 강이었다. 그녀는 보온병, 크고 비 싼 스탠리 보온병에 그것을 담아와, 그것이 카누에 싣고 갈 때 내가 그녀에게 판 단지보다 눈에 덜 띌 것이라고 말했다. "위장," 그녀는 그것을 그렇게 부르며 잘 애도해 온 상실을 드러내는 웃음을 지었다. 하지만 그를 하류의 우리가 좋아 하던 구멍 한 곳으로 데려가자, 그를 그런 식으로 보낼 수 가 없었다. 나는 그를, 보온병이니 뭐니 하는 것들과 다 함 께, 강둑 위쪽 자작나무 밑에 묻었다. 거기에 돌을 쌓은 다 음 종이에 그의 이름과 생몰 연도를 써서, 제물낚시용 미끼 상자에 담아 돌들 사이에 감추었다. 그가 죽었을 때는 막 걸음마를 떼던 그의 아들과 딸이 혹시 낚시를 하게 되거나 그에 관해 묻게 될 때를 대비해 그를 기억하며 그대로 보존 할 수 있는 장소를 원했던 것이다.

세상은 묘한 동맹으로 가득하다. 케이블 회사가 전화 회 사를 사고, 소프트웨어 회사가 하드웨어 회사를 산다. 우리 는 어느새 TV를 향해 말을 하고 있다. 다른 조합들도 무리는 아니다. "모터 홈", "메디사이드."* 이와 비교할 때, 골프 추모공원을 이루는 묘지와 골프장이라는 개념은 오직, 이런 표현을 써도 좋다면, 나인 아이언으로 칠 수 있는 거리 정도밖에 안 떨어져 있다.

더욱이. 묘지는 늘 죽은 사람에게 낭비되는 땅이라고 널리 또 그릇되게 간주되어 왔다. 화장을 찬성하는 쪽에서 들리는 흔한 주장은 땅이 부족해진다는 관념—명백한 허구다—에 의존하고 있다. 그러면서도 아무도 골프장이 급격히 늘어나는 것은 불평하지 않는다. 작년에만도 밀퍼드에 세 곳이 새로 문을 열었다. 그런데도 공직에 있는 누구도 또 사적인 대화에서 누구도 사람들이 콘트랙트 브리지**나 탁구, 또는 땅이 덜 필요한, 토지 집약적인 다른 여가 활동을 하고, 땅은 대신 저비용 주택단지나 협동조합 유기농 정원에 써야 한다고 말한 적이 없다. 아니, 골프장 개발은 부동산과 건축업에 희소식이고, 호텔업자, 식당주인, 옷감장

---

* 각각 움직이는 집, 의사의 도움을 받는 자살.
** 카드 게임의 일종.

수를 비롯하여, 우리 종이 쾌락이 자기 것이 될 때는 거기에 기꺼이 돈을 쓰고 싶어 한다는 것을 알게 된 인접 산업이 기뻐해야 할 이유다. 죽은 자의 추모에 바쳐진 땅은 늘 의심을 사는데, 산 자의 여흥을 위해 사용되는 땅은 좀처럼 그런 일이 없다. 내 생애 내에, 텔레비전 스크린의 크기와 우리가 우리 삶과 풍경에서 죽은 사람을 위해 허용하는 공간 사이에 반비례 관계가 생겨날 것 같다. 어쩌면 피라미드가 이 스펙트럼의 한쪽 끝을 대표하고, 추모 펜던트―발목 장식이나 팔찌나 목걸이나 열쇠고리에 죽은 배우자의 매우 크게 줄인 유해를 우아하게 매달고 다니는 것―는 다른 쪽 끝을 대표하는 상황에서, 우리는 떠난 자에게는 땅을 인색하게 내주는 듯하다. 우리는 묘석을 납작하게 만들었고, 예배를 줄였고, 놀이공원, 주차장, 고카트 경주장, 골프장으로 더 잘 사용할 수 있는 땅이 부족해지는 것을 막기 위해 더욱더 많이 화장을 선택했다. 묘지는 자연 속의 산책이나 역사답사와 결합될 때에만 지지를 얻을 수 있다, 마치 우리의 필멸성의 본성이나 역사에는 어느 하루에 얻을 만한 교훈이 충분히 담겨 있지 않기라도 한 것처럼. 우리는 그 안에서 공동체 행사—밴드 콘서트, 새 관찰—를 열 기회를 찾는 반면, 실제로 그곳과 관련되어 열려야 하는 공동체 행사들, 예를 들어 장례와 매장은 더욱더 사적인 광경이 되었다. 그곳이 죽은 자들의 보관소와 우리가 그들에 대해 갖고 있는 기억, 또는 애도가 포함하는 종종 시끄럽고 깔끔하지 못한 감정들의 안전한 피난처가 되는 것만으로는 부족하다. 편안함과 고요만으로는 부족하다. 우리는 우리를 좀 즐겁게 해줄, 뻔한 것을 넘어 어떤 용도가 있는 공원, 추모공원을 원한다. 우리는 죽은 사람들에게 말하고 있는 것 같다, 적을수록 많아진다. 반면 살아 있는 자는 늘 부족할 뿐이다.

이렇게 골프와 좋은 애도의 결합은 자연스러워 보이며, 그 둘은 커다란 녹색 잔디밭, 구멍들에 대한 집중, 짐을 운반하는 사람—캐디나 운구하는 사람—의 필요를 공유하고 있다.

물론 실용적인 논쟁이 생길 것이다—실제로 매장은 언제 "할" 것인가? 사람들은 무덤가 예배를 뚫고 지나가며 골프를 칠 수 있을까? 규약은 무엇인가? 복장 규정이 있는가? 묘석, 현충일, 묘지 관리 기금은 어떻게 할 것인가? 영구차는 어떤 모양으로 만들까? 우리 모두 게리 플레이어* 복장을 할까?

어머니가 죽어가고 있을 때 나는 하느님을 증오했다. 어떤 날은 그녀, 예순다섯에 죽은 그녀를 생각하다가 아버지가 하던 말을 기억한다. "이때가 황금기여야 했는데." 그녀는 아홉 자식을 배고 낳고 길렀다. 그녀 세대의 가르침이나 테크놀로지는 신뢰할 만한 "선택"을 제공하지 않았기 때문이다. 음악 교사의 딸이었던 그녀는 "리듬"을 제외한 모든 것을 이해했다. 내가 물려받아 혜택을 보고 있는 것은 수에 밝다는 것이다. 나의 분노의 대상인 하느님은 어머니가 알던 하느님이었다—턱수염을 기르고 대천사들을 거느리고, 책임을 방기한다는 논란이 있는 자. 비열한 느낌이 드는 못된 장난을 치는 자로서, 우리 밑에서 의자를 빼 버리고, 단추 구멍에 꽂는 꽃으로 우리를 찌르고, 벼락을 치는 조이 부저**를 달고 우리와 악수를 하고 나서 왜 우리가 "이해"를

* 골프 선수 이름.
** 손바닥에 붙이는 용수철을 단 원반으로, 악수를 할 때 상대방의 손에 감전되는 느낌을 준다.

못하느냐고 의문을 품는다. "농담도 받아들이지" 못해?

빙 크로스비와 잉그리드 버그먼 같은 가톨릭이었던 어머니는 자신의 천국에 익숙한 것들을 갖추어 놓았다. 자신의 부모, 자매, 젊은 시절의 친구들. 그녀가 그리는 광경은 가구에 덮는 작은 장식용 덮개에 이르기까지 정밀했다.

그래서 미라마—하얀 미늘벽판자 위에 파란 기와를 덮은, 산타바버라 남부 바닷가의 오래된 호텔—에 투숙하고 나서 나는 딱 나흘 동안 사실들로부터 숨고 싶었다. 파란 물로 뛰어드는 펠리컨, 갈매기, 가마우지 소리, 파도가 늘쩍지근하게 철썩이는 소리에 잠이 깨던 기억이 난다. 태평양은 태평했다. 나는 평화가 필요했다. 해변을 바라보는 데크에 앉았다. 탄탄한 몸들이 원색의 옷을 입고 달려 지나가거나 아침 빛을 받으며 디자이너 브랜드에서 판매할 듯한 개를 산책시켰다. 산타바버라에서는 아무도 죽어가지 않았다. 나는 골프장-묘지 콤보에 관해 메모를 하기 시작했다. 그것을 "세인트앤드루스"라고 부르는 것은 너무 과감할까? 사람들이 돈을 더 내고 그린에 묻히고 싶어 할까? 골프채에 맞아 잔디가 뜯겨나가는 것은 모독일까? 묘석은 어떨까? 그건 없어야 할 것이다. 하지만 무엇으로 그걸 대체한다? 추모 골프공으로? 이런 질문, 또 그 비슷한 다른 질문들이 관심을 끌려는 아이들처럼 서로 다투었다. 나는 커피를 주문했다. 그리고 그릴드 치즈 샌드위치. 물에 둥둥 떠 있고 싶은 유혹은 피했다. 파도치는 대양은 은유로 반짝였다. 앉아서 바다를 구경하니 좋았다. 모든 것이 괜찮아질 것 같았다. 해가 질 무렵 나는 아름다움에 사로잡혀 그 자리에서 꼼짝도 하지 못했다. 내 계획의 세부사항은 뽑아놓았다―위치, 투자, 광고, 이사회. 왜 우리 묘지를 재미와 운동에 이용하면 안 되는가? 쾌감과 통증은 서로 녹아들 수 있다. 웃음과 울음은 똑같은 해방이다. 나는 다음에 어느 걸 해야 좋을지 몰랐다, 웃을지 울지.

어머니는 구원이 따르는 고난이 있다고 믿었다. 그 모범은 그리스도의 십자가 처형이었으며, 그녀는 그 상징을 우리 집의 거의 모든 방에 걸어두었다. 이것이 다른 모든 날을 재는 기준이 되는 나쁜 날이었다. 어머니는 15세기 신비주의자 토마스 아 켐피스의 제자였으며, 매일 그의 《그리스도의 모방》을 읽었다. 우리가 피조물을 편하게 해주는 의식주에서 어떤 견디기 힘든 거로 시끄럽게 굴기 시작하면 어머니는 "그걸 고난 받는 영혼들을 위해 바쳐" 하고 말하곤 했다. 나는 그게 프로테스탄트의 일의 윤리를 가톨릭식으로 변형한 것이라고 생각했다. 비참해질 거라면 차라리 좋은 명분을 위해 비참해지는 게 낫다, 어머니의 논리는 그런 것이었다.

그 고난 받는 영혼들은 누구일까? 나는 자문하곤 했다.

그와 비슷하게, 아일랜드 기질을 가진 인간들은 모든 나쁜 것에서 축복을 찾아내는 특별한 솜씨 또는 병이 있다. "비가 내리는 무덤은 행복하도다." 그들은 발목까지 진흙에 잠긴 채 죽은 사람을 묻으며, 나쁜 날씨에서 좋은 징조를 찾아 그렇게 말한다. 이렇게 매일 비가 오는 땅에서 호우가 복받은 것이라고 선언해 놓았다. "더 나쁠 수도 있다," 그들은 재난에 맞서면 그렇게 말하거나, "네가 아는 악마가 모르는 악마보다 낫다"라고 말하거나, 다른 모든 게 안 통할 때는 "삶은 그냥 거쳐 가는 것"이라고 말한다. 침략과 기근과 점령이 그들에게 이런 것들을 가르쳐 주었다. 그들은, 어쩌면 너무 지나치다 싶게, 우리 같은 사람들을 상대로 한 하느님의 작은 장난을 잘 견디어내는 사고방식을 갖고 있다.

그래서 내가 어렸을 때, 배가 고프거나 화가 나거나 외롭거나 지루하거나 형제들 가운데 한 명에게 맞으면, 어머니의 몇 가지 위로 가운데 하나는 "그걸 고난 받는 영혼을 위해 바쳐라" 하는 쉽게 이해하기 힘든 영적 격언이었다. 내가 고통을 참을성 있게 받아들임으로써 구원이라는 우주의 사업을 도울 수 있다니. 파운드를 달러 지폐로 바꾸듯이, 아픔의 화폐는 거룩함의 화폐가 되었다. 하느님은 우리 계좌의 차변과 대변을 계속 추적하는 천상의 은행원이었다. 체납인 상태로 죽은 사람들은 연옥에 간다. 이곳은 영혼을 위한 일종의 자동차 간이 수리점으로, 여기에서 지상의 삶의 휜 곳이나 파인 곳이나 녹슨 곳을 손보고 천국으로 올라가게 된다. 지옥은 영원히 끝나지 않는 연옥으로, 진짜 빚을 떼어먹으려는 인간들, 대가를 지불하지 않을 뿐 아니라 누구에게 어떤 것도 빚지지 않았다고 생각하는 인간들을 위해 마련된 곳이다. 연옥은 재활을 위한 곳이다. 지옥은 벌, 지속적이고, 영원하고, 잔인하고, 특별한 벌을 위한 곳이다. 두 장소의 주된 도구는 불이다. 연옥의 고통스럽지만 정화하는 불, 나쁘게 얻은 자기 방종적 쾌락에 대한 지옥의 불과 유황의 보답.

가끔 지난 이천 년의 대부분의 기간 동안 서방 교회가 화장을 기피한 이유가 이것이라는 생각이 든다―불은 벌이었기 때문에. 하느님과 문제가 생기면 지옥에 가 불에 탔다. 어쩌면 이것 때문에 서양인이 불에 대체로 부정적인 느낌을 갖게 되었는지도 모른다. 우리는 쓰레기를 태우고 보물을 태웠다. 그래서, 필멸성에 관한 삶의 첫 가르침―죽은 새끼고양이나 토끼, 또는 높은 둥지에서 떨어진 죽은 새―과 마주쳤을 때 훌륭한 부모는 불쏘시개나 바비큐 대신 구두 상자와 삽을 찾는다. 또 그래서 어쩌면 매장은 지켜보지만, 화장은, 사형처럼, 우리에게서 감춘다. 물론 동방의 사고는 늘 정화하는 불을 우리를 우리의 재료가 되는 원소들이나 기원과 재결합시키는 원소로서 좋아했다. 그래서 캘커타와 봄베이에 커다란 공적 화장터가 있는 것이고, 그곳에서 주검들이 자신을 태울 때 나오는 연기로 하늘을 검게 덮는다.

어머니는 이 부분은 믿지 않았다. 그녀의 자식들에게는 그녀가 제공하는 것 이상의 벌도 정화도 필요하지 않았다.

우리는 하느님의 자식이었으며 어머니 자신이 최선을 다해 노력한 결과물이었다. 구원은 하느님의 선물이었다. 어머니가 우리에게 준 선물은 그것을 챙기는 방법이었다. '제2차 바티칸 공의회' 뒤에 림보와 연옥을 없애자, 그녀는 그것을 일종의 개화로 받아들였다. 그럼에도 삶에는 고난이 충분했으며, 그녀는 우리가 그것을 잘 사용하기를 바랐다. 그것은 '자연'의 일부였다.

"영생을 위해 모든 슬픈 것을 견디어야 한다." 이것이 어머니가 토마스 아 켐피스에게 배운 것이었다. 따라서 고난에는 의미, 목적, 가치, 이유가 스며들었다. 자연은 무작위로 아무런 관련성 없이 고난을 듬뿍듬뿍 나누어주었지만, 신앙과 은총은 고난을 우리가 하느님에게로 돌아가는 여행길의 일부로 만들었다. 속죄는 "하나가 되고자" 함이다. 그리고 이런 복귀, 하늘에서의 이런 재결합, 이런 구원이 우리가 존재하는 한 가지 진정한 이유다, 어머니는 그렇게 믿었다. 물론, 이런 생각 때문에 어머니는 "우리 자신이 기분 좋다고 느끼는 것"이나 "자기를 돌보는 것"이나 "행복"과 "정당화"와 "자존심" 등 문화에서 말하는 모든 세속적 전리품과 불화하게 되었다. 그녀의 목소리는 교외의 광야에서 외치는 소리로, 우리가 모두 감당할 십자가를 받았으며 ─ 우리는 이렇게 그리스도를 모방해야 했다 ─ 우리는 고난 받는 영혼들을 위해 그것을 바쳐야 했다.

그렇게 어머니가 그것을 기도로 바꾸었다 ─ 그 "이상한 점"을, 암을, 남아 있는 폐에서 식도로 올라갔다가, 척수로 훌쩍 뛰고, 이어 뇌로 향한 종양을. 의사들은 그런 일이 일어나고 있는 일이라고 말했다. 그들은 죽어가는 사람에게서 고장 나고 있는 신체 부위를 이야기하는 쪽을 좋아하니까. 그러나 그녀의 남편과 자식들에게 일어나고 있는 일은 암이 진행되면서 목소리가 점점 가라앉고, 숨이 점점 짧아지고, 신체의 균형 감각이 사라지는 것이었다. 어머니는 그것을 자신에게 납득이 되도록 바꾸어, 그 고통과 공포와 슬픔을 그녀가 하느님과 터놓은 계좌에 집어넣었으며, 그것에 의해 몸에 일어나고 있는 일은 그녀에게 일어나고 있는 몇 가지 일 가운데 하나에 불과한 것이 되었다. 종양으로 고통을 안겨주는 몸은 그녀에게 달려들었고, 그녀는 죽어가고 있었다. 나는 어머니가 몸을 없앨 준비가 되어 있었다고 믿는다. 어머니는 심장이 슬픔과 흥분에 압도당하고 있다고 말했다. 우리―사십삼 년간의 남편, 아들과 딸, 태어나고 태어나지 않은 손주들, 자신의 자매와 형제, 친구들―를 떠나는 것으로 인한 슬픔. "본향"으로 가는 흥분. 몸 안의 목소리가 잦아들면서 영혼의 목소리는 더 크게 외치는 것 같았다, 노래하는 것 같았다. 어머니는 우리 누구도 보지 못하는 것을 볼 수 있었다. 모르핀을 거부하고 맑은 정신으로 남아 비전을 보았다. 우리 각각에게 위로의 말을 해주었다―어느 시점에서는 우리가 놓아버리는 법을 배워야 한다고, 내키지 않으면서 그러는 게 아니라 찬양의 행동으로 그렇게 해야 한다고 말했다. 내가 이 말을 하는 것은 그 말을 이해해서가 아니라 그것을 목격했기 때문이다. 나는 그것이 효과가 있다는 확신이 없다―그게 어머니한테 효과가 있었다고 확신할 뿐이다.

일단 도약을 하면 쉽다. 일단 방대한 잔디가 겉으로는 모순되는 용도에 사용되는 것을 보면 세상은 다른 곳이 된다. 골프장이 묘지가 될 수 있으면, 미식축구장, 축구장, 야구장, 테니스장도 당연히 그렇게 될 수 있다. 스키장은 어떤가? 어떤 사람이 산에 묻히고 싶어 하지 않겠는가? 부트 힐,* 그렇게 부를 수 있을 것이다. 잘 들어라, 적용 가능한 곳은 끝도 없다. 승리의 전율, 패배의 괴로움. 삶은 그런 것이다― 죽음도 그렇다.

어머니의 장례는 슬픔이자 축전이었다. 우리는 울고 웃었고, 하느님에게 감사하고 하느님을 저주했고, 하느님에게 우리 어머니의 신앙이 죽음에서 얻을 것이라고 믿었던 것들에 대한 약속을 지켜달라고 부탁했다. 우리가 어머니를 묻은 날은 핼러윈이었다―모든 성인의 날 전야. 성인의 날의 다음날은 '모든 영혼'의 날,** 모든 고난 받는 영혼들의 날이었다.

에디와 나는 땅을 찾고 있었다. 에디는 골프를 치는 사람

* 19세기 미국 서부 공동묘지에 흔했던 이름으로, 장화boot를 신고 죽은 사람을 묻는다고 해서 생긴 말.
** 보통은 각각 만성절, 위령의 날이라고 부른다.

이다. 나는 그 시간에 차라리 읽고 쓴다. 그는 클럽 프로가 되겠다고 하고 나는 '배후의 두뇌'가 될 수 있다. 우리는 오 랫동안 함께 일해 왔다. 우리 누이 브리지드는 사전 수요 조사를 하고 우리 누이 메리는 늘 장부를 정리한다—임금 과 수금과 지급 만기. 여자들은 돈을 통제할 줄 아는 것 같 다. 그들은 그것을 우리가 '린치 앤드 선즈'라는 이름을 쓰 는 것에 대한 복수라고 말한다.

나는 홀리 세펄커 묘지에 볼 일이 있을 때마다 24구역에 들른다. 어머니와 아버지가 묻힌 곳이다. 아버지는 어머니 보다 이 년을 더 살았다. 아버지가 묻힌 뒤 우리는 배리 화 강암으로 높은 켈트식 십자가를 세우기로 결정했다. 두 직 선이 교차하는 원 안에는 그들의 가르침인 "서로 사랑하라" 를 새겼다. 아버지는 어머니가 죽고 난 다음 해 나와 아일 랜드에 갔을 때 이런 십자가들을 보았다. 그 모양이 마음에 든다고 했다.

이런 돌이 있으면 골프는 불가능하다. 이런 돌은 자기 자 리를 지킨다. 그 사이로 골프를 치기는 어렵다. 디자이너 브 랜드에서 판매할 듯한 개의 줄을 잡고 귀에 스테레오를 꽂고 달리는 사람들은 허락되지 않는다. 웅덩이 옆의 표지판에는 "낚시 금지/오리에게 먹이를 주지 마시오"라고 적혀 있다. 홀리 세펄커 묘지에서 유일한 자연의 길은 죽고 기억하는 우리 종의 본성이 이끄는 길이다.

그들이 몹시 그립다.

매년 봄 돌 아래 봉선화를 심는 것은 내 누이들인 듯하다.

가끔 나는 돌들 사이에 서서 궁금하다. 가끔 웃고, 가끔 운다. 가끔 아무런 일도 없다. 삶은 계속된다. 죽은 사람들은 어디에나 있다. 에디는 그게 이 코스의 평균 타수라고 말한다.

죽은 자와
산 자의
거리

모든 큰 도시가 그렇듯이 우리 도시도 물로 나뉘어 있다. 더블린에는 리피강이 있고, 런던에는 템스강이 있다. 밀퍼드에는 휴런강이 있다. 지역 사정을 잘 아는 현지인은 '거센 휴런'이라고 부르는 이 강은 늘 과장된 만조 상태로 넘실거린다. 이 강은 도시 동쪽으로 5마일 떨어진 프라우드 호수의 원류에서부터 마을 서쪽 끝에 있는 댐에 이를 때까지 큰 소동을 일으키지도 않고 폭이 100피트를 넘지도 않는다. 다만 중앙공원에서 옆으로 살을 찌워 우리가 밀 웅덩이라고 부르는 곳으로 들어간다. 물론 이 강은 서쪽으로 앤아버와 입실란티를 통과하여 이리호로 흘러들며, 하류에 가서야 진짜 강처럼 보이기 시작한다. 지도에서도 찾을 수 있다. 하지만 여기, 원류 근처에서는 개울에 가깝다. 상당히 깨끗하고, 카누를 타거나 잉어를 낚거나 뗏목 경주를 하기에 좋다. 일 년에 한 번 로터리 클럽이 후원하는 '오리 경주'*가 열리고 사월 초에는 멋진 서커** 경주가 열린다. 메인 스트리트에서 철로가 강을 건너는 곳에는 아치라고 부르는 구각교構脚橋가 있는데 거기서 다이빙을 하는 것은 불법이다—하지만 지금까지 백오십 년 동안 지역 남자아이들은 대체로 그 법을 무시해 왔다.

강은 남부와 북부를 나눈다. 남부의 자동차 영업소와 주류 판매소와 소규모 제조업체들과 북부의 유행을 따르는 레스토랑, 은행, 부티크, 서점을 나눈다. 남부에는 남부 침례교회, 북부 메인 교회, 장로교회가 있다. 브레이크와 머플러는 남부에서 구할 수 있고, 다이아몬드와 이혼 변호사는 북

* 플라스틱 오리 경주.
** 민물 물고기의 한 종류.

부에서 구할 수 있다.

'거센 휴런'으로 마을이 나뉘듯이 주민의 영혼과 정신도 나뉜다. 눈이 오면 이곳은 커리어 앤드 아이브스* 판화처럼 보인다―이웃들이 발을 멈추고 이야기를 나누고, 볼일을 보러 가서 상대하는 상인들을 알고, 점포 입구를 지나며 고개를 끄덕이고 손을 흔들고, 이렇다 할 이유 없이 싱긋 웃어주며 걸어가는 메인 스트리트. 중앙공원에는 겨울 내내 스케이트장이 열리고, 날씨가 좋을 때면 배구와 테니스 게임이 벌어진다. 회전목마와 정글짐 같은 놀이 시설은 영구적으로 설치되어 있다. 메인 스트리트의 동서쪽으로 지난 세기 전환기 무렵에 지은 목조 주택으로 이루어진 오래된 동네들이 있다. 각각의 역사는 '역사 학회'가 열심히 연구해 놓았다. 타운 내에는 오천 명이 살고 타운십에는 만 명이 산다. 사람들은 아늑한 집에 거주하고, 동네에서 장을 보고, 경찰과 자원 소방대를 후원하며, 현충일과 독립기념일과 크리스마스면 으레 메인 스트리트를 따라 행진해 가는 퍼레이

* 미국의 판화 회사.

드를 구경한다. 이 지역에서는 '골목 장터'와 '옛집 답사'와 '클래식 자동차 쇼'가 열리고, 팔월의 축제에는 세 카운티에서 사람들이 몰려온다. 지난 삼 년 동안에는 일월에 '얼음 조각 공원'을 만들기도 했다──거대한 얼음 토막을 가져다 사슬톱으로 야자나무나 공룡 형상을 깎아 놓은 곳이다. 사람들은 추위를 이기고 나와서 구경을 한다. 우리가 여기에서 영위하는 삶이 지금부터 이십 년을 나중에 우리가 '좋았던 옛 시절'이라고 부를 만한 것으로 만들고자 하는 이웃 간 사업으로 바쁘다는 분위기가 널리 퍼져 있다.

나는 상공회의소 전 회장 겸 평판 좋은 로터리 클럽 회원으로서 기쁜 마음으로 우리의 풍부한 공원, 내호內湖, 좋은 학교, 교회, 근거리의 종합병원과 골프장, 높은 주택 가치를 이야기할 수 있다. 또 합리적인 가격에 이 지역에서 이용할 수 있는 다양한 용역과 상품도. 그러나 일반 시민으로서, 이곳의 장의사로서, 새로운 천 년으로 변하는 과정을 목격한 사람으로서, 여느 목격자가 그러하듯이, 지금 벌어지고 있는 일을 이야기할 수밖에 없다.

이곳은 가족을 이루고 또 그들을 묻기에 좋은 곳이다.

우리는 강의 양편에서 무시무시한 일을 겪었다. 어느 해 여름이 끝날 무렵 소녀 두 명이 주검으로 발견되었다―칼에 찔려 죽은 뒤 중앙공원의 숲이 우거진 서쪽 끝의 배수 도랑에 쑤셔 박힌 상태였다. 이 년 전 같은 공원에서 연쇄 살인범이 소녀 한 명을 납치하여 강간한 뒤에 목을 졸라 죽이고, 타운십에 얕게 묻었는데, 이 살인범은 이곳 북쪽과 남쪽의 비슷한 타운십에서도 비슷한 악행을 저질렀다. 이런 악한 짓을 저지르는 자들은 지금 모두 감옥에 있고, 누군가 그들에 관한 책을 쓰고 있다. 영화로 나온다는 이야기도 있다. 이런 사실들 가운데 어느 것도 한순간도 위안을 주지 못하지만. 또 장난과 불운으로 죽은 남자아이들도 있었다. 한 아이는 메인 스트리트 서쪽 뒤편을 달리는 철로에서 산산조각이 난 채 발견되었다. 사고인지 살인인지 자살인지는 밝혀지지 않았다. 걸어서 집에 돌아가다, 어쩌면 술에 취해서, 그러다 기차에 친 것일까, 아니면 살해된 뒤 그곳에 버려진 것일까, 아니면 우리는 상상밖에 할 수 없는 이유로 스스로 그곳에 가서 기차가 오기를 기다린 것일까? 여전히 술, 유흥용 마약, 십 대들의 피의 복수 이야기가 떠돌고 있다. 한 소년의 주검이 그의 집 뒤 숲속의 사탕단풍 가지에 매달린 채 발견되었을 때 그랬던 것처럼. 또는 너바나의 리드 싱어 커트 코베인이 자신의 머리를 쏘고 나서 한 달 뒤 우리 지역 남자아이 한 명이 학교에서 집으로 오다가 자기 아버지의 라이플로 같은 짓을 했을 때처럼. 테이프 덱에는 커트의 노래 "레이프 미Rape Me"를 틀어놓았고 타운 전역에 소방 사이렌이 울려 퍼지고 있었다.

종종 우리는 그 사이렌을 통해 이곳에서 벌어진 피해를 처음 알게 된다. 그것이 이 지역에서는 재난의 신호였다. 남자들은 하던 일을 멈추고 달려온다. 자원 소방수들은 자신의 밴이나 픽업트럭에 조명이나 사이렌을 장착한다. 그들에게는 호스와 산소, 들것과 지혈대가 있다. 심폐소생술 등 영웅적인 활동을 할 수 있는 훈련을 받았다. 잔디에 붙은 불이나 심장마비, 자동차 사고나 주검 발견을 선포하는 것은 소방 사이렌의 날카롭고 단조로운 한 음이다. 이것이 타운십 전체에서 들리는 사건 발생을 알리는 소리이자, 사람이나 재산에 대한 피해 또는 피해 위험을 알리는 소리다. 그것을 들으면 타운 전역의 개들이 울부짖는다. 토요일 정오에는 이것을 점검한다―우리가 손목시계의 시간을 맞추는 일종의 세속적 삼종기도 종소리인 셈이다. 토요일에는 아무도 그다지 관심을 두지 않는다. 점검일 뿐이니까. 심장마비나 부엌 화재가 일어난 것이 아니다. 타운 동쪽 끝에 있는 가톨릭은 성무일도聖務日禱의 옛 시간에 울리는 종을 갖고 있다. 그 소리가 들리면 우리 가운데 수도자에 근접하는 사람들은 동작을 멈추고 기도를 한다. 장로교도는 편종編鐘을 복원하여 열 시, 두 시, 여섯 시에 "강가에 모이게 하소서"나 "나와 함께 하소서"의 오래된 선율을 연주한다. 그래서 우리의 공기는 삶의 한가운데서 우리가 죽음 속에 있음을 알리는 종과 사이렌의 메들리로 가득 찬다. 하느님이 우리 사이에 있듯이 악마도 우리 사이에 있다. 이 타운을 가로지르는 강은 우리를 나눈다.

따라서, 적당한 빛 속에서는 우리가 지난 세기의 월튼네 사람들이나 워비건 호수*를 옮겨다 놓은 것처럼 보이지만, 여기에도 분노나 상심이 부족하지 않다. 두 지형이 있는 것

---

* 작가 개리슨 케일러가 창조한 가상의 타운.

처럼 보이는데―둘 다 현실이지만 엄청나게 다르다.

　아내와 나는 밤이면 산책을 한다. 그녀는 그리스 부흥 양식, 앤 여왕 양식, 연방주의 양식, 빅토리아조 양식으로 지은 집들의 건축학적 세부를 본다. 나는 결혼 생활을 오래 했지만 자식은 없고, 훌륭한 볼룸 댄싱 솜씨와 세심한 패션으로 알려져 있던 두 교사가 그들의 올즈모빌 자동차 안에서 질식한 채 발견된 차고를 본다. 그들이 노년과 병에 대한 공포를 설명하는 유서를 작성한 완벽한 글자체를 기억한다. 또 아내는 어떤 집의 뒷마당과 이어지는 잘 꾸민 정원을 보고, 나는 그 집에서 남자가 총으로 자살한 끔찍한 현장을 자식들―지금은 어른이 되었다―이 돌아와서 보지 않도록 하룻밤 새에 페인트로 칠해버렸던 일을 기억한다. 하지만 우리가 몇 겹으로 칠해도 어떤 것들은 가려지지 않는다. 아내는 창문을 멋지게 처리한 곳과 사람들이 사는 따뜻한 빛을 보고, 나는 너무도 자주 텅 빈 상태와 부재, 불이 꺼진 어둠을 본다. 그래도 우리는 잘 지낸다.

죽음 때문에 기억에 남는 집이 하나 있다면, 더 넓은 세계의 큰 사건들과는 단절된 채 영위되는 삶 때문에 기억에 남는 집은 열이 있다. 멋진 글라디올러스, 삽질을 잘해 놓은 산책로, 납부한 주택 담보 대출금, 대학을 다니는 아이 같은 일상생활의 평범한 승리들로만 빨라지는 속도로 살아내는 삶. 또는 악화된 결혼 생활, 깨진 수도관, 세무서와의 문제, 한 번도 전화를 하지 않는 아들과 딸 같은 평범한 실패들로만. 이곳에서 우리는 우리 이웃, 그리고 그들의 돌아가는 형편을 안다. 그것이 좁은 곳의 축복이자 저주다. 최근에는 점점 좋아지고, 동시에 점점 나빠진다. 타운십 전역에 새로운 분구들이 생겨나면서 교통체증과 주차 문제가 생기고, 프라이버시는 강화된다. 이제 이곳은 "침실" 공동체다. 사람들은 대부분 다른 곳에서 일한다. 이곳은 사람들이 "그 모든 것에서 벗어나기" 위해 오는 곳이다. 사람들은 서로에 관해 예전처럼 알고 싶어 하지 않는다.

한때는 강에 다리가 다섯 개 있었다. 하나는 타운십 동쪽 끝의 가든 로드에, 또 하나는 몬트 – 이글 스트리트에 있었는데, 이것은 강변에서부터 오크 그로브 묘지로 들어갈 수 있게 해주기 때문에 오크 그로브 다리라고도 알려져 있었다. 또 하나는 휴런 스트리트에, 또 하나는 메인 스트리트에, 그리고 마지막은 중앙공원 서쪽 가장자리에 있는 피터스 로드에 있는 것으로, 댐 바로 위의 상류를 가로질렀다.

1970년대 초 카운티 도로 위원회는 오크 그로브 다리가 차량 통행에 안전하지 못하다고 판단했다. 다리 양쪽 입구에 장애물을 설치했다. 자전거나 보행자는 통과할 수 있었지만, 차량은 통과할 수 없었다. 표지판에는 "다리 없음"이라고 적혀 있었다. 몇 달 뒤 이 다리는 무너져 강 속으로 들어감으로써 도로 위원회가 말하고자 하는 바를 논란의 여지 없이 증명한 셈이 되었다. 아무도 다리가 없어진 것을 눈치채지 못했다. 그 다리는 오직 묘지로만 연결되었기 때문이다. 다리를 서둘러 수리할 필요는 없는 것 같았다. 오크 그로브 묘지는 밀퍼드의 시립묘지 두 곳 가운데 더 오래된 곳으로, 그 기원은 내전 전, 농부와 제분소 노동자들이 이곳에 처음 타운을 만들던 때로 거슬러 올라간다. 오크 그로브 묘지는 백오십 년 동안 죽은 사람을 받아들여 타운십에 훌륭하게 봉사해 왔다. 우리 도로에 이름이 붙어 있는 오랜 가문들이 이곳에 묻혔는데, 그들은 이 장소에 뿌리를 내리며, 20세기 말의 고도로 이동성이 강한 유형의 인간들은 이해하지 못하는 방식으로 이곳에 자리를 잡았다. 우리 조상들은 한자리에 그대로 머물렀던 반면, 현재 우리 가운데 20퍼센트는 매년 동해안에서 서해안으로, 맨 처음으로 구입하기에 알맞은 집에서 꿈꾸던 집으로, 콘도에서 셰어하우스나 은퇴 마을로 이동한다. 죽고 묻힌 자는 대부분 이동하지 못하고, 가볍고 빠르게 자주 여행하고 자신과 죽은 사람 사이에 거리를 좀 두게 된 새로 나이 들어가는 세대의 먼지를 덮어쓰고 있다. 화장의 한 가지 분명한 매력은 우리의 죽은 자들을 더 휴대하기 간편하게 해준다는 것, 그들의 "자신의 방식에 대한 고착"이 약해져, 우리와 더 비슷하게, 그러니까, 뿔뿔이 흩어져 있게 해준다는 것이다.

하지만 단테에게 레테가 있었고, 베네치아에 자테레가 있듯이, 그 오래전, 오크 그로브 다리로 휴런강을 느리게 건너던 장례행렬은 틀림없이 자신들의 여정이 보여주는 분명한 은유에 주목했을 것이다―죽은 부모나 자식이나 형제자매가 다른 강변으로, 건너편으로 가서, 다른 차원의 주민으로 완전히 귀속되었다는 것.

아이들이 어렸을 때 우리는 여름날 저녁이면 교대橋臺에서 낚시를 하며 오크 그로브 묘지의 나무들에서 박쥐들이 날아올라 강 위의 벌레 많은 하늘에서 잔치를 벌이는 것을 지켜보았다. 가끔 아이들을 데리고 묘지에 가 묘석의 탁본을 떠오곤 했다. 오래된 가문의 나이 든 낙오자가 뒤늦게 묻힐 때 새로운 화강암에 옛 디자인을 그대로 이용하려는 것이었다. 이런 낙오자들은 종종 플로리다나 애리조나나 노스캐롤라이나에서 배에 실려 고향으로 오곤 했다. 우리는 오래된 나무와 기념비들 사이를 걸으며 그들이 흔적을 남긴 삶들을 상상해보려 했다. 그들은 나에게 세상이 어떻게 돌아가는지 묻곤 했다. 그곳에서 나는 "모르겠다"는 대답을 배웠다. 내가 안 것은 오크 그로브 묘지가, 목사가 기도를 끝내자마자 사람들이 차로, 자신의 생활로 서둘러 돌아가는 새로운 묘지와는 다르다는 것이었다. 오크 그로브 묘지에서는 사람들이 그대로 남아, 졸업, 결혼, 손자 소식을 교환했다. 그들은 우리 자신에 관해 배우기 위해 다른 사람들의 삶이나 작업을 연구하는 도서관이나 박물관을 찾는 사람들의 표정으로 오래전에 죽은 조상의 이웃한 묘석들을 살펴곤 했다. 묘석들도 요즘 표준에 비하면 거대하여, 존재감이 있었다. 이 묘석들은 걸어 넘어가거나 잔디깎이가 넘어갈 수 없었다. 마찬가지로 이 묘석들은 석공들 특유의 웅변적이고 평이한 말투로 사실들만 아니라 인물의 특징 몇 가지도 말해주고 있었다. 친족은 친족과 함께 묻혔다. 묏자리는 한 번에 여덟, 또는 열 군데를 샀다. 사람들은 그곳에 그대로 머물렀다. 오크 그로브 묘지에는 실내 예배를 드릴 수 있는 "예배당"—죽은 사람들을 묻지 않고 놓아둔 채 유족이 험한 날씨나 가혹한 현실에 시달리지 않고, 자신들의 삶으로 돌아가게 해 주는 그 깔끔한 기획—도 없다. 오크 그로브 묘지에서의 매장은 흙, 땅에 파인 구멍, "원소들"*과의 경쟁을 뜻한다.

* 자연력을 가리킨다.

장례의 몇 가지 의무 가운데는 물론 산 자를 위해 죽은 자를 처리하는 것이 있다. 이 여행―오랜 세월 리버티 스트리트와 퍼스트 스트리트가 만나는 모퉁이, 우리 장의사가 늘 자리 잡았던 곳에서부터 어틀랜틱 스트리트를 따라 몬트‒이글 스트리트까지 가서 다리를 건넌다―은 10킬로미터가 조금 넘는 길을 가는 동안 공장이나 상점이나 쇼핑몰이 아니라 집들을 지나간다. 벽돌집도 있고 미늘벽판자 집도 있고, 큰 집도 있고 작은 집도 있지만, 모두 집이다. 죽은 사람은, 본디 그래야 하는 대로, 우리 집에서 나가기는 하지만 우리 마음에서는 나가지 않으며, 우리 시야에서는 나가지만 우리 사는 타운에서 나가지는 않는다.

이렇게 오크 그로브 묘지는 늘 안전한 연장선, 죽은 자를 산 자로부터 아주 약간만 추방한 곳, 야박하지 않게, 돌 던지면 닿을 만한 곳으로 보였다. 이곳은 그 나름의 한 동네로, 산 자들은 일요일 오후면 종종 그 돌들을 찾아가 일상 대화 속에서 여전히 살아 있는 조부모들, 독신녀 아주머니들, 변변치 못한 아저씨들이 있는 이 화강암 교외 동네에서 피크닉을 했다. "현충일"에는 제라늄을 심고, 늙은 군인의 무덤에는 깃발을 꽂고, 여름 내내 묘석 주위의 잔디를 깎아주고, 가을이면 낙엽을 긁고 국화를 심고, 겨울 첫눈이 내리기 전에 무덤 담요를 깔아주었다. 죽은 자와 산 자 사이의 거리는 강보다 넓은 것 같지 않았다. 죽은 사람들은 낯설지도 당혹스럽지도 않고 그냥 죽었을 뿐이며, 여전히 형제이자 자매, 부모, 자식, 친구들이었다. 또 죽음은 농사가 실패하고, 가축이 굶고, 이웃이 죽는 문화에서 사물의 본성에 속하는 것으로 여겨졌다. 죽은 사람을 위해 경야를 하고, 조사를 읽고, 그들을 매장하고, 애도했다. 망각에 맞서 거대한 돌을 끌어다 놓고 이름과 날짜를 새겨 우리 풍경에서 영원한 자리를 차지하게 했다. 이런 오랜 합의―산 자는 죽은 자를 기억해준다는 것―가 모든 매장지와 대부분의 조상彫像과 전체 역사를 설명해준다.

오크 그로브 다리가 '거센 휴런강'으로 무너진 뒤 우리는 타운을 통과하는 더 길고, 더 복잡한 길을 갔다. 우선 코머스로 가서, 서쪽으로 메인으로 가고, 거기서 남쪽으로 교통 체증이 있고 구경꾼들도 생기는 도시 한가운데를 통과하고, 메인 스트리트 다리를 건너 남쪽의 오클랜드 스트리트에 이르렀다. 오클랜드에서 왼쪽으로 버려진 젤리 공장, 오래전에 매립된 시 쓰레기장을 지나 철로를 건너 오크 그로브 묘지 뒷문으로 들어갔다. 크게 불편할 것은 없었는데, 다만 오클랜드 스트리트의 보수 상태는 형편없었다. 그 도로는 오랫동안 관심을 받지 못한 채 심하게 퇴화했기 때문이다. 작은 차는 빠지면 보이지도 않을 것 같은 구멍이 파여 있었고, 우리는 그곳에 다녀오면 늘 우리 차들, 영구차와 꽃 운반차와 유족을 태운 차를 세차해야 했다. 먼지나 진흙이나 녹다만 눈으로 더러워졌기 때문이다. 그리고 아무도 입 밖에 내어 말하는 것을 들은 적은 없지만, 강을 건너는 것과 철로를 건너는 것 사이에는, 물새들이 가득한 강변 늪지와 가장자리에서 영양의 오래된 주검이 썩어가는 시 쓰레기장 사이에는, 다년생 식물에 둘러싸인 뒷마당과 쇠사슬이나 철조망으로 둘러싸인 공장부지 사이에는 약간의 차이가 있었다.

그럼에도 아무도 이것을, 장례 행렬의 경로를 기본적으로 가정적인 길에서 기본적으로 상업적인 길로 재조정한 것을 큰 불편으로 여기지 않았다. 그리고 나중에 영구차를 세차하면서 나는 깃발을 나부끼고 점멸광을 번쩍이고 경찰의

호위를 받으며 우리의 반짝거리는 검은 차량 행렬을 이끌고 타운을 통과하게 되면 지역민이 우리가 장례 지도를 얼마나 잘하는지 볼 수 있으니 사업에 어떤 식으로든 도움이 된다고 흡족해했다.

정말 훌륭한 자동차 부품 매뉴얼을 쓰는 한 사람을 제외하면 몇 년 동안 타운에서 책을 낸 생존 작가는 나뿐이었다. 그러다가 베트남 참전 경험이 있는 지역민이 전쟁 회고록을 써서 출간하면서, 밀퍼드의 창공에 빛나는 문학의 별이 셋으로 늘었다. 하지만 시인은 나뿐이었다. 나는 이웃에게 호감을 주며 살고 싶은 대부분의 시인과 마찬가지로 그들에게 내 시를 읽어주고 싶은 유혹을 단호히 물리쳤다. 그들, 나의 타운 사람들 쪽에서 보자면, 일반적 주민과 마찬가지로, 지나치게 관심을 요구하지만 않는다면, 그들 사이에 시인이 사는 것이 흡족한 일이었다. 훌륭한 기반 시설과 학교 시설을 갖추고 사는 것이 기꺼운 것과 마찬가지였다. 게다가 주변에 시인이 하나 있으면 특별 행사에 시가 필요할 때, 예를 들어 사돈의 결혼기념일이나 성직자의 은퇴, 또는 매년 유월 고등학생들의 대학 입학 같은 행사에서 시가 필요할 때 편리하다. 나는 오래전 우리 지역의 데어리퀸 소유자가 메트로파크 입구 옆에 지점을 내는 기념으로 뭔가 써 달라고 부탁했을 때 그런 행사들에 관한 시행을 작성했다. "안 합니다"가 내가 그에게 말한 것이었고, 부탁을 하는 다른 모든 사람에게도 늘 그렇게 말하기로 결심했다. 아무리 꾀어도 내 마음은 바뀌지 않았다.

그런데 메리 잭슨이 연락을 했다.

메리는 매년 여섯 달을 밀퍼드에서 산다. 장례식장에서 두 블록 떨어진 커널 스트리트의 집, 부모와 조부모가 살던 집에서 산다. 나머지 반년은 할리우드에 살면서 영화와 텔레비전과 연극 일을 한다. 아마 그녀가 맡은 가장 기억에 남을 만한 역할은 "월튼네 사람들"에서 독신으로 사는 볼

드윈 자매 가운데 한 명인 에밀리 양일 텐데, 이 드라마는 70년대와 80년대 초에 인기를 끌었고 지금도 케이블 방송에서 재방송을 볼 수 있다. 드라마에서 메리는 미소를 짓는 자그마한 자매로, 크리스마스 때면 아버지의 비법으로 펀치를 만들어 준-보이와 수전과 할아버지와 할머니 모두 취해서 약간 비틀거리게 만들곤 했다. 물론 우리가 마차를 타던 시절에는 그게 다 흥겨운 일이었다.

메리는 할리우드에서 연기를 하거나 살지 않을 때면 오랫동안 그랬던 것처럼 밀퍼드의 집으로 온다. 그러면 뉴욕과 런던과 로스앤젤레스에서 친구들이 찾아온다―다양한 연령과 인종의 무대 체질 인간들로 아마 자신들이 이곳에 "현지 촬영"을 나왔다고 생각하는 듯하다. 이 때문에 메리는 늙지 않는 것처럼 보이는데, 물론 그녀는 늙지 않는다. 그녀는 그들을 데리고 주택 지구로 식사를 하러 가며, 그녀의 응접실에서 차를 마시면서 친구와 이웃들에게 그들을 소개한다.

메리의 가족은 모두 오크 그로브 묘지에 묻혀 있다. 그곳에는 버몬트에서 손으로 깎은, 배리 화강암으로 만든 벤치가 있는데, 거기에는 잭슨이라고 새겨져 있다. 그리고 메리 자신의 이름—사실은 결혼 후 얻은 이름 "메리 잭슨 뱅크로프트"—이 새겨진 묘석이 있다. 그녀의 결혼과 그 결말을 우리는 모른다. 그러나 메리는 오크 그로브 묘지에 대한 권리를 주장했고, 거기에 묻히겠다는 의사를 더할 나위 없이 분명하게 밝혔다.

메리는 다리가 무너졌다는 이야기를 처음 들었을 때 충격을 받았다. 다리를 고친다는 계획이 전혀 세워지지 않는다는 것이 분명해지자 그녀는 조용히 분노했다. 그녀가 처음 문의했을 때 마을과 타운십 행정 당국에서는 "돈 문제"를 제시했다. 카운티 도로 위원회는 어떤 조치도 약속하지 못했다. 카운티가 호황기를 맞아 예산을 한계까지 쓰고 있었다. 시골 도로들이 주요 통행로가 되면서 오랜 농가들이 하위 타운십으로 바뀌는 상황에서, 산 사람들이 학교로 일터로 교회로 쇼핑몰로 가야 하는데 어떻게 "죽은 사람들에게" 돈을 쓸 수 있겠는가? 그들은 설득력 있게 주장했다, 어떻게 살아 있는 사람들이 이렇게 불편하게 사는데 죽은 사람들의 편의를 옹호하는 주장을 펼칠 수 있겠는가?

메리가 나를 만나러 왔다. 그녀는 "준비"를 하고 싶다고 말했다. 그녀는 운구할 사람들과 중간에 그들을 교체해줄 사람들—그녀는 대역이라고 불렀다—명단을 가져왔다. 그녀는 내가 시—에드나 세인트 빈센트 밀레이의 "하프를 짜는 사람"—를 읽고 감리교회 목사가 나머지 일을 맡아야 한다고 말했다. 그녀가 나에게 최후의 무대를 맡긴 것을 나는 큰 찬사로 받아들였다. 그녀는 오크 그로브 일은 수치스럽다고 말했다. "다리 말이에요. 어떻게든 해야 돼요." 그러더니 그녀는 결정을 내렸다고 말했다. 그녀는 오크 그로브 묘지의 뒷문으로 들어가 묻히는 것을 단호히 거부했다. 팔십 년이 넘는 세월 동안, 그녀는 설명했다, 그녀는 마음의 눈으로 세련된 작은 행렬이 장례식장을 떠나 퍼스트 스트리트로 가다가 약간 우회하여 커낼을 따라 내려가 바로 허턴으로 올라선 뒤, 그녀의 집을 지나(관습에 따라 영구차가 잠깐 멈춘다), 애틀랜틱을 타고 가다 좌회전, 몬트—이글에서 우회전을 하여, 강으로 내려가, 오크 그로브의 정문 밑에서 다리를 건너 그곳의 벗 삼기 좋은 땅에서 쉬는 광경을 보았다. 낯선 사람들이 잡화점에서 물건을 사거나 암스 브러더스나 댄서즈 패션즈의 세일 물건들을 살피는 동안 타운을 통과해 내려가며 "구경거리"가 될 생각은 없다, 그녀는 그렇게 주장했다.

부끄러워하지 않고 말하거니와, 타운이 가장 소중하게 여기는 부유한 시민으로 꼽히는 사람이 자신을 위해 마련된 땅에 묻히는 것을 거부하는 것은 장례지도사인 나에게 진지하게 받아들일 만한 협박이 된다. 이런 일은 유행처럼 퍼진다. 나는 강을 건너는 다른 대안들을 제시했다. 어쩌면 단테식으로, 바이킹 스타일의 바지선에 조객들을 싣고 강을 왔다 갔다 할 수도 있지 않을까? "그 우스꽝스러운 뗏목을 탄 엘비스처럼?" 그녀가 말했다. "블루 하와이에서 그 인공 산호 주위에 둥둥 떠서?─절대 안 돼! 죽어도 안 돼요!"

우리는 조금 동쪽으로 차를 타고 갈 수 있다, 나는 더듬더듬 제안했다. 가든 로드 다리는 지금도 말짱하고, 기분 좋게 외진 곳이며─"광란의 무리로부터 멀다,"* 나는 그렇게 말했다─메리는 들으려고 하지도 않았다. 우회도 안 되고, 바

---

* 토머스 그레이의 시 "시골 묘지에서 쓴 엘레지"에 나오는 말.

지선도 안 되고, 캐터펄트*도 안 되고, 변명도 안 된다. 자신은 원래 가고자 했던 대로, 어머니와 아버지와 자신의 아저씨들과 오빠들이 갔던 대로, 오크 그로브 묘지 다리를 건너갈 것이다. 다리는 수리해야 한다.

솔직히 말하면, 메리 잭슨은 틀림없이 수표를 써서 새 다리를 만들 자금을 갖고 있었을 것이다―80대임에도 여전히 일을 하고 있었고 여전히 들어오는 로열티도 쏠쏠하다. 하지만 그녀는 선량한 미국인이기 때문에 위원회를 만들었다. 문제는 재정만이 아니라 인식이기도 하다는 것을 알았던 것이다. 그녀는 이웃이자 오랜 친구인 윌버 존슨에게 연락을 했다. 그가 사랑하던 밀버는 바로 몇 달 전에 메인 스트리트를 통해 가는 불명예를 안았다. 윌버는 뭔가 해야 한다는 데 동의했다.

윌버 존슨은 타운의 모든 사람을 알았다. 그것이 그의 사는 방식이었다. 그는 칠십 년 동안 지역 시장의 농산물 분과에서 일했으며, 상추의 결구와 사탕옥수수 이삭 너머로 새

* 항공모함의 비행기 사출장치.

223

손님과 단골손님에게 환영 인사를 건넸다. 처음에는 그의 아버지 소유였다가 나중에는 형이 소유했던 시장은 월버의 젊은 시절 이후 두어 번 더 주인이 바뀌었다. 하지만 월버는 늘 딸려갔다. 그는 사람들이 시장에서 돈 주고 산 것 이상을 들고 오던 시절의 상징이었다. 월버가 알면 사람들이 다 아는 것이었다. 그는 성장과 변화를 두려워하지 않아 쇼핑 카트를 탄 아이들, 그들의 젊은 어머니, 목록을 들고 온 남편, 장을 본 물건을 봉투에 담아주는 직원, 계산대 직원에 이르기까지 주위에 있는 사람들의 삶을 자기 것처럼 즐겼다. 그 자신의 삶은 완벽하게 안정되어 있어―그는 일이나 아내나 교회나 집을 바꾼 적이 없었다―다른 사람들의 삶에서 변화를 보고 싶은 욕구가 컸다. 그는 갓난아기와 신혼부부의 이름, 실패와 회복의 소식, 차인 사람, 이혼한 사람, 사별한 사람의 애처로운 독백에 귀를 열어두었다. 그는 아이들의 이름을 기억하고, 처가와 친구의 친구를 찾아갔다. 그는 모든 사람에게 좋은 말을 해주었고 모두 그를 알았다. 요즘 우리는 이것을 "인맥 만들기"와 정보 저장이라고 부른다. 월버는 다른 사람들의 삶을 계속 챙겼다. 말하자면 "데이터베이스"였다. 하지만 윌버는 그것을 "이웃답다"라고 불렀다―우리가 서로에게 또 서로의 삶에 기울이는 관심.

　메리와 윌버는 위원회의 공동 위원장이 되었다. 그들은 타운의 다른 노익장들도 불렀다―19세기 초에 타운을 세운 러글스 형제의 후손들, 암스트롱과 암스, 윌슨과 스미스. 회의 일정을 잡고, 사명 선언서를 작성하고, 사진을 찍었다. 《밀퍼드 타임스》에 기사가 실리기 시작했다. 은행에 계좌를 텄다. 부응 기금을 내달라는 호소문이 카운티의 국장들과 주의 하원과 상원의원들에게 팩스로 전달되었고, 그들의 부하 직원들은 멋진 말을 적은 답장을 보냈다. 모두 호의를 보였고 또 그럼에도 불구하고 용케 '네'와 '아니오' 사이를 교묘하게 지나갔다. 그들은 어떤 점을 완벽하게 분명하게 하고 싶었지만, "그 점"이 무엇인지는 계속 수수께끼였다.

　우리 대부분의 마음속에서는 이 노력이 고귀하지만 실패할 수밖에 없다는 생각이 자리 잡고 있었다. 십 대와 젊은 부부는 불멸의 존재들이기 때문에 절대 묘지 생각은 하지 않았다. 삼십 대는 처음 집을 장만하고 신용카드 빚도 많아 돈을 낼 거라고 기대할 수 없었다. 사십 대에 이른 베이비붐 세대는 밀퍼드 메모리얼 묘지에 묻힐 계획이었다. 이 곳은 호화롭고 관리가 잘 되는 추모 공원으로, 묘석이 납작하여 유지 관리가 쉬웠다. 살아 있는 사람들의 동네로 치자면 생기가 없는 분구들, 50년대에 생겨나 집이 모두 똑같아 보이고 잔디는 동일성의 연옥에 들어와 있는 것처럼 관리가 잘 되어 있는 분구들 같았다. 아니면 그들은 화장되어 멀고 정말로 의미 있는 장소―좋아하는 낚시 포인트나 골프장이나 쇼핑몰―에 뿌려질 계획이었다. 또는 그냥 아예 계획을 세우지 않고, 그 세대의 말투로 이야기하자면, 계속 "선택을 열어 두려고" 노력하고 있었다. 아직 "중년"이며 따라서 백 살까지 살 거라는 허구를 유지하려고 애쓰는 쉰 살짜리들 사이에서 묘지 이야기는 완전한 금기로, 이것은 아닌 게 아니라 인생은 쉰에 시작되며 "백발이 되면 정말 좋다!"는 오랜 거짓말과 충돌했다. 새 매장지로는 거의 사용되지도 않는 오래된 묘지와 우리를 다시 연결하는 다리는 가치 있는 명분이라는 기둥에서 맨 아래 자리 잡고 있었다. 공적, 사적 자선은 노숙자, 중독자, 매 맞는 사람, 권리를 박탈당한 사람들에게 베푸는 게 나아 보였다. 죽은 자가 아니라 산 자에게.

그래서 메리가 나한테 전화를 해서 눈에 선하게 보이는 다리 개통식에서 읽을 시를 써달라고 부탁했을 때 나는 그녀에게 말했다. "네, 네 물론이죠, 영광입니다 등등……." 그녀가 절대 그 일을 해낼 수 없다는 생각을 했기 때문에 행사시에 대한 오랜 금지령을 풀었던 것이다. 다리, 시, 그 기획 전체가 시간이 지나면 의도는 좋았으나 결코 실현되지 못한 꿈의 장밋빛 영역으로 떠내려갈 것이다. 좋았던 옛 시절은 에밀리 볼드윈 양과 존-보이 월튼, 메리와 윌버를 비롯하여 우리 기억 속의 고향에 사는 세피아 빛깔의 인물들의 삶과 마찬가지로 사라졌다. 영원히 사라졌다. 현실적 요구들이 그렇게 큰데 상징에 돈을 쓰지는 못할 것이다.

그래도 윌버는 계속 이야기를 하고 메리는 계속 로비를 하니 그들을 사랑하는 우리는 차마 그들에게 궁극적인 실망에 대비하라고 말할 수가 없었다. "좋은 일을 계속해 주세요"가 그들을 볼 때면 우리가 하곤 하는 말이다. "틀림없이 좋은 결과가 있을 겁니다." 확실히 메리와 윌버는 오래전에 가버린 시절, 사람들이 죽은 사람들과의 관련, 그들에게 다가가는 것, 그들의 기억을 진지하게 받아들이던 시절의 대사大使들, 사절들처럼 보이기 시작했다. 결국 그들이 팔려고 하는 것은 기억이었다―죽은 사람들이 어쩐지 요즘 죽은 사람들과는 달랐던 좋았던 옛 시절이었다. 어쨌든 우리 눈에는 그렇게 보였다.

물론 그 시절에도, 우리가 사는 시절과 마찬가지로, 비탄은 부족하지 않았다. 지난 세기 전환기에 기록된 죽음 가운데 반 이상이 12세 이하 아이의 죽음이었다. 예상 수명은 47세였다. 남자들은 전쟁으로 행군해 가서 죽었다. 여자들은 아이를 낳다 죽었다. 모두 일정 수준의 사망률을 안고 태어났다. 이런 면에서 그들은 무시무시하게 현대적이었다. 요즘 에이즈로 죽는 아이들의 부모는 몇 세대 전의 콜레라 희생자, 또는 천연두나 인플루엔자 희생자의 부모와 매우 비슷하다. 당시 과부가 된 사람들도 지금 과부가 된 사람들과 마찬가지로 열정을 열정의 기억과 바꾸었다. 그러나 어떻게 된 일인지, 죽은 사람들에 대한 기억은 지금보다 쉽게 다가갈 수 있었고, 죽은 사람들 자신도 그렇게 소원해지지 않았다.

　나는 종종 이 분열증을 생각한다. 우리가 죽은 사람들에게 끌리는 동시에 그들을 혐오하는 것, 슬퍼하면서 그들을 받침대 위에 받들어 모시는 동시에 무덤에 묻거나 증거를 불태우는 것, 그들을 사랑하는 동시에 미워하는 것. 똑같은 죽은 사람이 성자인 동시에 개자식일 수 있다는 것, "죽은 사람들"은 무섭지만 우리의 죽은 사람은 소중할 수 있다는 것. 나는 장례와 묘지가 둘 사이의 담장을 손보아주고, 우리의 공포와 좋아하는 감정 사이, 역겨움과 그것이 우리에게서 다양하게 일깨우는 슬픔 사이, 누군가 죽어간다는 소식을 들었을 때 우리가 빠져들게 되는 울음과 춤 사이의 이런 간극에 다리를 놓아준다고 생각한다. 모든 죽음은 나를 작게 만든다고 말한 사람은 부고를 접할 때마다 얻게 되는, 이번은 내가 아니지만 언젠가는 나일 것이라는 앎에 관해 이야기하고 있는 것이다. 따라서 묘지는 죽은 사람을 가까우면서도 어느 정도 거리가 있는 곳에, 소중하지만 약간 먼 존재로, 사라졌지만 잊히지는 않은 존재로 유지하는 방식이다.

이렇게 하려는 충동―죽은 사람들을 그들 자신의 동네로 데려가려는 충동은 처음에는 후각적인 데서 유래한 것이 틀림없다. 네안데르탈인 과부는 자신의 남자의 죽은 덩어리로 걸어가 그가 조용하거나 게으름을 부리는 것이라고 생각했을 것이다. 뭘 잘못 먹었나? 자신이 무슨 말을 잘못했나? 몇 시간이 지나고 나서야 그녀는 뭔가 다르다는 사실을 알았을 것이다. 거기에는 그녀가 전에 본 적이 없는 집착 또는 무관심이 있다. 살이 썩기 시작했을 때에야 비로소 그를 묻어야겠다는 생각이 든다. 그가 완전히, 돌이킬 수 없이 변했기 때문이다. 그녀의 코를 믿을 수 있다면, 나은 쪽으로 변한 것은 아니다. 따라서 무덤은 우선 무엇보다도 제거였다. 다른 충동―기억하고, 기념하고, 기록하고자 하는 충동에는 더 미묘한 동기가 있다. 나는 버클리 주교의 나무, 누군가 그것이 쓰러지는 소리를 들어줄 것을 요구하는 나무를 생각한다.* 우리에게는 우리가 살았다고, 우리가 죽었다

* 버클리 주교는, 나무가 숲에서 쓰러질 때 그것을 들어줄 사람이 없다면 그것은 소리를 내는가, 하는 질문을 던졌다.

고, 우리로 인해 이런 것이 달라졌다고 말해 줄 증인과 기록 보관자가 필요하다. 죽음이 의미가 없는 곳에서 삶은 의미가 없다. 이것은 심각한 계산이다. 케른*과 돌무더기, 동굴 벽에 그려진 인생 이야기, 묘지의 기념비는 모두가 우리보다 먼저 존재했던 종이 남긴 흔적이다. 그들이 화강암과 청동에 자기 영역이라고 표시해 놓은 공간이다. 피라미드이든 타지마할이든, 하이게이트의 큰 지하묘든 베트남 참전용사 기념비의 이름이든, 우리는 그것이 서 있도록 놓아둔다. 우리는 그곳을 찾는다. 손가락으로 이름과 날짜의 형태를 더듬어본다. 짧은 묘비명을 소리 내어 읽어본다. "영원히 함께." "사라졌지만 잊히지는 않는." 우리는 빈약한 세목으로부터 그들의 삶을 다시 모으려 하고, 이런 행동이 우리에게 사는 방법에 관해 뭔가 가르쳐준다.

친절이냐 지혜냐, 명예냐 이익이냐?

우리는 기억되고 싶기 때문에 기억한다.

* 원추형 돌무덤.

메리 잭슨은 죽은 사람들을 삶으로 데려올 수 있다. 오찬이나 차나 오크 그로브 묘지 산책에서 시작된 회고에서 그녀는 우리에게 그들을 복원해준다. 그녀의 이야기에서 죽은 사람들은 완벽하게 동시대인이 되고, 우리 자신과 마찬가지로 갑자기 솟구치는 기쁨과 슬픔에 빠져든다. 메리의 어린 시절 그녀의 아저씨 닉 스티븐스가 크로퍼드 집안 묘에서 이렇게 적힌 묘비를 만났을 때와 마찬가지다. "지나가면서 나를 보라. 지금 당신이 있듯이, 한때 나도 있었다. 곧 당신도 지금 나처럼 될 것이다. 죽음에 대비하고 나를 따르라." 빅토리아 여왕 시대의 훌륭한 묘비로, 기억할 만하고 음침하며, 가장 훌륭한 석공의 필체로 새겨져 있다. 이것을 본, 언제고 말이 딸리는 일이 없는 닉 아저씨는 즉석에서 대꾸했다. "당신을 따르라는 말에 동의할 수 없다, 당신이 어디로 갔는지 알기 전에는."

우리는 몇 년 전에 윌버 존슨을 묻었다. 오크 그로브 묘지에 있는 밀버 옆의 무덤에 안장하고, 돌에 그의 이름과 생몰 연도를 새겼다. 그가 이십오 년 전 내 사무실 층계를 성큼 성큼 걸어 올라와 내가 새 장례지도사냐고 묻던 모습이 눈에 선하다. "그럼 자네는 내가 알 필요가 있는 사람이로군." 이것이 그가 한 말이었는데, 다음 수요일에 자기를 태워 함께 상공회의소 오찬에 가자고 덧붙였다. 윌버는 사람을 환영하는 일에서는 늘 어중간한 법이 없었다. 그의 생애 마지막 해에 메리 잭슨과 팔짱을 끼고, 그들의 결의로 건설된 새 오크 그로브 다리를 건너는 기념행사에 참석하여 리본을 자르고 다리를 일반대중에게 개방하던 모습도 떠오른다. 악단이 모이고, 정치가, '외국 전쟁 참전용사회'에서 온 군인 출신 노인, 존경받는 성직자들도 모였다. 오월 말의 파랗고 화창한 아침이었다―현충일이었다. 타운 사람들은 강에 모여 잔치를 지켜보았다. 마이크를 설치하고 나무에 스피커를 달았다. 윌버는 위원회 위원들의 지칠 줄 모르는 노력에 감사했다. 마을회장은 이 어찌 훌륭한 일이 아니겠느냐고 말했다. 주 상원의원은 상무부의 지원금을 따내는 일을 도울 수 있어 기쁘다고 하면서 랜싱 사람들 이름을 읽어 나갔다. 이윽고 메리는 내가 쓴 시를 읽었는데, 이 시는 공사가 실제로 진행될 것처럼 보이기 시작했을 때 쓴 것이었다. 사람들은 묘석들 사이에 서서 귀를 기울였고 메리의 목소리는 강 위로 높이 올라가 공중에서 성당 종소리, 장로교회 첨탑에서 흘러나오는 선율의 메아리, 겨울 떡갈나무의 새 봉오리들 안에서 꿈틀대던 유월의 첫 낌새가 느껴지는 산들바람과 섞였다. 소방차 사이렌은 잠잠했다. 개 한 마리 짖지 않았다.

메리는 목소리의 재능을 타고났다. 그녀가 그 말을 할 때는 우리 가운데 한 사람이 말하는 것처럼 들린다. 그리고 그 말은, 그녀가 하면, 그녀 자신의 말, 오직 그녀만이 할 수 있는 말처럼 들린다.

"오크 그로브 묘지 다리 개통식에서"

이 다리가 생기기 전 우리는 먼 길을 돌았다.

퍼스트 스트리트를 타고 코머스로 올라가, 메인에서 좌회전

을 하여,

검은 행렬을 이끌고 타운을 통과해서 내려가

일 달러 균일 판매! 폐업!

최종 가격인하!를 외치는 상점들을 지나

리버티에서 신호등을 기다리며 대기하다가,

메인 스트리트 다리를 건너 사우스사이드로 향하여

중고차 매장과 파티용품 가게를 지나곤 했다. 마치

죽은 사람들이 아직 끝내지 못한 일을 끝내기 위해

마지막으로 한바탕 쇼핑을 하기라도 해야 할 것처럼.

거기서 오크랜드를 타고 동쪽으로 향하여 젤리 공장,

매립지, 아무런 표시가 없는 철로를 지나,

덜컹거리며 괴로워하는 자동차 행렬을 이룬 우리는

강가 오크 그로브에 우리의 죽은 자들을 묻으러 갔다.

쇼핑을 하다 멍하니 바라보는 사람이나

불경하게 자기 하던 일을 계속하는 상인이 문제가 아니었다.

그만큼 많은 사람들이 또 고개를 숙이거나 발을 멈추고

자신은 필멸의 운명을 피하게 해달라고 성호를 그었으니까.

235

사별이 가내 수공업이라는 것,

오랜 세월의 사랑을 오랜 세월의 애도와

바꾸는 개인적인 사업이라는 것이 문제였다.

마음이 흥정을 하러 나서는 장터는

가게들이 컴컴해지는 영업 외 시간에

또 크리스마스와 일요일에 문을 여는데

우리는 그곳으로 들어가 공허와 부재라는 돈 몇 푼을 내고

시큼한 욕망과 흔들리는 신앙,

집안에 내려앉은 멍한 고요를 사서

밤새 잠을 이루지 못한다.

그런 고요 속에서 우리는 방마다 돌아다니며

사랑하는 죽은 자에 대한 작은 기억이라도 찾아

찬장과 장 안을 뒤지고

그들이 집에서 내던 소리로 우리의 상실을 헤아린다,

지하실에서 연장을 만지작거리던 소리 또는

김이 서린 욕실에서 샤워를 하며 노래 부르던 소리,

부엌에서 열심히 음식을 준비하던 소리

혹은 옆집 사람과 커피를 마시며 수다를 떨던 소리.

그럴 때마다 우리는 뭐든지 나누어서 하던 때를 그리워한다

그는 빨고 그녀는 말리고, 그녀는 꿈을 꾸고 그는 코를 골고,

그는 덧문을 청소하고 그녀는 바닥을 청소하고,

그녀는 흔들의자에서 고개를 끄덕이고 그는 소파에서 졸고,

그는 망치로 엄지를 찧고 그녀는 아야 하고 소리치고.

이 다리는 주택가를 지나가게 해준다.

그래서 이제 우리가 죽은 자를 데리고 가다 보면

아주 작은 집들의 뒷마당에는 새로 빤 침대보가 널려 있고

진입로에서는 비쩍 마른 아이들이 농구공을 던지고

김을 맬 밭과 깎아줄 잔디밭이 있고

젊은 여자들이 찬란한 새 몸으로 해를 받는다.

우선 애틀랜틱으로 가서 몬트-이글을 따라 내려가

휴런강의 북쪽 강변 습지로 가면

파란 왜가리 둥지, 농어, 송어가

얕은 물에 자리를 잡고 있다

그렇게 생명은 계속된다.

건너편에 줄지어 있는 화강암들에 적힌 이름은

촌슨, 잭슨, 러글스, 윌슨, 스미스—

이 장소, 이 강, 이 겨울 떡갈나무와 마찬가지로

우리가 흔하게 접하는 이름들.

그리고 이 다리를 건널 때면 우리는 또 흔히

우리 안에서 털을 곤두세우고 있는 우리 자신의 끝과 마주친다—

우리를 죽이는 암이나 심장마비나 부주의.

이 돌들 사이에서 우리는 엮어주는 실을 발견한다—

옛 전쟁들, 옛 기근들, 인플루엔자로 몰살당한 가족들,

백 년이라는 세월, 그리고 우리의 죽은 자 가운데 일부에게

이 다리는 우리가 다시 쉽게 다가가게 해준다.

강은 지켜야 할 품위 있는 거리.

무덤은 산 자와 죽어버린 산 자 사이의 합의

죽은 자들의 이름과 날짜들을

계속 살아 있게 하겠다는 오랜 합의.

이 다리는 우리의 일상을 그들과 연결시키고

한때 이웃이었던 그들을 다시 이웃으로 만들어준다.

필멸성의
맛

스위니: 아! 이제 가장 강한 자를 바닥에 떨어뜨리는
            교수대의 바닥이 열렸다!
린치시천: 스위니, 당신은 이제 내 수중에 있고,
            나는 아버지의 이 상처들을 치유할 수 있습니다.
            당신 가족은 어떤 무덤에도 들어가지 않았으니,
            당신네 사람들은 모두 살아 있습니다.

          -셰이머스 히니, 《길을 잃은 스위니》

내 친구인 시인 매슈 스위니는 자신이 죽어 간다고 확신하고 있다. 이것은 그가 도니골 북단에 있는 밸리리핀에서 그 빛, 아일랜드식으로 회색으로 변한 빛을 처음 본 1952년 이래 흔들리지 않는 확신이었다. 그는 이미 그때―이런 이야기를 명확하게 한 것은 그로부터 몇 년 뒤이기는 하지만―뭔가 매우, 매우 잘못되었다는 것을 알고 있었다.

매우 기뻐하며 얼러주는 부모의 따뜻한 보호를 받으며 요람에 포대기로 싸여 있을 때, 평화로운 시기에 녹색의 평화로운 장소의 시민이었던 분홍빛 갓난아기 스위니는 도대체 무엇을 느꼈기에 죽음의 운명이 임박했다고 느끼게 되었을까?

대체로 목가적이었던 유년도, 말린 국립학교에서 받은 교육도, 고만스타운의 프란체스코 수도회에서 받은 입학 허가도, 대학으로부터의 성공적인 탈출—처음에는 더블린, 그다음에는 노스 런던 폴리테크닉, 마지막에는 프라이부르크 대학(이곳에서 곧 밝힐 이유로 의대생 무리와 사귀었다)—을 비롯해 삶이 부여하는 다른 몇 가지 축복 가운데 어느 것도 그가 모든 순간에는 죽음이 깃들어 있고, 자신의 이름이 적힌 종말이 늘 가까이에 있다는 느낌, 계속 그의 심리의 일부를 이루고 있던 그 느낌에서 벗어나게 해주지 못했다.

  이웃 교구에서 가장 아름다운 여자, 지역의 노래와 이야기에서 강렬한 눈빛, 깊은 지성, 유연하고 완벽한 몸매로 찬양받던 번크라나의 로즈메리 바버에게 구애를 하여 성공한 뒤에도, 그런 승리를 거둔 뒤에도 그의 죽음에 대한 확신에 따라오는 짜증 나는 우울은 잠잠해지기는커녕 점점 더 시끄러운 소리를 냈다. 우선 그가 잃게 될 생명은 이제 결혼 생활의 행복한 결합(이 결합에서 영감을 얻어 곧 나오게 될 그의 시집 《신부의 방》이 틀림없이 그 내용을 알려줄 것이다) 때문에 더욱 소중해졌기 때문이다. 마찬가지로 그의 딸 니코, 이런 것이 있다고 한다면 그의 심장의 바늘이라고 할 수 있는 니코가 태어나고, 뒤이어 아들 맬빈이 태어났는데, 곧 그들은 그를 아빠라고 불렀고, 그 즉시 그는 더 행복해졌으며 따라서 더 슬퍼졌다.

이 세상의 삶을 사랑하면 그것을 잃게 된다, 매슈는 바울이 말하던 것을 기억했다. 그는 자신의 삶을 사랑했다. 제정신인 사람이라면 누가 그러지 않을까. 그러나 그 삶의 상실이 낫을 들고 자신의 뒤를 밟고 있다, 그는 그렇게 생각했다.

그는 시를 썼다. 자신의 입으로 만들어내는 말의 소리가 좋았다. 그는 일찌감치 비평계의 찬사를 받았고 그럴 자격이 있었다. 스위니 부부는 오래전부터 런던에 자리를 잡았다. 문인으로서의 경력을 더 잘 쌓아 나가려는 것이었다. 게다가 운전에 대한 공포—자신의 몸과 자식들의 몸이 불리한 쪽으로 쇠붙이들과 엉켜 있는 환상 때문에 갖게 된 두려움이었다—가 스스로 인정하듯이 극에 달한 사람으로서 더

욱 잘된 일이었다. 지하철, 버스, 믿을 만한 택시 기사가 갖추어진 런던은 도니골의 오지와는 달리 차를 몰 경우에 매슈에게 찾아올 수도 있는 병적 상태를 걱정하지 않고 이동 수단을 마음대로 이용할 수 있었다. 나아가서, 왕국의 수도는 세계에서 가장 훌륭한 회랑回廊을 갖춘 곳이라 할 수 있어, 모퉁이만 돌면 필수적이거나 선택적인 물품의 소매 조달자들에게 다가갈 수 있었다.

그래서 매슈 스위니는 돔비 스트리트에 있는 그의 커다란 아파트의 현관에서 동쪽으로 200미터도 안 되는 거리만 움직이면 램스 콘듀이트 스트리트―작은 상점과 시장들이 있는, 걸어 다닐 수 있는 산책로―에 이를 수 있었다. 그의 집에서 돌을 던지면 닿을 수 있는 곳에 약국(스위니 씨는 이곳에 자주 들러 문의를 했다), 크루아상을 살 수 있는 프랑스 빵집, 꽃집(스위니 씨는 이곳에서 작은 선인장을 샀는데, 이것은 찬사를 받은 가장 최근 시집의 표제시가 되었다), 동네 술집, 선술집 램(일반적인 주류를 살 때), 세탁소, 다방 두 곳, 식료품점과 청과물상(스위니 씨는 그곳 주인과 다양한 상추, 가지, 고추의 이용과 악용에 관해 오랜 시간

토론을 했다), 음식점 두 곳(한 곳 주인은 아일랜드인, 한 곳 주인은 프로이센인), 약초상점(나는 이곳의 이용에 관해서는 언급할 자격이 없다), A. 프랜스 장의사의 블룸스베리 지사가 있었다. 이 장의사는 런던에서 가장 오래되고 존중받는 부자 고객 중심 영안실로, 스위니 씨는 그곳의 검은색과 금박으로 장식된 입구를 지나갈 때면 걸음이 빨라지면서 톰 웨이츠의 어떤 곡 일부를 휘파람으로 부는 모습이 눈에 띄곤 한다. 1991년 버나드 스톤의 터릿 서점(이 서점은 런던에서 현대시를 가장 폭넓게 갖추어 놓고 있었고, 그 가운데는 버나드 스톤 자신의 시도 있었다)이 사라진 사건만이 스위니의 문밖에 펼쳐진 쾌적한 도시 풍경을 약간 삭막하게 만들었을 뿐이다.

  그곳에서 정북 방향으로 한 블록만 가면, 오래되고 당당한 왕립 런던 동종요법 병원 건물이 서 있다는 것도 주목할 만하다. 매슈의 집으로 순례를 떠난 수백 명의 시인과 작가들 가운데 누구도 이 둘이 이렇게 가까이 있다는 것을 우연으로 여기지 않았다. 하지만 응급 처치의 이용 가능성이나 4층 거실에서 한눈에 보이는 고통을 겪는 사람들의 가없는 행렬이 매슈의 불안을 늘렸는지 줄였는지는 아무도 모를 일이다. 아마 스위니 자신도 모를 것이다. 그는 걸어서 서쪽으로 퀸스 스퀘어까지 가서 그의 동시(평자들에 따르면 그 매력은 괴물과 위협, 또 성숙에 내재한 위험에 대해 이 시들이 바치고 있는 어두운 경의에서 나온다)를 펴내는 출판사 페이버 앤드 페이버의 담당자를 만나러 가는데, 그러다 보면 반드시 병원의 육중한 건물을 지나가야 한다.

사실 블룸스베리(매슈 수준의 말 다루는 솜씨라면 쉽게 활기차고 병적인 어원의 가닥들을 뽑아낼 수 있는 지명이다*)에 있는 스위니의 집은 의학적 부대들, 즉 왕립 외과 대학, 런던 대학 병원, 내분비학회, 왕립 신경 질환 병원, 열대 질병 병원(매슈는 에볼라 바이러스 검사를 위해 이곳에 소변과 타액 샘플을 남겨둔 적이 있다)들의 한가운데 자리 잡고 있는데, 이 부대들은 역시 모두 걸어 다닐 수 있는 거리에 있는 다른 의학 의용군 연대들과 더불어 인간과 인간에게 기생하고, 인간을 감염시키고, 괴롭히고, 위험에 빠뜨리

* Bloomsbury. bloom은 꽃이 핀다는 뜻이고 bury는 묻는다는 뜻이다.

고, 병들게 하고, 궁극적으로 — 이것이 매슈가 하고자 하는 말이다 — 죽음에 이르게 하는 자연의 미생물적 세력 사이에 끊임없이 벌어지고 있는 전투를 이야기해준다.

어쩌면 이쯤에서 역사를 약간 이야기하는 것이 좋을 듯하다. 내가 처음 매슈 스위니를 만난 것은 그래프턴 스트리트를 굽어보는 뷸리 박물관에서였다. 장소는 더블린, 때는 1989년 봄이었다. 아일랜드에서 그의 네 번째 시집 《파란 신발Blue Shoes》이 나왔는데, 그날은 내가 유명한 커피 상점의 위쪽 방에서 낭독회를 하기 전날이었다. 그는 지금은 우리의 편집자가 된, 당시 그의 편집자를 설득하여 더블린에 하루 더 머물게 했다. 둘이 함께 내 낭독회에 오려는 것이었다. 그 전에 우리가 함께 알고 있는 더블린 친구들 가운데 한 명인 시인이자 소설가 필립 케이시가 나에게 매슈의 시를 주었고 매슈에게는 내 시 몇 편을 주었다. 그래서 우리가 만나서 얼굴을 보기 전에 찬사를 나누고 서로 아는 사람 이야기를 하는 다정한 편지가 오갔다. 우리는 만나서 현지 관습에 따라 그로건즈 바로 갔다. 나는 낭독회에 대한 그의 너그러운 칭찬, 내가 직업상 병과 병리학의 섬뜩한 부분에 익숙하다는 사실에 대한 그의 관심, 그가 검은 복장을 선호하는 것으로 보인다는 점—나는 실무적 필요 때문에 그것을 선호하지만—에 감동을 받았다.

청중은 너무 무뚝뚝했고, 바는 너무 시끄러웠고, 나는 시차에 시달렸고, 매슈는 전날 밤의 피로에서 완전히 회복되지 않았다. 그러나 다행히도 이것은 그 이후 잉글랜드와 아일랜드와 미시간에서 우리의 많은 만남 가운데 첫 번째였으며, 그런 만남에서 우리는 둘 다 서로의 집의 편안함, 부인을 동반한 만남, 서로의 자식들에 대한 놀라움, 서로의 친구들과의 사교를 즐기게 되었다. 이런 풍요로움에 서로의 시에 대한 대화가 보태질 수밖에 없는데, 우리의 시에서 평자들은 비슷한 주제들—가정 내 위험, 임박한 피해, 죽음의 초월적 속성—을 각기 다르게 다루었다는 사실을 발견했다.

매슈는 그가 런던에 확보하고 있는 작가와 식도락가(이점에 관해서는 곧 더 이야기를 할 것이다)의 무리 사이에서 건강염려증이 있는 매혹적인 신경증 환자가 되었다. 그가 흔한 감기를 폐렴이나 결핵으로 부풀린 이야기들이 떠돌고 있다. 그의 두통은 모두 뇌종양이다. 열은 수막염, 숙취는 모두 소화성 궤양이나 게실염이다. 화장실 가는 시간이 조금만 어긋나도 장폐색이나 대장암이다. 그는 임신을 제외한, 세상에 알려진 모든 비정상적 상태에 대한 검사를 받았다. 그러나 계절마다 생리전 증후군 약을 먹는데, 그가 이 증상으로 고통을 겪는 것을 아무도 의심하지 않는다. 그는 의학적 소견을 끊임없이 들으며, 전문가와 그들의 삐삐 번호가 적힌 목록을 들고 다닌다. 심장전문의, 침술사, 면역학자, 구강외과 의사, 종양 전문의, 항문 전문의, 행동심리학자에 지역과 종교를 넘어서는 여러 분파의 심령 치료사와 전체론적 치료 전문가들이 모여 매슈의 의학적 수행원단을 구성한다. 그의 집 전화의 단축번호에도 똑같은 번호들이 입력되어 있다. 그와 같은 종교를 믿는 사람들 대부분이 위급 시 사제에게 연락 요망이라는 메달을 달고 다니는 반면,

스위니의 메달에는 구급차에 연락 요망, 의사에게 연락 요망, 예방 지침 준수 요망이라고 적혀 있다.

그는 알베르스 – 쇤베르크 병에서부터 접합균증 감염에 이르기까지 알려진 모든 병을 상담하고 상상했으며, 지금까지 알려지지 않은, 속屬과 하위 집단 사이의 병의 이동에는 묘하게 기분이 좋아지는 듯했다. 따라서 돼지 독감, 사슴 진드기병, 고양이 백혈병, 갈색 박쥐 광견병, 그리고 물론 앵무새 열병 검사는 그의 각 분기 신체검사에서 배제했다.

그는 한 가지 점에서는 어떤 이의제기도 받아들이지 않고 있으며, 또 앞으로도 받아들이지 않을 것인데, 그것은 그가 광우병의 알려진 유일한 생존자라는 점이다. 그의 주장에 따르면 런던《옵저버》지의 레스토랑 평론가와 약속을 잡아 함께 브런치를 했던 심슨즈 – 온 – 더 – 스트랜드에서 청어와 수란에 따라 나온 아주 소량의 안심 고기를 먹고 이 병에 걸렸다. 프랑스 남부의 요리에서 버섯의 위치에 관해 토론하던 도중 독성 효과에 대한 압도적 이미지가 매슈를 짓눌렀던 듯한데, 결국 구급차를 불러야 했다.

매슈는 저명한 출판사로부터 건강염려증에 대한 글을 써

주면 상당한 선인세를 주겠다는 제안을 받고 있으나, 안타
깝게도 그 일을 할 만큼 건강이 좋은 적이 없다는 이야기는
여전히 늘 입에 오르내리는 농담거리다.

하지만 다른 사람들은 고개를 끄덕이고 한쪽 눈을 찡긋하
고 눈알을 굴리는 동안, 나는 혹시 그가 선구자, 일종의 선
각자, 예언자, 끝이 가까웠다, 당신들이 생각하는 것보다 **훨**
씬 빨리 온다, 하고 도시의 광야에서 외치는 목소리가 아닌
가 하는 생각을 하게 되었다.

스위니가 런던에 오게 된 것은 교통이나 문학적 분위기
나 세계 수준의 보건 때문만은 아니었다. 음식 때문이기도
했다. 영국인은 음식을 준비하는 문제에 관해서는 상상력
이 결여되어 있기 때문에 그냥 이전 제국의 넓은 영역에 흩
어져 있는 가장 좋은 것을 런던으로 가져왔다. 지구상의 지
역적 민족적 인종적 요리 가운데 런던에 지점을 두지 않은
곳은 없다. 매슈는 요리마다 견본을 뽑고 맛을 보고 연구를

하는 것을 사명으로 삼았다. 그는 구개와 요리의 연구자였고, 맛봉오리, 혀, 식탁에 놓이는 음식의 현자였다. 이런 존재로서 그는 최고의 태국 음식점(사우스 켄싱턴, 세커 앤드 워버그 회사 근처의 투이), 최고의 아프가니스탄 음식점(패딩턴 스트리트의 캐러밴 세라이), 최고의 인도 음식점(소호의 레드 포트), 최고의 딤섬(차이나타운의 하버 시티), 궁극의 국숫집(대영박물관 뒤 스트리선 스트리트의 와가마마), 가장 믿을 만한 야채 커리(토트넘 코트 로드 스테이션 뒷골목의 맨디어)를 발견했다. 날아다니는 새에게는 하늘에 경계가 없는 것처럼 인간에게 맛의 지리는 한계가 없다. 스위니는—지금까지 알려지지 않은 음식을 약간 맛보고 환희에 젖어—종종 기쁨으로 날개가 돋는 것처럼 보인다. 도시의 낙원의 진귀한 새.

하지만 검은방울새는 엉겅퀴를 갈망하고 펠리컨은 생선을, 벌새는 화밀花蜜을, 송골매는 고기를 갈망하는 반면, 매슈의 갈망은 어디에도 얽매이지 않아 도시의 세계주의자적 메뉴에 어울리며, 그는 자신의 음식의 창공에 밝게 빛나는 좋아하는 요리의 별자리를 따라 매일 비상을 계획한다. 이런 성전聖戰에는 운문 예술가나 미식가 가운데 기꺼이 따라 나선 공범과 동행하는데, 그들에게는 매슈 스위니와 함께 나누는 식사가 그들이 아주 기쁜 마음으로 지불하는 수업료 다. (다른 곳에서도 그렇지만 여기에서도 글과 식도락의 세계에 잘 알려진 이름들을 거론하고 싶은 유혹을 피하기 힘들다. 그러나 나는 그런 유혹에 질 만큼 교육을 못 받지는 않았다. 이런 경우는 괜히 이름 하나 빠뜨리는 실수를 하는 것보다는 침묵하는 것이 작은 잘못이다.)

또 스위니가 자신의 부엌의 휘장을 단 모든 것을 선별하고, 준비하고, 진열하고, 음미하는 모든 과정을 진지하게 여기는 우수한 요리사라는 이야기도 해야겠다.

내가 이 모든 이야기를 하는 이유는—감각으로 정신으로 위장으로—이렇게 음식을 감상하고 또 음식에 감사하는 것이 다른 사람들이 건강염려증이라고 부르는 부분, 나 자신은 필멸성의 맛을 포착하는 진귀한 안테나, 생존의 맛을 음미하는 예리한 감각이라고 생각하게 된 것과 우연히도 일치하는 것처럼 보이기 때문이다.

내가 하고자 하는 말은, 잇큐(구지 스트리트 역 근처 토트

넘 코트 로드)에서 생선회를 놓고 이야기를 하게 되면 화제
는 불가피하게 제대로만 다루면(껍질을 잘 벗기고 내장을
제거하면) 해가 없는 복어라고 부르는 생선에서 독소가 포
함된 기관을 섭취하는 바람에 매년 죽는 일본인의 수(가장
최근 계산으로는 오백 명에 약간 못 미친다)로 흘러가기 마
련이라는 것이다. 이 메뉴가 그런 대화를 낳을 운명이었을
까? 한번은 이탈리아 노르치아에 있는 트라토리아 달 프렌
체세의 특별요리를 복제하고자 소시지와 렌즈콩으로 이루
어진 움브리아 주의 요리를 준비하다가 그는 나에게 요도
염, 남성 성 기능 장애, 장염과 게실염, 만성 가스의 예후적
함의에 관해 아는 것이 무엇인지 물은 적이 있었다. 소시지
와 렌즈콩 때문이었을까? 나는 궁금했다. 매슈의 복잡한 정
신병리에서는 식재료와 죽을 운명에 대한 공포 사이에 연
관이 있는 것일까? 예를 들어 무지개송어를 위해 곁들일 골
파를 정확하게 주사위 모양으로 써는 동안 왜 가벼운 마음
으로 잡담하듯 아침에 잡은 물고기(미시간 북부 송어 웅덩
이에서) 이야기를 하다가 현미 수술의 여러 가지 위험으로
슬금슬금 나아가는가? "손목이 아주 미세하게 미끄러져도

남은 비참한 인생 동안 걷지도, 말하지도 못할 수 있고, 침을 질질 흘리고 다니게 돼." 한번은 클레어의 내 오두막 근처 코볼리에 있는 마누엘 디루치아 식당에 앉아 북반구에서 가장 훌륭한 갯가재 요리라고 내가 믿는 것을 앞에 두고 매슈는 나에게 우발적 사고, 특히 아주 높은 곳에서 떨어지는 죽음에 관해 묻기 시작했다. 그는 특히 그런 죽음이 추락으로 인한 최종적 충돌로 인해 일어난다기보다는 꼭대기와 밑바닥 사이의 어디에선가 일어난다는 자신의 희망을 뒷받침할 수 있는 법의학적 증거가 있는지 알고 싶어 했다.

나는 오래전부터 매슈 정도의 감수성을 가진 사람이 질문을 하면 내가 알고 있는 것일 때는 진짜 답을 주거나, 그런 답을 찾을 수도 있는 관련된 문헌에서 자료를 제시하거나, 둘 다 안 될 때는 뭔가 꾸며내는 것이 나의 직업적 의무라고 생각해 왔다.

나는 그러한 개인적 좌우명에 따라, C. G. 융의 제자 가운데 한 사람이 처음 제안한 매우 존중받는 이론, 즉 유기체에 대한 압도적 위협이 존재하면 신경세포의 작업이 수행되는 정상적인 통로인 대뇌의 시냅스를 막는 샘 분비와 기타 생화학적 반응이 일어난다는 이론을 언급했다. 이런 정신생물학적 반응 때문에 일종의 혼수상태에 이르며, 추락의 거리에 따라 피해자는 가장 가까운 응급 병동에서 뼈는 부러졌지만 회복은 가능한 상태로 깨어나기도 하고 아예 깨어나지 못하기도 한다. 어느 쪽이든 이 사람은 뭐가 자신을 때렸는지, 아니 이 경우에는— 떨어지는 사람과 떨어짐을 당하는 쪽 사이에서 전자가 더 주도적으로 보이기 때문에—자신이 무엇을 때렸는지 전혀 알지 못할 것이라고 단언할 수 있을 것이다.

매슈는 나의 증언에 완전히 정신이 팔린 채 간신히 갯가재, 갈색 빵 한 조각을 맛보고, 풀리니-몽트라셰를 홀짝였다. 스위니 가족이 다 함께 웨스트 클레어에 왔기 때문에 로즈메리도 그 자리에 있었는데, 그녀는 아이들이 껍질을 깨고 식사 도구를 선택하는 것을 도와주었다. 그녀의 눈에서 매슈 같은 유형의 작가들과 함께 사는 성녀들의 파란 인내를 볼 수 있었다—내가 안타깝게도, 사랑하는 나의 메리의 눈에서도 보았던 깊은 동병상련과 이해의 눈빛이기도 했다. 나는 우리가 치과 교정이나 사춘기나 우주의 형태 등

더 포괄적인 화제 몇 가지 가운데 하나로 서서히 빠져나가는 게 좋겠다고 생각했다. 그러나 나는 매슈의 눈에서 불확실성, 아직 채워지지 않은 목마름, 수많은 죄지은 사람을 자유롭게 해 주고 잘못 없는 몇 사람도 물론 구원해준, 아직 가시지 않은 합리적 의심의 잔재가 깜빡이는 것을 볼 수 있었다.

마누엘 디루치아 식당(우리의 식당 주인은 수백 년 전 폭풍을 맞으며 웨스트 클레어 해안에서 좌초한 스페인 무적함대의 생존자 몇 명 가운데 한 사람의 후손이었다. 해안으로 기어온 사람들은 대부분 아일랜드 토착민에게 학살당했다고 전해진다.)이 킬키와 남서쪽의 험한 해안선을 넘어 루프 헤드까지 굽어보는 절벽에 자리 잡고 있어서였을까? 이런 위태로운 절벽이 아일랜드의 북단 전초기지, 육지가 바다 위로 반 마일을 우뚝 솟아오른 말린 헤드 근처에서 보낸 매슈의 어린 시절을 떠오르게 해서였을까? 나는 나의 동포 에드거 앨런 포가 떠올랐다. 그는 떨어지면 죽는 높은 곳에 서 있을 때 "뛰어내려!" 하고 외치는, 우리 모두의 내부에 존재하는 그 목소리에 "비뚤어진 작은 도깨비"라는 이름을 지어주었다. 만물의 창조에는 이미 자체 파괴의 핵이 들어 있다고 생각한 사람이 포던가? 아니, 멜빌이던가? 매슈도 기꺼이 동의할 이런 점들에 관한 나의 기억은 뿌옇기만 했다.

비록 나 자신의 좁은 공부에서 모은 것이기는 하나, 어쩌면 약간의 경험적 정보가 그가 지금 느끼는 허기를 채워줄지도 모른다는 생각이 들었다. 나는 그에게 내가 방부처리를 한 적이 있는 남자 이야기를 해주었다. 고철과 폐품을 쌓은 곳에서 일하는 사람이었는데, 그의 머리 위로 떨어진 자동차가 목숨을 앗아갔다. 물론 높은 곳에서 바닥으로 내리꽂힌 사람이 더 좋은 예가 되었겠지만, 조례에 따라 밀퍼드에서 가장 높은 건물은 삼층이었고, 그래서 급강하로 인한 죽음은 이 근처에는 드물다. 따라서 이 사람은 이카로스, 하늘에서 떨어진 사람이 아니었다. 오히려 하늘이 머리 위로 떨어진 사람이었고, 이때 하늘은 67년형 머스탱 컨버터

블이라는 형태였는데, 이 또한 정면충돌의 피해 차량이었다. 금속 "피로"라고 부르는 것 때문에 거대한 크레인이 힘을 잃으면서, 거기에 매달려 있던 머스탱과 그것을 붙들고 있던 거대한 자석 판이 이 가엾은 사람에게 함께 떨어졌다. 비극의 희생자는 자동차 휠 캡을 찾으려고 아래 고철 더미를 뒤지고 있었다—물론 그러다 엉뚱한 시간에 엉뚱한 장소에 있는 사람이 되고 말았다.

그런 사건에서는 아무리 쥐어짜도 위안이라고는 찾아낼 수가 없다. 보험업자가 보상을 해주지도 않고, 죽은 사람을 찬양하는 고상한 말도 없고, 뒤에 남겨진 자들에 대한 동류의식도 없어, 그런 일의 부당함을 교정해줄 것이라고는 아무것도 없다. 카운티 시체안치소에서 주검을 다시 가져온 장남 말로 하자면, "그냥 나쁜 일"이었다.

매슈의 표정을 보니 죽은 사람의 환경, 또는 가족에 관한 추가의 디테일은 필요 없을 것 같았다. 매슈는 이미 어느 평일에 무너지는 하늘에 맞아 죽은 이 불운한 고객과 완전히 동일시를 하고 있었다.

하지만 내가 친구에게 말해야만 한다고 생각했던 것은

이것, 즉 모든 피해에도 불구하고, 사실 그 피해는 상당했다―어쩌면 100피트 높이에서 떨어졌을지도 모르는 몇 톤짜리 이야기를 하고 있는 것이다―어쨌든 그것에도 불구하고 이 사람의 표정은 고요함 그 자체였다는 것이었다. 무엇보다도 자신에게 이 차를 떨어뜨린 '미지의 힘'에 대한 자신의 무지 또는 지지를 우렁차게 선언하고 있는 평화였다. 부상과 타박상과 골절과 외상을 입었음에도 남자의 모습은 우리에게 좋은 하루 보내세요! 하고 말하고 싶은 것 같았다. 그의 어머니와 파트너에게 이것이 기운을 내게 하는 요소가 될 수도 있다고 생각했지만, 그들은 관의 뚜껑을 열지 않는 쪽으로 마음을 단단히 굳혔다.

이제 동료 순례자에 대한 공감이 마음을 가득 채운, 이 눈물의 골짜기를 함께 통과하는 동료 여행자 스위니는 창 너머 서쪽 해가 기울어 북대서양으로 빠져들고 있는 곳을 바라보았다. 북대서양 가장자리에는 그의 처자식이 저녁 빛에 실루엣으로 서 있었다. 로즈메리가 영리하게 "바람 좀 쐬겠다"면서 아이들을 데리고 자리를 피했기 때문이다. 절벽 가장자리에는 그들 머리 위로 갈매기들이 상승기류를 타고 허공에 떠 있었다. 만으로 향하는 작은 배들의 불빛이 초저녁 별빛과 섞였다.

나는 그가 마실 브랜디 한 잔을 주문해 주었다.

만일 인생이 초콜릿 상자와 같은 것이라면, 얼마든지 갯 가재 요리 같은 것이라고도 말할 수 있다. 거기에는 살아 있는 자들이 배워야 할 교훈이 있다. 내가 배운 것에는 이런 것이 있다. 우리 가운데 일부는 맛을 보고 우리 가운데 일부는 음미한다. 일부에게는 억지로 해야 하는 일이고, 일부에게는 잔치다. 일부는 먹고 달아나고 일부는 먹고 경이로움을 느낀다. 그 가운데 일부는 사냥하고, 일부는 채집한다. 일부는 도륙하고, 일부는 거두어들인다. 그 가운데 일부는 신선하고 일부는 발효되었다. 그 가운데 일부는 살아 있고, 일부는 죽었다. 우리의 배고픔이 다 똑같은 것은 아니다.

매슈 스위니와 오랜 세월 함께 식사를 한 뒤, 시, 이야기, 조리법, 친구를 오랜 세월 교환한 뒤, 나는 그가 아기 때 느낀 것, 사내아이 시절 알게 된 것, 어른으로서 알고 있는 것이 우리가 죽는다는 것임을 믿게 되었다. 이 점에서 그는 절대적으로 옳다. 그의 경계하는 태도가 날카롭고, 강렬하고, 때로 신경증적이라면, 그것은 얼마든지 재능이라고 부를 수도 있다.

어쩌면 그는 거울에서 유령을 보는지도 모른다. 아니면 손이 닿을 때마다 냉기를 느끼는지도. 어쩌면 작은 도깨비의 목소리를 남들보다 또렷하게 듣는지도 모른다. 아니면 달콤한 것과 더불어 썩어가는 것의 냄새를 맡는지도.

어쩌면 그저 그의 맛봉오리가 그의 존재 안에서 그가 존재하지 않게 되는 상태의 씨앗을 더 잘 감지하는 것인지도 모른다.

내가
살고 있는
그 순간

내가 죽을 날을 알고 싶었다. 보험을 나에게 유리하게 들고, 후회를 시작할 시기를 정해 놓고, 예전 연인들에게 작별을 고하는 데 유용한 정보가 될 것 같았다. 계산이 어느 정도 정확하기를 바랐다. 날짜까지는 아니라 해도, 가능하다면 내가 존재하지 않게 될―적어도 내 주위 사람들이 느끼기에는―나이는 알고 싶었다.

유전자 풀은 이 점에서는 불분명하다. 우리 집안 남자들은 모두 심장 때문에 죽었다. 울혈이 생기고, 경색되고, 폐색되고, 기진하고―그들의 종말은 모두 가슴에서, 대개 육십 대에 시작되었다. 어머니의 아버지, 배가 커다란 사나이는 내가 어렸을 때 죽었는데, 지금은 곰 이야기를 해 주던 대머리 남자의 가물가물한 기억뿐이다. 그는 20세기 전환기에 미시간 북부에서 성장하여, 주 남쪽으로 내려와 앤 아버에서 교육을 받았고, 할머니가 해준 말에 따르면, 그를 받아주는 첫 번째 여자와 결혼했다. 하지만 외할아버지 팻 오하라는, 그 이후 미시간 남동부에서 문명화된 삶을 살기는 했지만, 매년 가을이면 그의 신부, 마블 그레이스를 떠나 한 달 동안 위로 올라가 술을 마시고 사냥과 낚시를 하고, 지금도 우리 기억에 남아 있는 이야기, 곰이나 이리나 우리는 보지도 못할 다른 야생동물에 쫓겨 나무로 올라갔다는 이야기를 지어냈다. 팻은 예순둘의 나이에 죽었지만, 외할머니 마블은 그 뒤에도 거의 삼십 년을 더 살다가 뇌졸중을 일으켜 의식은 있는 상태에서 여덟 달 동안 자리보전을 하며 시름시름 앓다가 아흔의 나이에 죽음에 이르렀다. 할머니가 죽었을 때 나는 서른다섯이었고 나 자신이 죽을 수밖에 없는 존재라고 생각하기 시작했다.

아버지의 아버지는, 마찬가지로, 심장마비로 죽었고, 그때 나는 열여섯이었다. 내가 일하던 볼링장으로 연락이 온 기억이 난다. 그는 예순넷이었다. 그는 젠더스 페이머스 치킨 디너스에서 저녁을 먹으려고 마나님과 프랭켄머스까지 차를 몰고 올라갔다―디트로이트에서 북쪽으로 두 시간 반 거리였다. 집으로 오는 길에, 왼쪽 팔에서 총에 맞은 듯한 통증이 시작되었다. 그는 고기 국물 소스나 닭 간 때문인지도 모른다고 생각했다. 그들은 집에 돌아와, 의사, 소방관, 사제, 나의 아버지를 불렀다. 모두 침대 옆에 자리를 잡았고, 그는 멜빵에 속옷 차림으로 침대에 앉아 있었으며, 의사는 진찰을 했고, 사제는 고갯짓으로 할머니를 안심시켰으며, 소방관은 언제라도 산소 탱크를 갖다 댈 자세로 서 있었다―록웰*의 그림 복제본에 나올 만한 집합체였는데, "좋은 죽음"이라는 제목이 붙으면 적당했을 것이다. 막 마흔이 된 아버지는 아마 경계심과 더불어 무력감을 느꼈을 것이다. 그냥 추측일 뿐이다. 어쨌든, 의사는 늘 대던 곳에 청진기를 댔고 한참을 입을 다물고 있더니 진단을 내렸다. "에디, 이상한 데를 전혀 못 찾겠는데." 그러자 늘 남의 말에 이의를 제기하는 걸 좋아하던 에디는 바닥에 축 늘어지더니 얼굴이 자주색으로 변하면서 바로 죽어, 참석한 모두에게,

---

* 미국의 화가. 미국인의 일상을 그린 일러스트레이션으로 유명하다.

단번에, 현대 의학이 얼마나 오류를 저지르기 쉬운지, 삶이라는 것이 얼마나 가변적인지 증명해주었다.

아버지가 장례식장을 소유하고 있었기 때문에, '팝' 린치에게 옷을 입히고 관에 넣는 일은 형인 댄과 나에게 떨어졌다—나의 가족 가운데 내가 전문적으로 보살핀 첫 사람이었다. 아버지가 그냥 우리한테 하겠느냐고 물어본 것인지 아니면 고집을 부린 것인지 아니면 기회를 준 것인지 지금은 기억나지 않는다. 하지만 즉시, 돕기 위해 뭔가, 어떤 것이든 할 수 있다는 것에 안도감을 느꼈던 기억은 난다.

그럼에도, 나는 그의 나이에서 내 나이를 빼고 미래를 한정된 것으로 생각하기 시작했다—산수처럼 보이는 삶의 현실 가운데 첫 번째 것이었다.

'그램마' 린치는 '내나' 오하라와 마찬가지로 아흔이 될 때까지 살았다. 비슷한 시기 동안 진행된 그들의 혼자된 삶 수십 년은, 나에게는, 파티오나 부엌 식탁에서 그들을 만난 일련의 일요일과 크리스마스와 독립기념일로 남아 있다. 그들은 물을 섞은 캐나다 위스키를 잔뜩 마시며, 정치와 종교를 논하고 손자들의 영어를 교정해 주었다. '그램마' 린치는 공화당원으로, 실용적인 사람이었으며, '내나' 오하라보다 열 살 아래였고, 개종으로 가톨릭이 되었을 뿐이었다. 감리교도로 성장한 그녀는 성직자를 순회 목사나 기회주의자로, 신앙의 삶에서 지나가는 행인으로 간주했다. 그녀는 사제들의 금욕과 명성을 신뢰하지 않았고, 금요일에 고기를 먹었다. 그녀는 분수껏 살았고, 비판하기 전에 생각했으며, 말이 많지 않지만 칭찬을 할 때는 진심이 담겨 있었다. '내나'는 민주당원이고, 교사 노조의 노조원이었으며, 아일랜드인 특유의 독실하고 우상 숭배적인 방식의 가톨릭이었으며, 꼼꼼했고, 예법에 빈틈이 없었으며, 칭찬과 망신을 주는 데도 우렁차고 헤펐다. 그들의 논쟁은 재기가 넘쳐, 어떤 연극보다 재미있었다. '내나'가 언어를 무기로 쓴 반면 '그램마'는 침묵을 이용했다. '내나'가 확신을 분출하면, '그램마'는 합리적 의심을 소곤거렸다. '내나'는 손가락질로 구두점을 찍었고, '그램마'는 아치 모양의 눈썹을 이용했다. 아무도 승리를 거두지 못했다. 그들이 긴 삶을 살았고 내가 그들의 말다툼이 들리는 곳에서 내 삶을 살았다는 것은 은총이었다, 그렇게 나는 말할 수밖에 없다. 그들은 이제 같은 공동묘지의 각기 다른 구역에, 그들보다 훨씬 먼저 죽은 남자들 옆에 묻혀 있다. 그들의 매장식이 기억난다. 꼼꼼하고 격식을 갖추고 고상한 이야기가 풍성했다―그들처럼.

두 할머니는 막강한 여자였다. 그런 막강함은 내가 그들의 손녀나 증손녀 세대에 가서야 흔히 볼 수 있는 것이었다. 두 할머니 모두 뭐라고 이름을 붙일 수 없는 어떤 문제로 고민한 적이 없었다. 침묵을 깨고 목소리를 낼 필요가 있다는 말은 하지 않았다. 물론, 침묵 자체가 거의 없었다. 그들 세대에 전형적인 분업이 이루어지기는 했지만, 그것 때문에 권력을 포기할 필요는 없었다. 남편이 일 달러를 벌 때 육십삼 센트를 벌었지만, 나중에는 죽은 남편의 연금이나 사회보장으로 십 또는 이십 또는 삼십 년을 남편보다 더 살았다. 남편들은 정치, 경제, 큰 근육에서 이점을 누렸지만, 이 여자들은 감정적이고 영적이고 인구학적인 면에서 대가를 얻었다. 하느님이 여성일 수도 있다는 깨달음은 악마도 그럴 수 있다고 생각할 것을 요구했다. 나의 할머니들은 괜히 덧내느니 그냥 놓아두는 게 좋다고 생각하는 경향이 있었다. 물론, 대부분의 여자들에게는 그냥 놓아두는 것만으로는 상황이 좋을 수가 없었다. 그들이 아는 세상은 막 바뀌려 하고 있었다.

나의 어머니와 나는 그 세기 가운데 성별 격차가 벌어지기 시작하다 줄어들었다 다시 벌어지는 시기를 공유했다. 여자들은 가정을 꾸미는 걸 포기하고 집값을 내는 쪽을 택했으며, 정치적이고 경제적인 평등을 얻으려고 압박을 가했고, 늘 남자들의 죽음의 원인이었던 심장마비, 자동차 사고, 위장병으로 죽기 시작했으며, 그들 전의 어머니들보다 젊은 나이에 나은 보험을 들 수 있었다. 심지어 자살도, 전에는 알약과 가스스토브를 비롯한 기타 소리를 죽인 방법을 이용하는 우미하고 숙녀다운 시도였던 반면, 이제는 더 적극적이고 시끄러워졌다―처음에는 권총, 다음에는 산탄총이 등장했다. 침묵은 깨졌다. 일부 이상한 동네에서는, 이것이 진보로 간주되었다.

삶의 대부분의 문제에서 전통주의자였던 나의 어머니는,

죽음의 문제에서만큼은 시대를 앞서가, 아버지보다 스물여덟 달 먼저, 예순다섯에, 목소리를 앗아간 암으로 죽었다.

따라서 나에게는 성별도 유전자도 이렇다 할 예측 기준이 되지 못했다. 그래서 답을 좀 얻어 보려고 다른 곳으로 눈을 돌리기 시작했다.

그러다 이론이 하나 생겼다. 그것은 나이 든 사람은 늘 갈망을 갖고 뒤돌아보는 반면, 젊은 사람은 똑같은 갈망을 갖고 앞을 바라본다는, 그다지 특별할 것 없는 관찰에 기초를 두고 있었다. 한 사람이 상상하는 것을 다른 사람은 기억한다. 나는 이 이론이 여자에게도 적용된다고 생각한다. 연인의 품에 안기는 기쁨, 큰 노력 뒤에 거두는 승리, 위험의 손아귀에서 낚아챈 안전, 오랜 갈등 뒤에 얻은 편안함 등에 대한 비전—기억이 만들어낸 것이건 기대가 만들어낸 것이건, 나이가 들어서 생긴 것이건 젊어서 생긴 것이건, 간절함도 똑같고, 비전도 똑같다.

나의 이론은 이 별로 무거울 것 없는 진실을 적용하여 인생에서 정확한 중간 지점을 계산할 수 있다는 것이었다. 이렇게 정확한 중간 지점을 알게 되면, 당연히, '가장 알 수 없는 것', 즉 내가 죽는 날도 주어지게 된다. 중간을 알면, 끝도 알 수 있다. 이것은 산수였다. x와 등호, a 더하기 b.

만일 과거는 나이 든 사람들이 다시 찾는 땅이고 미래는 아이가 꿈꾸는 땅이라면, 출생과 사망은 그 땅들과 접한 두 바다다. 그리고 중년은 그들 중간의 순간이며, 우리가 어느 쪽으로도 갈 수 있을 것 같은 때다. 시야가 어느 쪽으로도 툭 트인 경계선이다. 우리는 갈망보다는 경이로 가득 찬다. 두려움은 줄고 걱정은 는다. 이런 것은 중년의 증상 가운데 몇 가지에 불과하다. 늙은 사람은 회고록을 쓰고, 젊은 사람은 이력서를 쓴다. 중년에는 늘 날씨에 대한 논의로 시작하는 일종의 일기를 쓴다. 우리가 사는 곳은 현재이며, 출생과 사망으로부터 등거리에 있다. 우리는 현재의 배우자가 우리의 첫 연인의 기억만큼, 또는 잡지의 속옷 광고에 나오는 팽팽한 엉덩이와 평평한 배에 관한 우리의 환상만큼이나 매력적임을 알게 된다.

중년 주위에는 일종의 균형, 평형이 있다─젊음에 밀리지도 노화에 떠밀리지도 않는다. 순간적으로 시간의 중력에서 풀려나, 둥둥 떠 있다. 우리의 역사와 미래가 분명하게 보인다. 잠을 잘 자고, 모든 시제의 꿈을 꾸고, 잠을 깨면 곧바로 움직일 준비가 되어 있다.

생각해 보라, 나는 술 마시던 시절에, 귀를 기울이는 누구에게나 말하곤 했다, 인생을 미국이라고 생각해 보라. 너는 엘리스섬*의 네 선조들과 마찬가지로 양수가 터지며 등장한다. 이곳의 언어를 너는 모른다. 너는 음식, 관습을 이해하지 못한다. 일할 마음은 있으나 능력이 없다. 너에게 일하는 법을 알려줄 누군가가 필요하다. 가장 좋은 경우라면 부모가 이것을 해줄 것이다. 너는 황금과 빛과 네 미래를 꿈꾸며 서부로 향한다. 포코노산맥 어딘가에서 여자를 만난다. 오하이오에서는 실용적인 지식이나 세상 물정을 주워듣는다. 어쩌면 멤피스나 뉴올리언스로 우회하여 속성으로

* 뉴욕 시에 가까운 작은 섬으로 1892~1943년 사이에 미국 이민자들이 입국 수속을 밟던 곳.

안락을 얻을 수도 있고, 북쪽으로 가 미시간에서 이동 중인 연어를 낚을 수도 있지만, 그러나 서쪽으로 가고자 하는 젊음의 다급한 마음 때문에 절대 너무 멀리 벗어나 너무 오래 헤매지는 않는다. 캘리포니아는 황금과 더불어 기억에 남을 만한 섹스가 있는 곳이다. 캘리포니아는 할리우드이고 '천사들의 도시'다. 그곳은, 거기 도착해 보면, 바로 눌러앉고 싶은 곳이다.

어쩌면, 세인트루이스에서 강을 건널 때면, 펜실베이니아에서 처음 어울린 여자애가 너처럼 유행의 첨단을 걷는 사람에게는 약간 뒤처져 보인다는 생각이 들지도 모른다. 아니면 옛날 살던 동네 출신의 남자 때문에, 또는 로키산맥 출신의 돈 많고 말이 번드르르한 남자 때문에 그 여자 쪽에서 너를 차버릴지도 모른다. 너는 그까짓 것 사라져서 속 시원하다 하고 가볍게 여행하며, 절대 뒤돌아보지 않는다. 라스베이거스에서 너는 약간 정신을 잃고, 아무하고나 자고, 컨버터블을 사고, 손실을 본다. 사막으로 차를 몰고 나갔을 때, 너 자신이 너의 최대의 적이라는 생각이 든다. 옛날 동네 사람들이 생각난다. 나이 많은 사람들은 이제 죽어가고 있거나 죽었다. 첫사랑의 몸이 계속 기억난다. 장거리 전화를 여러 번 한다. 평생 처음으로, 속도를 늦추고, 천천히 그랜드 캐년을 통과하고, "내가 네 나이 때는"이나 "지금으로부터 이삼십 년 전에는"이라는 말이 들어간 문장을 많이 사용하기 시작한다. 너무 아름다운 날들이 많아 죽음이 찾아올 것이라는 사실이 안타깝다.

사막이나 산맥이나 광야에서 죽지 않으면, 너는 캘리포니아에 들어서게 된다. 이제는 전과 달리 어떤 것도 중요해 보이지 않는다. 너는 네 말을 들어주는 누구에게나, 결국 그곳은 결코 목적지가 아니었다고 말한다. 중요한 것은 네가 출발한 곳이었고 그곳으로 가는 과정이었다. 누군가, 도와주려는 마음으로, 너는 절대 다시는 고향에 가지 못한다고 말한다. 이 시점에서 모든 게 잘 풀리면, 너는 산타바버라의 긴 부두에서 떨어져 쉽게 작별을 할 것이고, 나이의 대륙 전체에 걸쳐 있는 네 자식과 그들의 자식들이 슬퍼하고 또 앞으로도 너를 기억할 것이다.

물론, 네 삶의 중간은 저 뒤 캔자스,* 양쪽으로 지평선이 가없어 보이던 곳이었다. 몇 마일이나 시야에 들어오고, 별이 뜬다. 너는 유아기와 노쇠 사이에, 너의 브롱크스와 산타바버라 사이에서 균형을 잡고 있다. 똑같이 시야에 들어오는 네 뒤에 있는 것과 네 앞에 있는 것, 이루어진 거래와 가능성 사이에서 균형을 잡고 있다. 곧게 서 있고, 너 자신이라는 것이 편안하다. 그러나 캔자스. 그것은 한순간만 지속될 뿐이다. 그런 지형이 눈에 들어오면, 너는 중간에 있는 것이다. 네가 죽을 날을 알려면 그때의 네 나이를 두 배로 늘려봐라. 그런 일이 스무 살에 일어난다면, 마흔을 예상해라. 그런 일이 일어나는 나이가 마흔이라면, 네가 받은 축복에 감사하며, 더 저축하고, 증손자에게 지어줄 이름을 골라라. 사실, 간단한 이론이다. 산수, 역사, 지리, 대단할 건 전혀 없다.

이런 이론이 나에게 찾아왔을 때 나는 열여덟 살이었다. 나의 미래의 선택지들을 놓고 여러 생각을 하고 있었다. 나는 대학생이었고, 징병을 피한다기보다는 무시하려고 했다. 베트남과 관련된 자신의 미래―죽음과 동의어였다, 암

* 미국의 한복판에 있다.

이 과거에 그랬고 지금도 그렇듯이—가 추첨, 닉슨 행정부에서 고안해낸 물건에 의해 결정된다는 점이 시대를 상징했다. 일 년의 날짜들이 모자에서 뽑혀 나왔고—그 날짜들이 뽑히는 순서가 새로운 병사를 소환하는 순서가 되었다. 죽음이라는 문제가 자신이 태어난 날과 연결되었다. 그들이 숫자를 뽑을 때 나는 학생회관에서 하트 게임을 하고 있었다. 나의 추첨 번호는 254가 되었다. 150을 넘는 수는 절대 징병되지 않는다고들 이야기를 했다. 나는 면제를 받을 수 있었다. 나에게는 미래가 있었다. 나는 시인이 되고 싶었다. 나는 예이츠를 발견했다. 나는 사이먼과 가펑클이 되고 싶었다. 나는 기타를 칠 수 있었다. 나는 교직을 고려해 보았다, 잠깐이지만. 장례지도사 면허를 따는 것도 나쁜 일은 아닐 거라고 생각했다, 음반 취입 계약을 못 하거나 퓰리처상을 못 탈 경우에 대비해서. 나는 일인칭 단수에 완전히 몰두해 있었다.

나의 미래에 관해 내가 확실히 알고 있는 거의 유일한 한 가지는 그 미래의 많은 부분을 조해나 베르티, 또는 그녀와 비슷한 사람의 품에서 보내고 싶다는 것이었다. 그녀는 그 무렵 수녀와 드라살 교직회敎職會가 애써 나에게 강요해 온 희열 없는 무지의 세월이 얼마나 어리석은지 깨우쳐 주었다. 그들에게 유일하게 좋은 몸은 죽은 몸뿐이었다. 그리스도의 몸, 성 스테판의 몸, 성 세바스찬, 가엾은 놈, 성 도로시, 성모와 순교자, 정원사들의 수호성인 등등. 50년대와 60년대의 가톨릭계 교구 부속학교에서 사랑과 죽음은 냉혹하게 연결되어 있었다. 열정*은 훌륭한 대의를 위해 느리게 죽는다는 뜻이었다. 우리의 교실과 정신은 십자가 처형, 순교, 감람산의 고뇌, 특정할 수 없는 곳에서 나온 환희를 모아 놓은 화랑이었고, 이 모두가 사랑을 위한 것이었다. 조해나도 훌륭한 가톨릭이고, 성 카타리나 데 리치를 꼭 빼닮은 이탈리아계이고, 성 필립 네리의 통신원이었지만, 평범한 방식으로 이 모든 것을 바꾸어 놓았다―하나의 몸이 다른 몸을 환영하는 방법을 확장함으로써. 나의 미래는 풍부하고 형태가 없는 것 같았다.

* passion. 수난이라는 뜻도 된다.

당시 나는 아버지의 장례식장에서 살고 있었다. 지금 내가 소유하고 운영하는 곳이 아니라, 그 전에 아버지가 운영하던 장례식장이었다. 나는 밤이면 사망 전화를 받고 처리를 하러 나가곤 했다. 어느 날 밤 한 여자가 전화를 걸어 아들이 "스스로 목숨을 끊었고" 지금 카운티 검시관에게 가 있는데, 그곳에서 아침에 부검을 할 예정이니 그때 가서 주검을 챙겨줄 수 있겠느냐고 물었다. 다음 날 아이를 장례식장으로 데려와 싼 것을 풀었을 때, 나는 주검을 보고 놀랐다. 가슴의 T자 절개는 놀랄 일이 아니었다―일반적인 흉부 부검이었다. 하지만 머리에서 시체안치소 사람들이 둘러놓은 비닐 자루를 벗겨내자 상상할 수 없을 정도로 형태가 바뀐 얼굴이 드러났다. 두개골 전체가 그냥 사라지고 없었다. 아이는 술에 취해 헤어진 여자 친구 집으로 갔다. 소문에 따르면 그녀는 한두 주 전 그와 헤어졌고, 아이는 요즘 같으면 "스토킹"이라고 부를 만한 방식으로 그녀의 삶 주변을 우울하게 어슬렁거렸다. 아이는 술을 너무 많이 마셨다.

그녀의 집으로 가서 다시 받아들여 달라고 애원했다. 물론 그녀는 받아들이려 하지 않았고, 받아들일 수 없었고, "그냥 친구 사이"가 되고 싶었다 등등…… 그래서 아이는 집 안으로 들어가서, 그녀의 부모 방으로 달려 올라가, 장에서 사슴 사냥용 라이플을 꺼내, 침대에 누워 총구를 입에 넣고, 엄지발가락으로 방아쇠를 당겼다. 그것은, 아이의 전 여자 친구의 말에 따르면, "주목할 만한 행동"이었다.

　내 앞에 놓인 테이블에서 그 행동을 생각해보다가, 이 친구는 우스꽝스러워 보인다, 그런 생각이 들었다. 그의 얼굴은 폭발의 힘 때문에, 바로 콧마루 위에서 둘로 쪼개져 있었다. 그는 달구지에서 떨어진 멜론, 이웃 사내아이들이 부순 호박처럼 보였다. 뒤통수는 아예 없었다. 내 눈앞에는 자신을 기억해주기를 바라는 여자한테 메시지를 전달하기 위해, 주목할 만한 방식으로, 자신을 죽인 젊은 남자가 있었다. 틀림없이 그녀는 아이를 기억하고 있을 것이다. 나도 물론 기억한다. 하지만 메시지 자체는 대수롭지 않았고, 의미심장하게 막연해 보였다. 아이는 영원히 죽고 싶었던 것일까, 아니면 그냥 고통으로부터 떠나고 싶었던 것일까? 아이가 분명하게 말한 것은 "나는 죽고 싶었다"는 것뿐인 듯하다. 나머지 우리가 하는 말은 "오"라는 외마디뿐이고.

하지만 내 기억 속에는 한쪽 눈은 동쪽을 바라보고 다른 쪽 눈은 서쪽을 바라보는 모습이 박혀 있다. 무기의 힘에 의한 얼굴의 분리로 이룩해 낸 관점이었다. 이런 시점視點은 균형 잡힌 시야를 줄 것 같았다─한쪽 눈은 미래를 보고, 한쪽 눈은 과거를 보고. 자신이 있던 곳과 자신이 갈 곳이 합쳐져 균형을 이루는 그 주도면밀함. 하지만 내 앞에 있는 사례의 경우에는, 분명히, 보는 것이 불가능했다. 그는 죽었다. 따라서 나의 첫 번째 이론에서 하위 이론이 파생되었다. 균형과 시야는 강요될 수 없다. 폭력은 시야를 얻는 길이 아니다. 총은 이런 일에 효과가 없다. 그것은 성장해서 도달하는 것이다, 나무들이 모여 숲이 되는 것처럼. 내 앞 도기 테이블에 있는 사람은 시각視覺을 잃고 관점을, 생명 자체를 잃고 시점을 얻었다. 그는 우스꽝스러워 보였고 끔찍하게 손상된 것으로 보였다. 그 이후로, 나는 살면서 무력감을 느꼈고, 절망을 느꼈고, 살의를 느꼈고, 비애를 느꼈지만, 내가 기억할 수 있는 한, 단 한 번도 내 삶에서 자살로 가고 싶은 순간을 경험한 적은 없었다.

과거와 미래 사이를 똑바로 서서 걷는 것, 우리 시대를 가로질러 외줄 타기를 하는 것은, 나에게는, 살아가는 방식이 되었다. 출생과 죽음, 희망과 후회, 섹스와 필멸, 사랑과 비애라는 경쟁하는 인력들 사이에서 균형을 유지하려고 노력하는 것. 이 모든 대립하는, 또는 거의 대립한다고 볼 수 있는 것들은 시간이 조금 지나면 바위와 단단한 곳들, 비슷한 의미를 갖는 힘들이 되며, 우리는 물살 속에서 균형을 잡는 연어처럼 그 사이를 헤쳐 나간다. 물론 가끔은 우리가 헤쳐 나가든 나가지 못하든 무너지고 말지만.

나에게 그런 일이 일어난 것은 몇 년 전 어느 밤이었다. 우리가 막 사랑을 나누었다는 이야기는 할 필요가 없을까? 그녀는 내 옆에 누워 담배를 피우고 있었다. 나는 팔꿈치에 몸을 기대고 창밖을 내다보고 있었다. 화요일이었고 달빛이 환했다. 시월 말이었고, 만성절 전야였다. 우리는 그날 아침

나의 어머니를 묻었다. 우리는 잿빛 오전 중반에 '성묘'에 서서 관이 지하납골소로 들어가는 것을 지켜보았다. 암으로 죽은, 한 선한 여자의 죽음에 상심한 무리. 그녀의 몸은 사제들이 내는 소음과 낙엽과 백파이프의 슬픈 저음 밑에 묻혔다. 긴 하루였다. 나는 어머니의 목소리를 기억하려고 노력했다. 종양이 그녀에게서 그것을 조금씩 앗아갔다. 이제 그녀의 목소리를 다시는 들을 수 없을 것이기 때문에 나는 공황에 빠지기 시작했다. 지혜가 가득하고 안전한 느낌이 울려 퍼지는 듯한 부드러운 콘트랄토의 목소리.

그리고 거기서 그 밤에, 잠시, 나는 그것을 모두 볼 수 있었다. 나에게 생명을 준 여자의 죽은 몸과 내가 살아 있다고 느끼게 해주는 여자의 나긋나긋한 몸 사이에서, 나는 출생으로 거슬러 올라가는 나의 역사를 보았고, 죽음으로 끝날 미래를 보았다.

그 순간의 양옆에 있는 삶은 오로지 비탄과 애정, 로맨스와 상처, 웃음과 울음, 경야와 고별, 사랑 나눔과 기쁨뿐이었다―캔자스처럼 보이는 풍경 사이에 있는 수평으로 놓인 신비들이었다. 나는 비통과 욕망에 압도당했다. 나를 낳아

준 어머니에 대한 비통, 죽을 때까지 내 곁에 있을 여자에 대한 욕망. 그런 순간에 과거는 인력을 잃고, 미래는 공포를 잃는다.

그 시월에 나는 마흔한 살이었다. 지금도, 그런 수학, 또는 지리, 또는 대수나 생물학을 헤아려보고 싶은 유혹을 가끔 느낀다―삶의 현실들을 어울리는 어떤 패러다임에 살살 집어넣고 싶은 유혹, 그건 그냥 이런 것이고 저건 그냥 저런 것이라고 말하고 싶은 유혹. 하지만 나를 사랑했던 두 여자의 나에 대한 애정, 내가 잘 알고 있는 애정 사이에 둥둥 떠 있던 그 밤 이후, 숫자와 쉬운 모델을 즐기던 마음은 사라졌다. 삶의 과학이 나에게 가르쳐줄 것이 여전히 더 많았다.

수정과 예측은 시간 낭비처럼 보인다. 과거와 미래를 좌지우지하고 싶기는 하지만, 내가 살고 있는 그 순간이 내가 가진 순간이다. 그 순간이 나에게 가르치는 것은 이런 것이다. 구름이 달의 얼굴 앞에 떠 있고, 빛이 구멍을 파낸 호박 머리 안에서 깜빡이고, 잎들이 바람에 제멋대로 움직이고, 성자들이 이름 없이 지나가고, 사랑은 위로를 주고, 영혼은 몸이 닿는 곳 너머에서 노래한다.

누가 존재하게 되고
누가 존재하지 않게
되는가

수학 시험에서 "답"을 얻는 대신
그냥 그것을 "인상"이라고 불러야 한다.
만일 다른 "인상"을 얻는다면 또 뭐 어떤가?
그런다고 우리 모두가 형제가 될 수 없는 것인가?

–잭 핸디, 《깊은 생각》

엉클 에디는 800이 들어가는 전화번호*가 필요했다. 그가 부업으로 하는 자살 청소업이 대박을 치고 있었다. 사업이 번창했다. 사람들이 떼로 죽어 나가고 있었다. 엉클 에디에게는 별도의 전화번호, 로고, 슬로건, 자석을 붙인 명함이 필요했다. 나는 그가 훨씬 나이 많은 형인 나에게 무료 조언을 구하러 오곤 하는 것에 감동을 받았다.

"1 – 800 – SUICIDE**는 어때? 너무 음침해? 너무 직접적이야?"

"글쎄, 에드……."

* 사업체에서 사용하는 수신자 부담 전화국번.
** SUICIDES는 자살이라는 뜻.

"아니면 1 – 800 – TRIPLE S는? 알잖아. 전문 위생 서비스*의 약자로."

그는 마음 가장 깊은 곳에서 '트리플 S'가 미국자동차협회Automobile Association of America를 가리키는 '트리플 A', 월드 와이드 웹World Wide Web을 가리키는 WWW, 어떤 유형의 영화를 가리키는 '트리플 X'**—그 유형의 영화를 보면 수정 헌법 1조의 권리***에 대한 자부심이 솟아오른다, 엉클 에디는 늘 그렇게 말했다—만큼 널리 알려지기를 바라 왔다.

어쩌면 그의 서비스는 좀 지나치게 전문화된 것이었는지도 모른다—지역과 주의 공권력 집행 부서와 카운티 검시관, 장례식장에만 알려져 있었다. 오직 지저분하게 죽은 사람의 유족과 집주인에게만 필요한 서비스였다. 제때에 탐지되지 못한 실내 자살, 살인, 집 안 사고, 자연사, 이런 것

* Specialized Sanitation Services. 셋 다 모두 S로 시작. TRIPLE S는 S가 세 개라는 뜻.
** 포르노그래피 영화의 등급.
*** 표현의 자유를 가리킨다.

들에만 엉클 에디와 '트리플 S'의 직원들―그의 부인, 그의 골프 친구, 그의 골프 친구의 부인―이 종종 '주택 소유자 보험'이 책임져주곤 하는 합리적 비용으로 언제든 기꺼이 제공하는 전문화된 위생 서비스가 자주 요구되었다. 전화번호부에서 찾아볼 수 있는 종류의 일은 아니라 해도, 누군가는 해야만 하는 일이었다.

"그냥 떠오르는 번호로 해도 괜찮을 것 같은데. 뒷자리에 영이 많은 번호로 달라고 해봐."

그 말에 에디의 얼굴이 변했다―무無의 미묘한 신비에 당황한 고대 마야인처럼 멍하고 어리둥절한 표정으로 입을 떡 벌리고 있었다.

오래전 같으면 그냥 공짜로 해주었을 것이다. 시내에 들어온 지 몇 달 지나지도 않았는데, 같은 로터리 회원인 당시 경찰서장이 장례식장으로 한밤중에 전화를 하여 직원 가운데 "지저분한 거…… 있잖아, 정말로 심하게 지저분한 거"를 처리해줄 사람이 있느냐고 물었다.

"여기 하일랜드 로드에 아주 심한 게 있소. 시신은 당신이 가져가야 할 텐데, 지금은 시체안치소에 가 있소. 그런데 이걸 좀 어떻게 하기 전에는 그의 가족이 집으로 돌아오게 할 수가 없소. 정말 심해요."

나는 혹시 서장이 장례식장의 한쪽 문에 심한 것 처리라고 적혀 있고, 그 문 뒤에서 "지저분한 것" 전문가들이 전화를 기다리고 있다고 상상하는 것이나 아닌지 궁금했다.

"글쎄요, 특별히 그런 일을 하는 사람은 없는데요, 서장님. 하지만 내가 가겠습니다. 웨스도 오라고 해보지요." 웨스란 우리의 방부처리 책임자 웨슬리 라이스를 가리키는 말이었는데, 그는 어둠 속의 긴급 상황에 익숙한 구석의 인물이었다.

하일랜드 로드에 있는 스플리트 레블 주택의 저당권자인 사망자는 아내가 그녀의 고용주인 척추 지압사와 바람을 피우고 있는 것에 지쳤던 듯하다. 밀회의 자세한 내용은 불확실하다, 서장은 그렇게 말했다. 모든 일이 "조정"을 해보자는 데서 시작되었다. 그러나 상황은 더 안 좋아졌던 모양이다.

"그래." 그가 말했다. "영원한 삼각관계지." 그는 집 앞의 보도에 침을 뱉었다. "여자는 아이들을 데리고 언니네 집으로 갔소. 깨끗해지기 전에는 오지 않으려 해요."

서장은 물리적 증거와 더불어, 이해할 만한 일이지만 잔뜩 흥분한 미망인의 증언으로부터 대충 어떻게 된 일인지 짜 맞출 수 있었다. 바람난 아내를 둔 가장은 부인이 잠자리에 든 후에 자지 않고 술을 마셨다. 부인은 자러 가면서 머리에 스펀지 롤러를 끼우겠다는 의사를 밝혔다. 이것은 그에게 그녀가 그와 섹스를 하고 싶지 않고 단지 내일 사장에게 잘 보이고 싶을 뿐이라는 의미를 가진 내밀한 암호가 되어 있었다. 그는 던피 아이리시를 한 병 다 비우고 여자가 감추어둔 발륨을 슬쩍한 다음, 부활절이나 추수감사절이나 크리스마스에 큰 고깃덩어리를 써는 데 쓰는 블랙 앤드 데커 전기 칼을 보관해 두는 서랍으로 갔다. 그는 침대의 자기 자리 옆 벽에 달린 소켓에 플러그를 꽂고, 말이 입밖으로 나가지 않도록 이를 악물고, 그녀 옆에 누워서 윙윙거리는 칼을 목에 갖다 대, 위로 올라가는 경동맥 두 개와 경정맥들을 끊고 식도까지 반 자르고 나서야 칼의 방아쇠를 놓았다. 그녀가 깬 것은 그가 침대에 들어왔기 때문도 아니고, 칼의 윙윙거리는 소리 때문도 아니고, 그가 혹시라도 소리를 냈다면, 그 소리 때문도 아니었다. 그것은 따뜻한 피 때문이었다. 피는 그의 잘린 혈관들로부터 침실 절반 높이로 뿜어져 나와, 그녀와 그녀의 스펀지 롤러를 푹 적시고 침대보와 매트리스와 박스 스프링에 스며든 다음 침대 밑의 양탄자에 웅덩이를 만들었다. 그녀는 잠에서 깨어 이것이 그냥 꿈이 아닐까, 하고 생각했다.

웨스와 나는 동이 틀 때까지 일했다. 우리는 양탄자와 매트리스와 박스 스프링을 치우고, 침대 밑에 쌓인 잡지들―그의 쪽에는 소프트 포르노나 사냥과 트럭 잡지들, 그녀 쪽에는 카탈로그와 《코스모폴리탄》들―을 버렸다. 화장대의 장신구들을 전문가용 청소 용액에 담그고, 붉은 핏방울이 점점이 찍힌 플라스틱 면을 닦아냈다―전화기, 시계 라디오, 컬러텔레비전에서. 그런 뒤에 지하실에 있는 페인트로 천장을 제외한 방을 칠했다. 피가 양탄자와 패딩을 적시고 단단한 나무 바닥에 자국을 남긴 곳은 한참 닦다가, 표백제를 적신 수건을 올려두었다. 그런 다음 떠났다.

웨스는 한참 꿰매고 터틀넥 스웨터를 입힌 다음, 관을 열수 있을지도 모르겠다고 예측했다. 그러나 죽은 사람의 입은 어쩔 수가 없었다. 그 입은 영화에서 부상당한 주인공의 몸으로부터 총알을 꺼내거나 총알이 박힌 다리를 잘라내기 전에 술을 먹이고 물고 있을 가죽 조각을 주었을 때처럼 꽉 다물려 있었다.

이 가엾은 고객은 그의 먼 친척 한 사람이 말한 것처럼 "단호해" 보였다.

이것이 내가 늘 존경하는 부분이었다―자신에게 그런 엄청나고 복구 불가능한 피해를 줄 수 있는 단호함, 그 순수한 결의, 이것이 모든 성공한 자살에서 도드라지는 요소다. 이것이 진정한 킬러와 이따금씩 자살을 시도하는 사람을 나눈다. 제정신을 가진 사람 가운데 살면서 부재와 존재하지 않는 상태가 주는 편안함을 몇 번쯤 갈망하지 않은 사람이 누가 있겠는가? 하지만 내일 살아 있지 않았으면 좋겠다고―끝내지 않은 숙제, 조직검사 결과, 로맨스의 역전, 임신 검사 때문에―하는 사람과 내일과 그다음 날과 그 뒤에도 영원토록 죽고 싶은 사람 사이에는 미묘하면서도 중요한 차이가 있다. 후자는 예외고, 전자는 규칙이다.

이것은 자살만이 아니라 살인에도 적용된다. 사실 나 자신의 신경증은 우울한 질환보다는 공격적인 질환으로―남들을 파괴하고 나의 파괴에서는 멀어지는 쪽으로―나타나는 경향이 있다. 나는 대부분의 장례지도사와 마찬가지로 내가 지상에 남은 마지막 사람이 되어 다른 모든 사람을 묻음으로써 이 슬프고 이익이 나는 의무에서 해방되는 환상을 품고 있기 때문이다. 그 시점에 나는 평생 처음으로 돈을 다 받아 외상을 하나도 남기지 않은 상태에서, 갈 수 있는 곳이면 어느 천국으로든 승천할 것이다. 우리 대부분은 종종, 비록 순간적이라 해도, 누군가 이 행성에서 떨어지기를 갈망해 왔다. 전 배우자, 치위생사, 정부 피고용인, 러시아 위의 동료 통근자, 십 대, 텔레마케터, 텔레비전 설교사, 사돈, 부모, 완벽한 타인(사실 이 가운데 하나도 해당되지 않는 사람이 어디 있겠는가) 모두가 그간 살인적 경멸의 대상이었다. 하지만 우리 대부분은 죽이고 싶을 만큼 화가 나는 것과 살인자가 되는 것 사이의 차이를 이해하기 때문에 살인자가 되지 않는다.

그럼에도 우리의 고통을 외부로 돌리고 싶은 충동은 우리 자신에게 돌리고 싶은 충동과 형제간이다. 모든 게 우리 탓이든 또는 절대 우리 탓이 아니든, 우리는 여전히 상처를 주는 우주의 중심이다. 살인과 자살은 같은 곡의 두 절이며, 하나의 병리의 가까운 사촌들이다.

자신의 종의 한 존재—그것이 "자신"이건 "타인"이건—를 죽이는 것은 진정한 결심, 그리고 아무리 순간적이라도, 반대하는 쪽에서 올라오는 모든 목소리들을 억누르는 죽음 같은 침묵을 요구한다. 물론 이 목소리들 가운데 다수는 제도적이다. 정부는 자신이나 다른 존재를 살해하는 것을 불법으로 만드는 법을 통과시킨다. 종교는 그것이 부도덕하고 용서할 수 없다고 선언하는 텍스트를 인용한다. 생명은 그 인간적 화신 각자에게 신성하다, 그들은 그렇게 주장한다. 주는 것도 신이요 가져가는 것도 신이다. 다른 사람들은 그런 보호를 멸종 위기에 처한 종, 즉 고래와 스네일 다터,* 올빼미와 느릅나무에까지 확대한다. 이것은 정치가와 신학자들

* 퍼치과의 담수어.

의 영역이다. 주목할 만한 것으로, 이런 규칙에는 민간과 교회의 예외가 있다. 그래서 '성전'과 처형이 있는 것이다. 신이나 정의나 자비나 자기방어의 이름으로 이루어지는 자살과 살인은 규범에서 벗어나지만 받아들여질 만한 일탈이다.

그러나 더 시끄러운 목소리는 바로 우리 자신의 것으로, 자아를 이루는 요소들이다―심리적, 생물학적, 영적, 사회적, 지적인 요소들. 깃발이나 아이콘 없이도 그 각각은 여전히 종결에 반대하는 주장을 한다. 말벌을 손바닥으로 때리거나 물고기를 잡거나 동물을 쏘거나 우리 자신과 같은 종이 죽어가는 자리에 있어본 사람은 생명이―세포 수준에서―빛의 죽어감에 맞서 날뛴다는 것을 안다. 우리 내부의 뭔가가 힘주어 말한다, "안 돼!"

장례 학교에서 가르쳐주는 바에 따르면, 사후 온열 발생은 죽음이 일어난 직후 주검이 따뜻해지는 현상을 가리키는 말이다. 세포는 계속 분열하고, 대사를 하고, 산소와 단백질을 교환하는 등, 익숙한 작업을 한다. 그러나 배출 시스템―호흡, 땀, 눈물, 방귀―이 작동하지 않기 때문에 시스템이 과열된다. 그러면 세포는 일을 중단한다. 퇴근 카드를 찍는다. 하루를 마감한다. 그러면 주검이 실온으로 식어, 살아 있는 사람보다 거의 30도가 낮아진다. 이것이 가장 자주 묻는 질문들 가운데 하나에 대한 답이다―왜 주검은 차가운가?

따라서 우리가 청진기와 대뇌 촬영도에서 죽는 것, 즉 신체적 죽음과 신경 말단과 분자에서 죽는 것, 즉 대사적 죽음과 우리 주위 사람들―손자와 채권자, 형제와 이웃―에게 죽는 것, 즉 사회적 죽음이라고 부를 만한 것 사이에는 차이, 그것도 중요한 차이가 있다.

마찬가지로 출생도 잉태(대사적)에서부터 생명력(신체적)을 거쳐 이름 짓기나 세례나 입문(사회적)에 이르기까지 등급이 있다. 이런 죽음들과 이런 출생들이 일어나는 순서는 중요하며, 역사적으로 우리는 내가 위에서 요약한 순서에 대한 선호를 보여주었다. 우리는 "생명 신호"라고 부르는 것을 만들어내는 능력 또는 만들어내지 않는 상황을 몇 시간 또는 며칠 또는 몇 주 또는 몇 년씩 지켜보다가, 새로운 생명 또는 새로운 죽음과 그것이 우리 자신에게 갖는 의미를 받아들일 준비를 하기도 하고 기꺼이 받아들이기도 한다. 우리는 아이가 살 것이라고 어느 정도 확신하고 나서야 세례를 주거나 이름을 지어준다. 테크놀로지가 생명력을 증가시킴에 따라 우리가 아기에게 이름을 지어주거나 세례를 주는 시기는 점점 빨라진다. 마찬가지로 우리는 어떤 사람이 죽었다고 어느 정도 확신한 뒤에야 묻으며(생매장에 대한 공포는 아주 오래된 것이다), 대부분의 의식은 죽었다고 주장되는 자를 "깨우는"─혹시 모르니까─노력 뒤에 치른다.

모든 문화와 역사에서 장례식은 뒤에 남겨진 사람들이 '사실'을 받아들이는 쪽으로 가도록 슬쩍 밀어주려고 해 왔다. 세례나 이에 해당되는 다른 의식들이 아이를 낳을 수 있는 사람들에게 똑같은 일을 하려고 하는 것과 마찬가지다. 출생과 죽음을 둘러싼 의식들은 바닥에 있는 새로 죽은 몸이나 새로 살아 있는 몸의 함의를 안전하게 제정신으로 관리하는 모범을 제시한다.

따라서 그런 의식에는 행사적, 상징적, 실용적 고려가 늘 담겨 왔다. 이런 의식은 살아 있는 자와 죽은 사람, 갓난아기와 부모의 요구를 다룬다. 삶의 한쪽 끝에서 공동체는 선언한다, 이건 살아 있다, 악취가 난다, 어떻게든 하는 게 좋겠다. 다른 한쪽 끝에서 우리는 그 소리를 흉내 낸다. 이건 죽었다, 악취가 난다, 어떻게든 하는 게 좋겠다. 우주, 동산, 시원의 습지에서 나타난 이래 우리는 그것을 '자연의 길'이나 '신의 뜻'이나 '위대한 만다라'나 '삶의 진실'이라고 불러왔다. 우리는 나고, 우리는 죽는다. 우리는 사랑하고 슬퍼한다. 우리는 낳고 사라진다. 신이 자연을 창조했건 자연이 신을 창조했건, 자연스럽고 신적인 죽음은 환영받지 못하는 반면 자연스럽고 신적인 출생은 기쁨이다. 물론 두 사건 모두 어느 정도 양가적 감정이 따른다. 어떤 출생도 경이롭기만 할 뿐 걱정이 없는 경우는 없고 어떤 죽음도 끔찍하기만 할 뿐 축복과 위안이 전혀 없는 경우는 없다. 우리는 그것을 견딜 수도 있고, 받아들일 수도 있고, 그것이 적절하거나 자비롭거나 시의적절하다고 간주할 수도 있다. 그럼에도, 바로 최근까지도 출생은 기쁨의 꾸러미, 삶의 기적이었다. 죽음은 환영받지 못하는 손님—검은 천사, 잔혹한 수확자, 밤도둑, 개자식이었다.

순서에 혼란이 오면 부자연스러워 보인다. 우리에게 남는 것은 변칙이다. 우리의 시간 감각이 훼손당한다. 따라서 사회적 죽음이 신체적 죽음보다 앞서면 결국 생매장당한 사람과 함께 있게 된다. 또는 훗날의 그 등가물로, 요양원에 은신하고, 잊혀지고, 동맥을 제외한 모든 것이 순환에서 벗어난 신세가 된다. 차라리 자연이 어서 자기 일을 하여, 우리가 그런 사람들에게서 벗어날 준비를 하기 전에 그들을 생명에서 벗어나게 해주기를 바란다. 우리는 우리를 자연과 분리시킨다는 이유로 종종 의학을 비난하고, 새로운 테크놀로지를 비난한다. 놓아주어라, 우리는 말한다. 비켜라. 자연이 자기 할 일을 하게 하라, 결과가 아무리 불완전하더라도.

그러나 삶의 다른 쪽 끝에서 우리는 '자연의 길'이나 '신의 뜻', 또는 우리는 어찌할 수 없는 상황에서 아무렇게나 불러대는 그것을 그렇게까지 신뢰하려 하지 않는다. 대신 우리가 계획하고, 제한하고, 전복하고, 중절하고, 기획하고, 또 성별, 머리 색깔, 성적 선호를 결정하게 해주는 테크놀로지를 거의 의문을 제기하지 않고 환영한다. 사회적 출생에 선행하는 신체적 출생—최근까지도 유일한 선택지였다—은 우연, 유린, 놀라운 일로 간주된다. "어이쿠," 우리는 계획되지 않은 임신 소식을 듣고 말한다. 놓아버리거나 비키거나 자연이 제 할 일을 하게 할 생각이 없기 때문에 우리는 더욱더 많은 "선택지"를 얻으려고 로비를 한다.

따라서, 늘 자살에서 불쾌하게 여겨졌던 것─그것이 자연의 의도, 또는 신의 의도, 아니면 누구든 책임이 있는 존재의 의도를 뒤집는 것처럼 보인다는 점─이 삶의 다른 쪽 끝에서는 '제한'과 '선택'(산아 제한과 생식 선택에서처럼)이라는 사용자 친화적인 교조에 의해 받아들여질 만한 것이 되고, 아니 선호하는 것이 되는데, 이것은 우리가 할 수 있을 때는 신 역할을 하거나 '어머니 자연'을 속일 수 있다고 암시하는 듯하다.

그럼에도 살인에서 우리에게 불쾌한 것─교회나 국가가 재가하는 경우에도─은 이 또한 순서를 어지럽힌다는 점이다. "생명에는 의미와 가치가 있다." 이것이 전쟁과 교수형, 낙태와 안락사에 반대하는 행진의 구호다. 하지만 전쟁을 하고 범죄자를 처형하는 국가의 권리를 지지하는 사람들은 종종 "선택" 또는 "존엄사"의 권리를 비난한다. 낙태권과 죽을 권리를 지지하는 사람들이 베트남, 걸프 전쟁, 연쇄살인범 치사 주사를 반대하러 떼를 지어 나타나는 것과 마찬가지다.

더 까다롭고 더 곤혹스러운 것은 전쟁이 인도주의적 대의

보다는 탐욕과 명예 때문에 벌어졌고, 낙태는 성차별, 인종 차별, 계급 차별적 의제에 봉사하기 위해 이용되었고, 안락 사는 가끔 민족 근절, 학대, 방기, 살인을 위장하는 얇은 베 일이었다는 사실이다. 우리의 "선택"이 전부 좋은 것은 아 니었다.

따라서 지난 반세기와 다음 반세기의 분기점은 '생명과 죽음'에 대한 생각인 것처럼 보인다. 언제 생명이 죽음이 되 고 누구의 힘에 의해 그렇게 되는가. 우리의 테크놀로지는 발전하지만 이 새 권력의 함의에 윤리적 질문을 던지고자 하는 욕구는 사라지고 있다. 우리는 '그것이 작동하는 방 식'은 말해주지만 '그것의 의미'는 말해줄 수 없는 테크놀 로지에 의해 존재와 존재의 중단을 가르는 경계를 흐릿하 게 만들어 왔다. 우리는 이제 본능도 신뢰하지 않는다. 우 리는 뭔가 '잘못'이라고 느껴도 그렇게 말하는 것을 창피해 한다. 어떤 것이 '옳다'고 느껴도 그렇게 하는 것과 마찬가 지다. 다양성이라는 명목으로 어떤 생각이든 다른 어떤 생 각과 마찬가지로 가치가 있다고 여긴다. 아무리 어처구니없 는 생각이라도 광장에 내놓고 모두가 들어주고, 똑같은 시간을 할애해주어야 한다. 현실은 사람이나 상황에 맞게 맞추어진다. 너의 현실과 나의 현실, 그들이 보는 진실은 있지만, 우리 모두에게 현실이고 진실인 것은 손에 잡히지 않는다. 우리는 합법과 비합법, 정치적으로 올바르거나 올바르지 않은 것, 기능이나 기능부전의 맥락에서, 또 우리의 자존심에 어떤 영향을 주고, 우리의 감정과 어떻게 닿게 해주고, 다음 선거나 과세율 투표를 어떻게 예고하고, 시장이 어떻게 반응하는가 하는 맥락에서 우리의 개인적 질문들의 틀을 짠다. 그러나 온갖 종류의 사업은 이런 식으로 관련자 전체의 상대적 이익에 따라 이루어질 수 있는 반면, '큰 문제들', '실존적 관심사', 누가 존재하게 되고 누가 존재하지 않게 되느냐 하는 '생사의 문제'에서는 우리의 최고의 본능, 가장 훌륭한 직관, 가장 명료한 지성, 정당이나 젠더나 종교나 특별한 관심이나 인종에 참여하는 것이 아니라 인류에 참여함으로써 영감을 얻는 정직성이 요구된다.

이 대목에서 대화는 묘하게 잠잠해지는 듯하다. 우리가 그냥 너무 바쁠 수 있고, 그냥 관심이 없을 수 있을까? 우리는 이것을 기꺼이 전문가들에게만 맡길 것인가?

나의 세대 구성원들, '베이비붐'이라고 부르는 인구학적 동맥류에 속하는 사람들은 부모가 되는 과정을 계획하고, 수정 능력을 관리하고 조작한 첫 세대였다. 이들은 우리 자식들, 우리의 선택이라는 시련에서 살아남은 자식들이 우리의 죽음을 계획하고, 우리의 필멸성을 관리하고 조작하는 불운한 아이러니와 마주하게 될 것이다. 우리가 선택을 했듯이 자식들도 선택을 할 것이라고 믿어도 좋을 것이다— 편의와 형편과 오 년 계획, 능률과 기능과 고성능, 소중한 시간과 이용가능한 자원에 따라. 적은 게 많은 거다! 우리는 자식들에게 늘 그렇게 거짓말을 했다. 어쩌면 우리는 '어머니 자연'을 속이지 말았어야 했던 것인지도 모른다. 대신 그냥 패가 뜨는 대로 게임을 해야 했던 것인지도 모른다.

"야구 모자하고 바람막이는 어떻게 생각해?"

엉클 에디는 유니폼 생각을 하고 있었다.

"진한, 아주 진한 녹색으로. 알지, 그거 엄청 유행이야. 그리고 S 세 개는 금실 자수로 우아하게 수를 놓아서. 피라미드 모양 안에다. 알잖아. 고전적인 거. 시대를 초월한 거. 아주 전문적인 거. 어떻게 생각해?"

나는 비용과 현금 유동성에 관해 주의를 주었다. 작게 시작하는 게 낫다. 일 몇 개를 미리 따놓고, 은행에 돈을 좀 넣어두고, 유니폼값을 할 만큼 열심히 일해라. "달리기 전에 우선 걷기부터 해야 돼." 나는 말했다.

그는 심한 것들이 갑자기 나타나는 바람에 한계까지 뛰어다녀야 했다. 타운 남쪽의 아파트 단지에서 벌어진, 주방 도구와 대구경 권총이 관련된 살인-자살은 '트리플 S'에게는 실제 작업을 통한 훈련과 지불 청구서라는 맥락에서 보자면 슬프면서도 뜻밖의 행운이었다. 그는 이미 직원이 사용할 장갑과 마스크, 보호용 고글과 일회용 신발에 투자를 했다. 역시 짙은 녹색인 밴을 세냈고, 여기에 물통과 대걸레와 세제 용액을 실었다. 냄새를 제거할 오존 기계를 구입하고 계약서와 청구서를 인쇄했다. 직원들과 훈련 과정을 거치면서 신중한 의무 이행, 팀워크의 중요성, 높은 수행 기준, 생물학적 위험 물질의 처리, 크리스마스 파티 가능성, 보너스, 피를 통해 옮겨지는 병원균과 다른 위험을 피하는 문제를 이야기했다. 직원들의 B형 간염 예방주사 비용도 댔다. 삐삐와 명찰도 주었다.

에이즈나 알코올 중독과 마찬가지로 자살도 어느 정도 전염성이 있다. 왜?가 그것이 늘 제기하는 질문이며, 충분한 답이 주어지지 않으면, 우리는 뭐 어때? 하는 수사의문문을 던지며 무도한 일을 분별력 있는 것들의 영역으로 들여오려 한다. 자기를 죽이는 일을 "이해할 만한" 또 "용서할 수 있는" 일로 만들려면 그것을 생명을 위협하는 병—우울증—의 마지막 주목할 만하고 치명적인 증상으로 보기만 하면 된다. 그러나 그것을 "허용 가능한", 합법적인, 양도 불가능한 권리로 만들려면 생명의 절대가치에 반대하는 주장을 펼쳐야 한다. 그 가치가 "상대적이고", "협상 가능한" 것이고, 견해의 문제이고, 다양한 해석에 열려 있어야 한다. 우리는 그것을 선택지라고 선언한다—"선택"의 문제라는 것이다. 사느냐 죽느냐, 하는 것은 흡연이나 비흡연, 창가 좌석이나 통로 좌석, 샐러드드레싱이나 와인 종류의 선택과 같아져, 개인의 취향, 상황, 조건의 문제가 된다. 여론, 지방 조례, 정치적 현실은 혹시 의식해야 할지 모르지만, 이제 '자연'이나 '신'의 영역은 아닌 것이다.

우리는 출산이나 부모가 되는 문제에서는 갈 데까지 가 이것 지지자와 저것 지지자로 나뉘었으며 중간지대는 없다―삶과 죽음의 문제에서는 흔히 그렇듯이. 토론은 극단주의자들이 통제하며, 각 편은 가운데 있는 사람들 머리 위에 대고 답과 비난을 외쳐대는데, 가운데 있는 사람들은 주위의 시끄러운 논쟁 소리 때문에 질문조차 정리할 수가 없다. 각각은 상대방을 묘사할 때는 서로 더 넓은 붓으로 대충 그린다. 각각은 상대편에 반대하여 집어던질 명사와 형용사들의 병기고를 갖추고 있다. 아무도 귀를 기울이지 않는다. 모두 소리만 지를 뿐이다.

왜 지저분한 걸 그냥 두나요? 트리플 S에 전화하세요! 이것이 엉클 에디가 만든 슬로건이다. 그는 이것을 800 전화번호(1－800－668－4464)와 함께 짙은 녹색 배경에 22포인트 미드 볼드 황금 글자로 인쇄하여 냉장고 자석 카드를 만든 다음 대여섯 개씩 무더기로 경찰서와 소방서, 장례식장에, 또 여기 미시간 남동부의 카운티 시체보관소에도 보냈다. 동봉 편지에는 24시간 연락 즉시 신속한 처리, 보험회사와 함께 작업 가능, 고도로 훈련된 전문적인 실무진, 무료 현장 견적을 언급했다. 신체 분비액, 피로 옮겨지는 병원균, 신체조직, 부패, 구더기 같은 핵심 용어들이 소독, 복원, 청결, 신중과 섞여 왜 전문 위생 서비스 회사에 연락을 해야 하는지 알렸다. 이 편지의 윗부분 인쇄문구 맨 밑에 엉클 에디는 자기 이름을 쓰고, 그 밑에 설립자 겸 사장이라고 쳐 넣었다.

그도 예상치 못했을 만큼 빨리 전화벨이 울리기 시작했다―처음에는 한 달에 한두 번, 그러다가 일주일에 한두 번. "다들 나를 보고 싶어 죽으려고 해!" 엉클 에디가 말했다. 이따금씩 그의 관심을 요구하는 살인이 벌어졌고, 죽었지만 발견되지 않은 노인이 생겼다―한 늙은 남자는 팔월에 방갈로 바닥에서 죽었는데 그달이 끝날 무렵에야 발견되었다. 그 뒤로 엉클 에디의 재료에는 바닥을 가는 전기 사포와 등유가 추가되었다. 그러나 대부분의 경우 '트리플 S'는 섬뜩하고 폭력적인 가정 내 자살에 사업의 고정비를 의존했는데, 이것은 지나치다 싶을 정도로 과하게 죽이는 경우가 많았다.

엉클 에디는 여섯 달 동안 침실과 욕조와 지하실, 자동차 트렁크, 호텔방, 사무실을 돌아다닌 뒤, '트리플 S 회사'의 활동 범위를 넓히기 위해 가맹점과 헬리콥터를 꿈꾸게 되었다.

1990년 6월 여기 오클랜드 카운티 우리 지역의 "인물"들 가운데 한 명인 실직 상태의 병리학자이자 실패한 영화계 거물이 재닛 애드킨스를 자신의 녹슨 미니버스에 싣고 이곳에서 북쪽으로 몇 마일 떨어진 그로브랜드 타운십까지 데리고 가, 그녀에게 자신의 "사나트론"*―차고 세일에서 사들인 부품을 이용해 그가 만든 장치로, 염화칼륨을 치사량 주입할 수 있는 자살 기계―에 달린 단추를 보여주었다. 그녀는 단추를 눌렀다. 기계는 작동했다. 기계란 원래 작동하는

* 죽음을 가리키는 thanatos와 장치를 뜻하는 tron을 합친 말.

법이다. 재닛 애드킨스는 카운티 시체안치소로 옮겨졌고 그곳에서 흉부와 두부 부검을 했다. 잭 커보키안은 카운티 유치장에 갇혔다. 같은 건물에서 그녀의 한 층 위에 있게 된 셈이었다. 이윽고 재닛은 에버그린 화장장으로 옮겨져 불에 태워져 망각으로 들어갔고, 잭은 《타임》 표지에 사진이 실렸다. 따라서 모두 자신들이 원하던 것을 얻었다.

엉클 에디만 예외였는데 그는 제정신이 아니었다. "이 죽음의 박사라는 자가 누구야?" 그는 고함을 질렀다. "왜 나를 실업자로 만들려고 하는 거야?" 그의 머리의 작은 혈관들이 불거졌다. 그는 신문에 실린 기사를 가리키고 있었다.

나는 그게 '트리플 S'와는 아무런 상관이 없다고 말하려 했다. 하지만 늘 예언자적 면모가 있는 나의 동생은 이것이 진짜 위협이라고 말했다. 그는 이어 깨끗하고, 피가 흐르지 않고, 의학적으로 감독되고 조력을 받는 자살은 자신의 전문 위생 서비스를 불필요한 것으로 만들고, 자신의 대걸레와 물통 패거리를 타자기나 전보처럼 낡은 것으로 만들 것이라고 설명했다. "재앙의 조짐이야." 그는 한숨을 쉬었다. "시간문제일 뿐이야."

나는 희망을 잃지 말라고 말했다. 커보키안은 틀림없이 감옥이나 정신병원에 갈 것이다. 독을 주사하는 것은 법에 어긋난다. 분명히 자살은 의약이 아니다. 물론 모든 통증, 신체적, 영적, 심리적 통증에 강력한 효과가 있기는 하다. 하지만 치료한다기보다는 죽인다. "조력 자살"은 "성전聖戰"과 마찬가지로 살인이 친절이나 예의나 대의처럼 들리게 만들고자 하는 모순어법적 로맨스다. 사람들은 곧 다시 신뢰할 만한 단독적 방법 ― 약, 가스스토브, 교각, 화기 ― 으로 돌아갈 것이다. 이것이 깔끔하다는 면에서는 부족하지만, 충격적이고 강렬한 개인적 사건이라는 면에서 그런 부족함을 메우고도 남기 때문이다.

그러나 최근 역사는 내가 틀렸다는 것, 완전히 틀렸다는 것, 다시 한번 틀렸다는 것을 보여주었다.

1996년 말이 되자 잭은 거의 50건의 "메디사이드"를 조력했으며, 치명적인 일군의 안락사주의자, 자작파, 급진적 경험주의자들의 총아가 되었다. 이들은 자살이라는 항목으로 찾아서 접근할 수 있는 인터넷 홈페이지를 유지했는데, 이것은 데스넷Deathnet이라고 부른다. 집에서도 한번 들어가 볼 수 있다.

엉클 에디는 문제는 자살이 아니라고 말한다. 그건 늘 있던 것이다. 시장이 있는 곳은 조력이라는 부분이다. 재닛 애드킨스는 도움이 필요하지 않았다. 죽이는 부분에서는 필요 없었다. 그녀에게는 약을 삼킨다든가, 방아쇠를 당긴다든가, 차의 시동을 건다든가, 가스스토브를 켠다든가 하는 전통적인 방법을 이용할 수 있는 신체적 자원이 있었다. 죽는 것에 대한 공포, 미지의 것에 대한 공포 같은 공포들을 극복할 수 있는 심리적 자원도 있었다. 신이든 저 밖에 있는 그 무엇이든 자신의 직무분석표에 따라 그녀를 이해해줄 것임을 이해할 영적 자원도 있었다. 그녀에게 없었던 것은 그녀에게 소리를 질러, 사는 쪽을 지지하는 주장을 속삭이는 그녀의 자신의 목소리―한편으로는 타고난 또 한편으로는 획

득한 목소리, 아무리 고통스럽고 불완전해도 생명을 없애는 것은 나머지 삶에 피해를 준다고 말하는 목소리─를 잠재울 목소리였다. 닥터 잭은 어설픈 합리성과 임시방편의 장치─사나트론─와 윤리성이 거세된 어휘로 재닛을 자신의 환자로, 독을 치료로 만들었으며, 그들이 하는 일은 의학적 자살로 만들었다. 이는 큰 거짓말이 작은 거짓말보다 팔기 쉽다는 현대의 격언을 다시 증명해 주었다. 그가 준비한 모든 장비 덕분에 그의 조력은 방법과 관계가 있는 것처럼 보였다. 유월 초의 오후 중반 오클랜드 카운티의 그의 밴 뒤에서는 모든 것이 정상으로, 자연스럽게 보이고, 권리이자 자격으로, 선택의 문제로, 헌법으로부터 보호받는 것으로, 어쩌면 언젠가는 공적 자금 지원을 받을 자격이 있는 것으로 보이게 되었다. "좋은 여행이 되기를." 그는 그녀가 자기 할 일을 다 한 뒤, 마치 바하마 제도나 버크서 제도로 떠나기라도 하는 것처럼 그렇게 말했다.

위대한 정신들은 생각이 비슷하다는 말은 믿을 만한 것이 아니다. 잭 커보키안이 자신의 불멸성을 추구한─그의 지명도가 산타클로스에게 약간 못 미친다는 변호사의 말에 기뻐하고, 토크쇼 사회자와 PBS의 관심에 만족하면서 ─ 반면, 엉클 에디는 궁극적인 실패, 자살이 치과 치료 정도밖에 지 저분하지 않은 신세계, 즉 '트리플 S'의 종말을 보았다.

여기 오클랜드 카운티에서 재판을 세 번 하고도 닥터 커 보키안에게 유죄 판결을 내리지도 그를 제어하지도 못하게 되자, 카운티 검사가 이 의사를 법정에 데려오는 데 세금을 쓴 이유로 투표 결과 그 자리에서 물러나게 되자(닥터 잭은 유권자들이 자신에게 내린 명령을 받아들인다는 신호로 선 거일에 신시내티 출신의 59세 여성인 엘리자베스 머츠에게 치사 주사를 준비해 주었고, 투표가 끝난 직후 그녀의 주검 을 병원으로 옮겼다), 연방지방법원 두 곳에서 조력 자살을 지지하는 판결을 내리고 이 사건을 대법원에 올리는 동의들 이 이루어지자, 엉클 에디는 '트리플 S'의 플러그를 뽑았다. 냉장고 자석과 커피 머그잔, 로고와 슬로건이 들어간 메모 패드, 야구모자와 바람막이를 상자에 넣고, 실무진과 응답 서비스를 없애고 밴을 팔고, 전에 그에게 연락을 했던 부서 들에 아쉬움이 가득한 편지를 보냈다.

나는 엉클 에디 때문에 슬펐음에도, 그날 밤 내내 내가 알고 있는 자살의 잿빛 이미지들 때문에 뒤척였다. 숲으로 들어가 목을 맨 뒤 사냥 시즌에야 발견되었던 소년. 암에 걸려 사슴사냥용 총을 들고 한 시간 동안 총구를 턱 밑에 대고 앉아 자신의 선택지를 생각하다가 비디오카메라에 자신의 입장을 이야기한 뒤 방아쇠를 당긴 남자. 그의 두개골 조각들이 웜우드 판벽에 박혀 있던 광경. 나중에 그의 부인은 몇 달 동안이나 그 조각이 눈에 띄어 나한테 전화를 하여 어떻게 하면 좋으냐고 물었다. 그런데 왜 그는 카메라를 끄지 않았던 것인지.

또는 약과 술을 사용하는 많은 사람들. 이들은 대부분 여자로, 항우울제를 여러 줌 입에 넣고 압솔루트 반병을 체이서 삼아 삼킨다. 어떻게 웨딩드레스를 차려입고 분홍색 샴페인으로 그와 똑같은 피해를 줄 수 있는 것인지. 그녀의 세심한 필체는 낙서처럼 바뀐다. "미안해. 사랑해. 너무 고통스러워……." 그리고 집에서 독을 먹은 사건들. 쥐약, 배수관 세정제, 도료희석제, 표백 용액—주검들은 모든 구멍에서 작고 하얀 거품을 보글거리며 우리 앞에 나타나곤 했다.

급수탑을 올라갔던 소녀. 검시관이 골반에서 뒤꿈치까지

부러지고 골절된 곳들을 발견하기 전에는 사고인 줄 알았다. "추락은 머리가 먼저입니다." 그가 말했다. "발이 먼저 닿는 것은 뛰어내린 거죠." 다발성 손상이라고 그는 판정했다—자살. 그 가엾은 아이의 가족이 기억난다. 그들 각각은 자신이 무슨 짓을 했는지, 무엇을 하지 못했는지, 무엇을 할 수 있었는지, 했어야 했는지 의문을 품었다. 그 아이가 거기 올라가 뛰어내리게 한 것이 도대체 무엇인지 알 수만 있다면 이렇게 저렇게 했을지도 모른다고, 아니 틀림없이 했을 거라고 말했다. 어떤 일을 했건 하지 않았건 그들은 저주를 받은 심정으로 그 뒤 자신의 길을 갔다, 각자 혼자서. 또는 며칠 동안 요리용 전기 철판만 갖다 놓고 아장아장 걸어 다니는 아이들과 함께 총을 든 채 방에 처박혀 있다가 마침내 아이들 아버지에게 보내는 메모를 들려 아이들을 내보낸 여자. 그녀는 그러고 나서 총으로 자신을 쐈다. 아이들 아버지는 그 후 영원토록 그녀를 사랑하고 미워했다. 또는 뷰익의 이중 배기구 사이에 누워 숨을 쉬고 또 쉬다가 마침내 숨을 쉴 수 없게 되어 도대체 뭐가 문제였는지 이야기도 해줄 수 없게 된 내 친구. 물론 일반적인 가설들이 있다. 횡포를 부

318

리는 부모. 믿음의 상실. 성적 지향에 대한 혼란. 자신의 골치 아픈 광기? 천재성? 어느 쪽이든 그는 가버린 지 오래다. 그에게 상처받은 사람들은 여전히 답에 굶주린 채, 무덤에 한 발을 들여놓는 바람에 절룩거리며 비틀비틀 그의 뒤를 쫓고 있다.

　이들 각각은 어떤 계통의 병, 슬픔으로 고생했는데, 이것은 그 병을 가진 사람에게 거짓말을 한다―결코 나아질 수 없다고, 안전한 항구는 없다고, 이 문제에서 선택은 없다고, 어떤 친절도 찾을 수 없으니 끝내는 것 외에는 방법이 없다고. 그것은 피해자를 무기력하고, 희망 없고, 무력하고, 돌처럼 생명 없게 만드는 병이다. 나 자신의 사랑하는 아들의 눈에서 보고 몸서리친 적이 있던 냉혹한 무관심. 그 이후로 나를 떠나지 않던, 그 아이가 그럴 수도 있다는 느낌. 아이는 상처를 받고, 귀가 멀고, 눈이 먼 상태에서 그것을 향해 나아갈 수 있었다. 우리가 사랑에 관해 아는 모든 것에도 불구하고 완전히 혼자서 거기까지 가겠다는 의지. 내가 늘 감탄하는 동시에 늘 두려워하던 결의.

　오리건주 포틀랜드 출신의 재닛 애드킨스, 위스콘신주 벨로이트 출신의 린다 헨스리, 일리노이주 스코키 출신의 에스더 코핸, 펜실베이니아주 출신의 캐서린 안드레예프, 뉴저지주 콜럼버스 출신의 루스 노이만, 버지니아주 체서 출신의 로나 D. 존스, 오하이오주 출신의 베트 루 해밀턴, 캘리포니아주 출신인 패트리셔 캐시맨, 조너선 D. 그렌츠, 마사 제인 루워트를 비롯하여 나라를 가로질러 오거나 카운티 경계를 넘어왔지만, 여전히 혼자서는 마지막 운명의 계단을 밟지 못하는 수십 명의 다른 사람들과는 달랐다. 여기 미시간에서는 가스를 주거나, 바늘을 찔러 넣어주는 것을 도움을 준다고 부른다.

　어쩌면 죽는 것은 우리의 권리가 아니라, 우리의 본성일 것이다. 아마도 우리는 죽일 능력, 뭔가를, 심지어 우리 자신을 죽게 만들 능력을 갖고 있을지는 모르지만, 그럴 권리는 없다. 우리가 신의 이름으로(전쟁에서 그렇게 해온 것처럼), 또는 정의의 이름으로(사형에서 그렇게 해온 것처럼), 또는 선택의 이름으로(낙태에서 그렇게 해온 것처럼) 그 능력을 행사할 때 우리에게는 그것을 그것이 아닌 것, 즉 계몽, 문명, 진보, 자비로 인정할 분별력이 있어야 한다. 또 그것은 양도 불가능한 권리가 아니다. 그것은 오히려 수치, 슬픔, 위험이며, 어떤 의회 법안, 어떤 교회인의 사면, 어떤 여론이나 사회적 통념도 거기에서 우리를 구원해줄 수 없다. 우리가 출산이 의심을 받는 세계, 생명의 가치가 상대적이고 죽음이 환영받고 매우 존중받는 세계에 산다면, 우리는 우리 이전에 존재했던 우리 종의 모든 원시적 세대보다도 훨씬 수치스럽고, 훨씬 슬프고, 훨씬 더 위험한 세계에 사는 셈이 될 것이다. 우리 전 세대는 새 생명의 출생에 경이감으로 가슴이 벅차오르고, 산 자들과 춤을 추고, 죽은 자들을 위하여 울 만큼 문명화되어 있었기 때문이다.

자살은 죽임이라는 면에서 살인보다 덜한 것인가? 죽이는 자와 죽임을 당하는 자가 동일하면, 죽임의 죄가 완화되는가? 자살은 살아 있는 나머지 사람들을 조롱하는 데 성공할 수 있고, 저 밖에 있는 어떤 자비로운 신들이 어떤 천국에서 환영해줄지 모르지만, 어떤 일은 실제로 스스로 해야 한다. 자살이 자-살(자신이 자신을 죽이는 것)이 되려면 사실 조력 없이, 허가 없이, 도덕적 대리인 없이 이루어져야 하기 때문이다. 우리 스스로 생명을 끝낼 능력이 곧 그렇게 할 수 있는 권리를 뜻할까? 내가 이웃의 원추리에 오줌을 갈길 능력이 곧 그렇게 할 수 있는 양도 불가능한 권리를 뜻하는 것은 아닌데.

이런 문제의 논의에 흥미를 느끼는 사람은 거의 없다. 타운에서 거의 아침마다 내가 커피를 함께 마시는 사람들은 커보키안을 "지지"한다기보다는 그에게 무관심하다. 물론 이들은 남성 쪽에 매우 치우친 표본이다—은퇴자와 변호사와 사업가 몇 명. 어쩌면 이것은 그냥 시대의 표지일지도 모른다. 재판의 흥분이 끝나고 난 뒤 닥터 잭이, 한 법의학 정신의학자의 말에 따르면, 죽이고 버리면서 점점 위험과 자극이 늘어나기를 원하는 연쇄살인범의 프로파일 그대로, 지역 병원들로 주검을 운반하기 시작했을 때도, 이전 배심원들이 의심의 목소리를 내기 시작했을 때도, 닥터 잭이 무기 비공개 소지 허가를 신청했을 때도, 아무도 크게 관심을 갖지 않는 듯했다. 물론 죽은 사람들은 거의 여자들이었고, 그 가운데 아무도 이곳 지역민이 아니었으며, 아무도 우리가 아는 사람이 아니었고, 아무도 관심을 끌 만큼 젊지 않았다.

분노의 부재야말로 분노할 일이다.

내가 여기에서 말하지 않는 것이 무엇인지 말해야겠다. 나는 우리가 우리 자신을 죽여서는 안 된다고 말하는 것이 아니다. 물론 우리는 그럴 수 있다. 우리가 여기에 부여하는 이름이 '자유 의지'다. 마찬가지로 우리는 우리 생명을 연장하거나 우리의 죽음을 막기 위해 마련된 모든 치료를 어떤 것이든 거부할 수 있다. 주민 가운데 특정 부분은 아예 이런 "특별한 조치"*를 절대 견딜 필요가 없을 것이다―선택이 아니라 단순한 경제에 의해서. 그렇게 하기 위해 죽음을 눈앞에 두게 될 때까지 기다릴 필요가 없다. 오늘 시작할 수 있다. 그냥 사양하겠습니다, 하고 말하라. 그냥 안녕, 하고 말하라. 나는 우리가 어떤 식의 결정을 내리든 이런 결정 때문에 천국이나 라스베이거스에 가지 못한다고, 또는 공허로 들어가지 못한다고 말하는 것이 아니다. 또 약이나 치료법이 있는데도 통증을 견디라고 주장하는 것도 아니다.

나는 의학이나 목회나 정부나 업계의 전문가들이 우리 두려움 많고 가난하고 위기에 처한 종을 위해 자신들이 할 수

* 연명 치료를 가리킨다.

있는 일을 다 했다고 주장하는 것이 아니다. 아주 많은 사람들이 가장 기본적인 생물적 안락이나 보호 없이, 특히 그런 것이 넘쳐나는 나라에서조차 그런 안락이나 보호 없이 살고 죽어간다는 것은 수치이고 천벌이다. 우리는 우리 자신의 것이 아닌 경우에는 고통이나 고난을 너무 쉽게 생각해왔다. 우리는 사람보다 부품을 고치는 일을 훨씬 잘하고, 죄인을 위로하는 일보다 영혼을 구하는 일을 훨씬 잘하고, 부상당한 자를 돌보는 것보다 죽이는 일을 훨씬 잘한다.

우리 아마추어들도 그다지 나을 것이 없었다. 부모이자 배우자이자 형제자매이자 친구인 우리, 아들이자 딸인 우리, 우리는 우리가 사랑하는 사람들의 죽어감으로부터 고개를 돌린다. 마치 그들의 죽어감이 그들을 낯설게 만드는 것처럼. 우리는 훈련받은 전문가들의 깨끗한 손에 떠넘기고, 그들은 고칠 수 없는 인간 조건을 귀중하고 매우 가치 있는 시간의 낭비로 간주한다.

우리가 사랑하는 사람들이 죽이는 것을 조력하는 대신 죽는 것을 조력하는 것은 가능할까?

내가 이런 질문을 하는 것은 나에게 답이 있기 때문이 아니라 우리가 같은 문제에 다시 봉착한 듯하기 때문이다. 뒷골목에서 양복걸이를 이용하여 강간을 당해 법원이 낙태를 합법화해준 피해자는 지금 극단적인 통증으로 괴로워하며 꼼짝도 하지 못한다. 방아쇠를 당기거나 약을 먹는 것도 불가능하다. 모르핀 때문에 반 혼수상태이며, 아무런 희망이 없다. 사람들이 한 번도 제대로 생각하지 못했던, 조력을 받아 자살할 권리를 요구한다. 이런 이미지는 허구가 아니다. 사람들은 이런 식으로 살고 있다. 물론 이들은 예외이고, 고통스러운 사례이다―어쩌면 가엾은 5퍼센트일 수도 있다. 강간이나 근친상간이나 어머니의 생명을 위해 이루어지는 낙태 5퍼센트처럼.

일반적인 '죽을 권리'나 '선택의 권리'나 '조력 자살 권리' 같은 논란을 또 한 번 크게 벌이는 일 없이 이런 가엾은 사람들을 돌볼 방법이 있을까?

낙태 문제를 한 번도 제대로 해결하지 못했는데 조력 자살 문제도 그런 식으로 해결해야 할까? 다시 지지하는 팀에 합류하여, 플래카드와 메가폰을 꺼내야 할까?

조력 자살이라는 쟁점의 모든 면에는 낙태 논란과 비교하는 것을 주의하라는 사람들이 있다. 그들은 쟁점 혼란을 주의하라고 하지만 그들이 하고자 하는 말은 그런 비교가 정치와 특별 이익단체에 혼란을 일으킨다는 것이다. 사실 이런 비교는 쟁점을 분명하게 해준다. 이 둘 다 산 자들이 생명의 가치와 죽음의 의미와 각각의 상대적 가치를 어떻게 규정하느냐가 핵심이다. 두 쟁점 모두 경계와 한계와 "존재" 자체에 관한 것이다. 또 둘 다 돈과 정치와 특별 이익단체와 시민 사회에서 분업으로 먹고사는 사람들과 관련된다. 조력 자살과 낙태는 금세기에 생명이 제기하게 될 실존적 관심사를 거울에 비춘 것처럼 보여주는 듯하다. 안전하고 합법적인 낙태를 하며 살아온 지난 사반세기에 대한 검토가 현재의 논란을 어떻게 정리해야 할지 말해주지는 않는다고 해도, 어떻게 정리하지 말아야 할지는 분명히 말해준다.

법정에 맡겨두면 로 대 웨이드 사건의 최신판이 나오게 된다—낙태라는 쟁점의 양편에 있는 선의와 사려 깊은 생각을 가진 사람들을 완전히 나누어 그들을 변호사 보조, 사이비 소송 당사자, 팔걸이의자 로비스트, 위험한 열성당원으로 만들어버린 그 어설픈 기계 장치 같은 법원 판결. 지난 잘못으로부터 배운 것이 있는지, 한 대법원 판사는 이미 이렇게 물었다. "왜 결정을 아홉 변호사의 손에 맡겨두고 싶어 할까?"

우연에 맡겨두면, 우리가 어려운 쟁점으로부터 움츠러들면, 커보키안이나 그의 약간 만화 같으면서도 병적인 주제의 변주만 나오게 된다. 어쩌면 '트리플 S'의 새롭게 개선된 변형이 나올지도 모른다. 이번에는 '자살 지원 및 공급'*이다. 로고는 그대로 유지되고, 슬로건도 똑같다. 지저분한 것을 남기지 말고 '트리플 S'에 연락하세요! 냉장고 자석을 요양소, 은퇴자 마을, 학대당해 집을 나온 배우자 보호소, 알츠하이머와 다발성 경화증과 근위축증과 루게릭 병 지원자 그룹에 우편으로 다량 보낼 수 있을 것이다. 소문이 돌 것이다. 왜 커보키안이 시장을 독점해야 하는가? 왜 병리학자나 의사들만 하는가? 성직자는 왜 안 되고, 학자는 왜 안 되고, 업계 사람들과 농부들과 은퇴한 정치가들과 언론인들은 왜 안 되나? 모두 참상을 보면 그게 뭔지 아는 사람들인데. 모두

* Suicide Support & Supply. 이것도 3S다.

죽이는 데 뭐가 필요한지 아는 사람들인데. 죽이는 일과 자비의 문제일 때, 의학박사가 정골의학박사, 철학박사, 회계사, 경영학석사, 개자식보다 나은 자격을 갖춘 게 무엇인가? 사실 단 한 번뿐인 자살에서 조력을 받는 것이면 적어도 선택은 할 수 있어야 하지 않는가? 항문과 의사보다는 사제가 낫지 않을까? 벽돌공보다는 철학자가 낫지 않을까? 장의사보다는 시인이 낫지 않을까? 요금을 내는 것보다는 기부를 하는 게 낫지 않을까? 그게 도대체 무슨 차이가 있을까?

또 왜 치사 주사나 독가스만 써야 할까? 목을 매는 것은 어떨까? 그것도 꽤 깔끔한데. "여기 서세요. 턱을 들고. 됐습니다. 여기를 누르세요." 아니면 전기를 이용하는 건? "여기 앉아요. 긴장 푸시고. 숨을 깊이 들이쉬세요. 여기를 누르세요." 아니면 도살장에서 가축에게 사용하는 작지만 치명적인 휴대용 에어 해머는? "위를 보세요, 눈은 감고, 이제 꽈아아아아악 쥐세요." 또 왜, 제기랄, 총은 왜 안 될까? 신뢰할 만하다는 게 증명되고도 남지 않았나. 세기 대부분의 기간 동안 최고의 무기였는데. 진주 손잡이에 은 총알이 들어 있고 촉발 방아쇠가 달린 22구경 스미스 앤드 웨슨은 어떨까? 오른쪽 귓불 아래 갖다 대면 입구 상처는 아주 작고, 척수 절단은 즉각적이고 인도적이고, 출구 상처는 있다 해도 전혀 지저분하지 않을 텐데. 장례 때 관을 열어두는 것도 문제없을 것이다. 안에 방탄 그물을 친 쓰레기통 뚜껑을 환자가 왼손에 들고 있을 수도 있다. 부스러기와 은 총알이 담기도록. 이것은 닥터 커보키안의 말 만들기 스타일로 하자면 새니트론*이라고 부를 수도 있을 것이다. 이런 총알과 탄피를 위한 시장이 있을까? 유족을 위해 기념 펜던트나 귀걸이나 발찌에 우아하게 박아 넣으면? 사람들이 그런 걸 위해 돈을 내려 할까?

또 왜 병에 걸려 가망이 없는 사람들만 할까? 죽을 권리, 존엄하게 죽을 권리, 의미 없는 삶에서 자유로워질, 통증과 괴로움과 우여곡절이 많은 상처에서 자유로워질 권리가 있다면, 누가 그 권리가 시민 가운데 일부에게는 있지만 모두에게 있는 것은 아니라고 말할 수 있을까? 알코올중독자는 왜 안 되는가? 알코올중독자들의 성인 자녀는 왜 안 되

---

* 위생적이라는 뜻의 sanitary와 장치를 뜻하는 tron을 합친 말.

는가? 알코올중독자들의 십 대에 이른 손자들은 왜 안 되는 가? 성적 학대나 배우자 학대의 피해자들, 파경에 이른 결혼이나 상심이나 세금 감사의 피해자들은 왜 안 되는가? 그들의 고통은 진짜가 아닌가? 그들의 괴로움은 자격이 없는 가? 어떤 고통스러운 사례가 그럴 만큼 충분히 고통스러운 것인가에 관해 결정을 내릴 법원이나 의회나 교회의 누군가 가 있는가? 우리는 말기에 이른 환자를 치료하는가 아니면 말기에 이른 신체 부위를 치료하는가?

만일 법원이 낙태 판결의 "어머니의 삶" 조항을 폭넓게 해석하여 어머니의 경제적 삶, 어머니의 감정적 삶, 어머니의 교육적 삶을 포함함으로써 여자가 법적으로 임신을 끝낼 수 있는 조건과 환경을 확대하려 한다면, 똑같은 법원이 조력 자살의 권리 행사를 생명 자체보다 범위가 좁은 어떤 것, 즉 말기 상태에 있다고 입증 가능한 생명으로 한정할 것이 라고 예상하는 게 합리적일 수 있을까? 내 딸이 원치 않는 임신만큼이나 치명적인 우울에도 똑같이 취약한데, 그 아이 가 전자를 끝내는 데는 부모의 동의를 구해야 하지만 후자 는 그럴 필요 없다고 생각해도 되는 것일까? 그 아이는 프라이버시를 누릴 자격이 있는 것일까? 자율은? 법의 평등한 보호는?

왜 다 여자들인가? 무슨 메시지가 있는 것인가? 닥터 잭 이전에는 자살 기도 열 건 가운데 아홉 건이 여자였던 반면 성공한("완료된"이 더 적당한 표현일지도 모르겠다) 자살 여섯 건 가운데 다섯 건은 남자였다. 남자가 분명히 그 일에 더 유능했다. 물론 자살의 실패가 성공의 수학적 등가물이라고(부정의 부정은 긍정이라는 격언에 의거하여) 생각한다면 이야기가 다르겠지만. 그러나 커보키안이 조력한 죽음 가운데 75퍼센트를 꽉 채운 것은 여자다. 57세라는 그들의 평균 연령은 그들을 텅 빈 둥지와 폐경의 한쪽 또는 다른 쪽 가장자리에 갖다 놓는다. 이것은 평평해진 운동장일까 아니면 특정 성 학살일까? 성차별일까 아니면 차별 철폐 조처일까? 편애일까 아니면 성별 이중 기준일까? 아니면 낙태의 경우 흔히 요구하듯이 — 마치 재생산을 하는 것이 종이 아니라 하나의 성인 것처럼 — 이것도 남자들은 입을 다물고 있어야 하는 '여자들의 쟁점' 가운데 하나일까?

직접 이런 불균형을 설명하라는 압력을 받자 닥터 잭은

청중에 대한 특유의 무관심을 드러내며 말한다. "그냥 숙녀들이 그것을 요구하고 있었던 것으로 보인다." 어쩌면 진실일지도 모르지만, 이것은 기사도와 카디건 스웨터 시대에나 어울릴 현명치 못한 표현이다. 아닌 게 아니라 그는 지난 세기, 영웅적인 과제를 수행하는 체하는 이데올로그로서 묘하게 기사 같은 냄새를 풍겼다.

이제 이런 것들이야말로 엉망인 상황, 정말 심한 것이 아닐까? 아무도 묻지 않기를 바라는 질문들.

우리 각자 가지고 있는 답은 오직 우리 자신의 것이다. 최선의 시나리오에서는 다수가 지배한다. 물론 다수는 완전히 틀릴 수 있고, 종종 그렇다. 이것이 사람들이 민주주의로 하는 모험이다. 하지만 우리가 원하거나 이해하거나 방어할 수 있는 낙태만 가질 수 없듯이, "쉬운" 조력 자살만 가지지도 못한다. 강간이나 근친상간이나 생명을 위협하는 임신 때문에 낙태를 원하는 피해자 한 사람이 있다면 불편이나 재정적 곤란이나 감정적 고민의 피해자가 되는 사람이 몇 명 있다. 큰 고통에 시달리는 암 환자 한 사람이 있다면, 깊은 우울증에 빠지거나 심하게 불안을 느끼거나 몹시 무관심하지만 신체는 멀쩡한 조력 자살 신청자들이 몇 명씩 있을 것이다. 감정적으로나 경제적으로 아기 둘을 기를 여유가 없다고 생각하여 쌍둥이 태아 가운데 하나를 낙태하는 여자의 보장된 낙태권을 허락하지 않을 수 없듯이, 우리는 일자리를 잃은 젊은 아버지, 또는 남편이 다른 여자와 사랑에 빠지게 된 것을 알게 된 젊은 여자에게 조력 자살이라는 보장된 권리를 허락하지 않을 수 없게 될 것이다. 요구만 있으면 낙태를 이용할 수 있는 상황에서 우리는 정말로 조력 자살의 조절이나 규제가 가능하다고 예상할 수 있을까?

선택이 신성화된 곳에서 우리는 선택을 감당해야 한다.

생명이 신성한 곳에서 우리는 생명을 감당해야 한다.

실존적인 것들 앞에서 냉정한 상황이라면, 곧 시장이 장악하는 사태를 예상해야 하지 않을까? 질문은 이냐 아니냐에서 누가 자격이 있느냐로, 누가 돈을 낼 것이냐로, 현금이나 외상이냐로, 아메리칸 익스프레스 받나요로 넘어간다.

물론, 이번에도 내가 틀릴 수 있고, 나는 자주 틀린다.

그러나 나는 가능성에 대비하고 있는 중이다. 나는 닥터 잭과 마찬가지로 진료실―그는 오비토리엄이라고 부른다―을 생각하고 있다. 내가 그를 이길 수 없다 해도 당연히 경쟁할 수는 있기 때문이다. 나는 커보키안보다 더 커보크할* 수 있다. 그게 모두에게 좋다. 가격은 계속 내려갈 것이다. 짐작건대 그는 일단 자신의 주장을 입증한 뒤에는 토크쇼나 강연 여행으로 너무 바빠 실제로 집에 붙어 앉아 사업을 돌보지 못할 것이다.

솔직히 말하거니와, 여기 밀퍼드에 있는 나의 현재의 점포에 우아하게 붙어 있는 위압적이지 않은 별관을 우리 타운 사람들은 더 가깝기도 하여 분명히 선호할 것 같다는 생각이 들었다. 중간에 장벽이 없고 위협적이지 않은 2, 3천

---

* 조력 자살로 유명한 의사인 커보키안의 이름을 이용해 만든 말로 자살을 돕는다는 뜻으로 쓰고 있다.

제곱피트의 공간에, 예를 들어, 흙 색깔의 천연 직물을 덮은 커다란 베개를 많이 갖추고, 뉴에이지 음악이 전송되는 일종의 "응접실"을 갖춘다. "생명의 종결"(이 지역에서 유행하는 우회적 표현) 결정을 조력하도록 훈련된 유행에 뒤진 옷차림의 전문가들이 돌아다닌다. 한눈을 팔지 못하도록 동기 부여를 하는 벽을 세우는데(돌로미티의 수채화 풍경에 '사랑은 영원하다'나 '그냥 해치워라'라는 글귀를 얹어 놓는 등), 장식이나 용어에서 다름 아닌 유치원 교실을 기억나게 해줄 것이다. 화장장도 두세 군데 넣는 것이 좋을지도 모른다. 여기 오클랜드 카운티의 기록을 믿을 수 있다면, 조력 자살 열 건 가운데 아홉은 화장을 하기 때문이다. 물론 우리 오비토리엄에서는 선택을 할 수 있다—시신, 관, 유골함, 예배 종류, 집전자, 음악을. 전통적인 화장이나 매장과 더불어 우주에 뿌리기나 사이버 공간 가상 매장도 제공할 수 있다. 물론 메디사이드 방법도 선택할 수 있다—권총이나 독이나 비닐봉지, 목매달기나 다리에서 뛰어내리기나 천연가스. 또 현장에서 할 것인지 집에서 할 것인지 우리 디자이너가 설계한 장소—우리에게는 정원, 폭포, 공원,

전망대가 있으며, 모두 걸어서 갈 수 있다—가운데 한 곳에서 할 것인지. 비디오로 촬영할 것인지 아닌지는 물론 개인적 결정이다. 또 손쉬운 비용 지불 방법이 몇 가지 있는데, 뭐 그 또한 선택이 가능하다.

행복한 우연의 일치로 여기 밀퍼드의 우리의 현재 소유지는 리버티 스트리트와 퍼스트 스트리트가 만나는 모퉁이의 블록 대부분을 차지하고 있으니, 퍼스트 리버티 클리닉*이 적절하게 애국적이고, 또 거의 교회 느낌이 나는 회사명이 될 것이다. 아니면 그냥 리버토리엄이라고 할까? 아니면 시리니티 소시얼 서비스Serenity Social Services 회사는 어떨까—이것도 '트리플 S'인데. 왜 지저분한 걸 그냥 두나요 기타 등등.

그런 다음에는 누군가가 연방에서 의무화한 '의미 있는 삶'을 위한 최소 기준을 세우는 책임을 맡게 될 것이다. 그 기준 밑으로 내려가면 사회보장금 지급이 끊긴다는 결론을 신중하게 내릴 수도 있다. 일단 삶에 의미가 사라지면 그것

* 제일 자유 진료실 정도의 의미가 된다.

은 납세자의 짐이 되어서는 안 된다. 우리 세대의 정책 입안자들이 낙태가 복지비용을 지불하는 것보다 효율적임을 알았듯이, 우리 자식 세대(이미 우리 국채를 갚지 못하고 있다)는 메디케어보다 메디사이드가 훨씬 싸게 먹힌다는 사실을 발견할 것이다. 이것이 어떤 사람에게 이 삶을 자발적으로 떠나라고 요구하지는 않겠지만, 시민으로서 자신의 선택/의무를 스스로 교육하는 데 도움을 줄 수는 있다. 다음 세대에는 그런 위원회에서 기꺼이 봉사하려는 주교와 정치인과 보험회사 대리인이 부족하지 않을 것이다.

"위험한 비탈길 주장*이다!" 누군가는 늘 그렇게 반박한다―그렇게 이름을 붙이면 없어지기라도 할 것처럼. 마치 상황이 점점 악화되지 않을 것처럼. 중력이 존재하지 않는 것처럼.

우리 대부분은 그저 균형을 유지하고 싶을 뿐이다.

---

* 작은 일이 큰 결과를 불러올 것이라고 과장하는 그릇된 주장.

물론 닥터 커보키안은 빼고. 역사는 그를 예언자로 기록할 것이다. 그의 변호사는 노벨상을 주어야 한다고 주장했다. 그의 유화는 한창 인기를 끌고 있다. 그가 주인공인 토크쇼가 과연 먼 일일까?

어쩌면 엉클 에디가 쭉 옳았던 것인지도 모른다. 어쩌면 재앙의 조짐이었는지도 모른다. 어쩌면 오직 시간문제일 뿐이었는지도 모른다. 어쩌면 성가셔 할 문제가 아니었는지도 모른다. 엉클 에디는 전보다 행복해 보인다. 잠도 더 잔다. 가족과 보내는 시간도 늘었다. 후회하지 않는다.

'트리플 S'의 문을 닫은 결정에 체념한 것처럼 보인다. 새로 고안한 것들을 버리고, 수표를 부인, 골프 친구, 골프 친구의 부인과 나누었다. 800번 번호를 끊었다. 그러다 몇 달 후 어느 날 밤, 이제는 익숙한 번호들이 박힌 편지들에 어리둥절하게 되었다. 그 숫자는 NOTHING이라고 읽을 수도 있다는 것을 깨달았기 때문이다.* 아무것도 아니었다.

---

* 엉클 에디가 사용한 번호 668-4464는 미국의 전화기에서 알파벳으로 읽으면 NOTHING이 될 수 있다.

우리가

관 안에 묻고 싶은

모든 것들

이런 자리에서는 보통 (미국 장례 사업에 대한 비판자들이 늘 말하듯이) "물론 나는 윤리적인 장례지도사 다수에 관해 말하는 것은 아니다" 하고 말한다. 그러나 윤리적인 장례지도사 다수가 바로 이 책의 주제다.

-제시카 밋퍼드, 《미국의 죽음의 방식》, 서문, p. VIII

그녀는 오래전에 설립된 "평판 좋은" 장의사에 갔다. 과부인 그녀는 비용을 절약하려고 그 장의사에서 가장 싼 레드우드 관을 선택하고 가격이 낫다는 것을 알 수 있었다. 나중에 영업사원이 그녀에게 다시 전화를 하여 시동생이 키가 너무 커서 그 관에는 들어가지 않기 때문에 백 달러가 더 나가는 관을 써야 한다고 말했다. 내 친구가 이의를 제기하자 영업사원이 말했다. "아, 좋습니다, 레드우드 관을 쓰도록 하지요. 하지만 그 분 발은 잘라내야 합니다."

-위의 책, 2장, p. 24

슬퍼하는 사람을 이용해 먹느니 차라리 관을 공짜로 주겠다고 한때 말한 적이 있는 장의사가 나중에 주간 고속도로 옆의 광고판을 차지했다—하얀 비키니를 입은 가슴이 풍만한 십 대 위에는 빅스비가 만드는 더 나은 몸(빅스비는 가명)이라고 적혀 있고, 도시권에 있는 그의 영업장 몇 곳의 전화번호가 적혀 있었다.

내가 이 이야기를 하는 것은 좋은 날도 있고 나쁜 날도 있다는 주장을 뒷받침하려는 것이다.

위대한 인물 다수에 대해서도 같은 이야기를 할 수 있다.

나는 지금 헤밍웨이의 에즈라 파운드에 대한 의견을 생각하고 있다. "에즈라는 반은 옳았다. 그는 틀렸을 때는 심하게 틀렸기 때문에 그것을 아무도 절대 의심하지 않았다."

하지만 우리가 파운드의 그릇된 정치적 태도 때문에 "강 상인의 아내"*를 읽지 말아야 할까? 분노가 숭고한 것을 침묵시켜야 할까?

똑같은 것을 빅스비 씨의 기억에 남을 만한 두 발언에 대해서도 물을 수 있을 것이다.

또는 내가 오랫동안 존경하던 한 사제가 말했듯이, "예언은 시와 마찬가지로 시간제 일이다―나머지 시간에는 그저 발이 입에 들어가지 않게 하려고 노력할 뿐이다." 나는 그가 나에게 뭔가 말해주려 하고 있었다고 생각한다.

사실 나의 직업은 두 발을 땅에 단단히 붙일 필요가 있다. 하지만 자주 생각하는 일인데, 그것은 균형을 잡기 위해서라기보다는 이쪽 발이나 저쪽 발이 내 입안으로 들어가려는 것을 막기 위해서다.

나는 관을 팔고 시신에 방부처리를 하고 장례를 지도한다.

여론 조사원들은 일반 대중에게서 장례지도사에 대한 엄청난 양가감정을 발견한다. "내가 다시는 댁을 보고 싶어

---

* 에즈라 파운드가 이백의 시를 느슨하게 번역한 시집.

하지 않는다 해도 이해해주시기를 바랍니다." 나의 고객 가운데 가장 흡족해하는 사람도 그렇게 말할 것이다. 나는 이해한다.

거리에서 길을 막고 시민 대부분에 물어보면 장례지도사는 주로 사기꾼들이라는 데 동의할 것이다. "내가 거래하는 사람만 빼고⋯⋯." 그들은 예측한 대로 그렇게 덧붙이겠지만. "나의 (주요한 친족의 이름을 집어넣어라)의 장례를 치러준 사람은 정말 도움을 주었고, 정말 보살펴주었고, 우리를 가족처럼 대해주었다."

이런 경향, 즉 전체 집단은 혐오하는 반면 특정 구성원은 받아들이는 경향은 인간의 큰 특권 가운데 하나다―선생과 의사도 그렇고 성직자와 상원 의원도 그렇다. '시간'에 대해서도 대체로 같은 말을 할 수 있다. "인생은 엿 같아." 우리는 말한다. "하지만 이런 순간도 있었지⋯⋯." 인종 집단도 마찬가지다. "나의 가장 친한 친구들 가운데 몇 명은 (소수자를 집어넣어라)⋯⋯." 또는 성별에 대해서도. "(성별을 집어넣어라)란! 그들하고 함께 살 수도 없고 그들 없이 살 수도 없고 말이야!"

물론 전체로 보나 특정 인물로 보나 구원의 여지가 없고 그냥 그렇게 놓아두는 것이 우리에게도 좋은 부류—지금 머릿속에서 변호사, 정치가, 세무서원을 생각하고 있다—의 구성원도 있다. "아는 악마가 모르는 악마보다 낫다……"가 우리가 정치가에 관해 할 수 있는 가장 좋은 말이다. 우리 가운데 누가 "멋진" 이혼 변호사를 원하거나 세무 당국과 관련하여 한 가지라도 좋은 기억이 있는가? 정말이지.

하지만 관과 시신과 장례로 돌아가자.

관이 문제가 될 때 나는 매우 조심스럽다. 나는 사람들에게 그들이 해야 할 것이나 하지 말아야 할 것을 말하지 않는다. 그것은 건방진 것이며 사업에도 나쁘다. 나는 사람들에게 그들을 천국에 들여보내거나 들어가지 못하게 막을 것은 하나도 없다고 말한다. 왕자를 개구리로 바꾸거나, 아쉽게도, 그 역으로 만들 것은 없다. 그간의 방치를 보완해줄 관도 없고 진정한 사랑, 명예로운 행동, 애정을 감추는 관도 없다.

344

뭔가가 하는 일로 그 가치를 측정할 수 있다면, 관이 무엇을 "하는지"—이 동사가 살아 있지 않은 대상과 관련을 맺는 상황에서—파악해 보는 것이 도움이 될지도 모른다.

여기에서 "손잡이"를 생각하고 있는 사람이 과연 몇이나 될까? 누가 죽으면 우리는 거기에 손잡이를 달려고 한다. 죽은 사람들은 움직이지 않기 때문이다. 이것은 내가 꾸며내는 말이 아니다. 다음에 집안의 누가 숨을 멈추면, 일어나서 전화를 받으라든가, 냉수 좀 갖다 달라든가, 고양이를 내보내라고 말해 보라. 움직이지 않을 것이다. 죽었기 때문이다.

죽은 사람을 밖으로 끌어내는 것보다 살던 동굴을 바꾸는 것이 쉬웠던 때가 있다. 지금은 그렇게 쉽지가 않다. 우체국, 설비, 폐쇄 비용 등의 문제가 있다. 이제는 죽은 사람을 옮겨야 한다. 빠를수록 좋다는 것이 경험칙이기는 하나, 무조건 경험만 있다고 이것을 알 수 있는 것은 아니다.

이것은, 죽은 사람을 이곳저곳으로 옮기는 것은 음침하고 끔찍한 잡일이었다. 그리고 대부분의 잡일과 마찬가지로 여자에게 맡겨져 있었다. 나중에는 높은 명예라는 것이 드러났다—전례적인 역할로서 관을 옮기는 것은 행렬에서 특별한 자리, 특별한 행동, 또 종종 정말 특별한 복장을 요구했다. 죽은 사람을 이쪽저쪽으로 옮기는 것이 잡일이 아니라 명예가 되자 남자들이 의욕적으로 그 일을 떠맡았다.

이 점에서 이것은 우주의 역사를 닮았다. 약탈하는 무리로부터 보호를 하는 일이나, 고기 단백질원의 공급, 나아가서 최근에 음식 준비와 아이 돌봄 가운데 어떤 고도로 전문화된 복잡한 진화에서도 비슷한 일이 일어났다.

여자들이 이런 명예의 발견에 적어도 참여를 했거나, 중요한 도움을 주었을 거라고 생각한다면, 그런 생각은 혼자 간직하는 게 좋을 것이다. 지금이 그런 생각을 하기에 좋은 시절은 아니다.

하지만 다시 샛길로 빠지고 있다. 일로 돌아가자.

거의 모든 관이 하고 있는 일 가운데 여러분이 보게 되는 또 한 가지는 수평을 유지한다는 것이다. 이것은 관을 만드는 사람들이 우리 종이 이런 일을 평평한 데서 하는 것을 더 좋아한다는, 이미 입증된 선호를 진지하게 받아들였기 때문이다. 아 물론―서서도 차 안에서도 심지어 거꾸로도 할 수 있다. 하지만 대부분은 뭔가 평평한 것을 찾으러 간다. 아마 이것은 중력이나 물리학이나 피로 탓일 수도 있다.

따라서 운반할 수 있는 수평적인 것이어야 하는데, 이 기본적 속성에 우리는 세 번째를 추가할 수 있다. 몇백 파운드가 들어갈 만큼 튼튼해야 한다. 관의 바닥이 꺼지는 것만큼 좋은 장례에서 김을 빼는 일은 없다고 말할 수는 있으나, 그 근거가 나의 개인적 경험이 아니라는 게 다행이다.

하지만 여러분 가운데 이런 일이 벌어졌다는 이야기를 들어보지 못한 사람이 몇이나 되는가?

우리가 아주 익숙한 말에 관한 말.

널coffin*은 좁은 팔각형 녀석들이다―대부분 목재이며, 정크 푸드 시대의 도래 이전 인간 형체에 멋지게 상응한다. 위와 아래가 있고, 이 둘을 결합하는 나사들은 종종 장식적

* 널과 관이 우리나라에서 이런 식으로 나뉘지는 않지만, 구분을 위해 편의상 사용한다.

이다. 어떤 경우는 손잡이가 있고 어떤 경우는 없지만, 모두 운반이 가능하다. 뚜껑은 마음대로 열고 닫을 수 있다.

관casket은 직사각형에 더 가깝고 뚜껑에는 경첩이 달려 있으며, 시신을 그 안에 넣고 운반할 수도 있고 염을 할 수도 있다. 형태 외에 이 둘은 아주 비슷하다. 이들은 나무와 금속과 유리와 도기와 플라스틱과 시멘트로 만들어져 왔다. 또 무엇으로 만들었을지 누가 알겠는가. 둘 다 가격이 얼마냐가 중요하다.

그러나 관은 기본적 용도 이상의 무엇, 상자의 내용물에 관한 무엇을 암시한다.* 그 함의는 그 안에 뭔가 귀중한 것이 들어 있다는 것이다. 조상 전래의 가보, 보석, 오래된 연애편지. 관은 어떤 귀한 것의 잔재나 아이콘이다.

따라서 관과 널의 관계는 묘와 동굴의 관계, 무덤과 땅 구덩이의 관계, 화장용 장작과 모닥불의 관계와 같다. 무슨 말을 하고자 하는지 알겠는가? 또는 예를 들어, 송덕문과 연설, 엘레지와 시, 가정과 집, 남편과 남자의 관계와 같다.

* 영어에서 casket은 귀중품을 넣는 상자라는 뜻이 먼저다.

(이 부분이 아주 마음에 든다, 내 말에 취하고 있다.)

핵심은 관은 그 안에 들어가는 것에 관하여 뭔가를 가정한다는 점이다. 그것은 죽은 몸이 누군가에게 중요하다고 가정한다. 어떤 사람들에게 이것은 당연한 소리를 하는 것처럼 들릴 것이다. 하지만 어떤 사람들에게는, 내 짐작으로, 아마 그렇지 않을지도 모른다.

건물들이 폭파되고 비행기들이 하늘에서 떨어질 때, 또는 전쟁에서 이기거나 질 때, 이때는 죽은 사람들의 몸이 정말로 중요하다. 우리는 돌아오기를 원한다. 그들을 다시 보내주려는 것이다―우리 자신의 조건에 맞게, 우리 자신의 속도로. 너는 허락, 용서, 우리의 존경 없이는 떠날 수 없다고 말하고 싶은 것이다. 작별 인사를 할 기회를 원한다고 말하고 싶은 것이다.

널과 관은 둘 다 죽은 사람을 위한 상자다. 둘 다 그 임무에 완전히 적합하다. 둘 다 다른 대부분의 상자보다 값이 더 나간다.

그것은 우리가 그 안에 넣는 몸 때문이다. 어머니와 아버지와 아들, 딸과 자매와 형제와 친구, 우리가 알고 사랑했거나 알고 미워했던 사람의 몸. 또는 그 몸의 주인은 잘 알지 못했지만, 그 사람을 알았고 이제 그를 떠나보내며 슬퍼하는 누군가를 알고 있을 수도 있다.

1906년 독일 이민자의 아들 존 힐렌브란트는 인디애나 주 남동부 베이츠빌에서 망해 가던 베이츠빌 관 회사를 샀다. 그는 운송 산업의 형태를 따라, 주로 목재가 지배하던 제품에서 자연에 노출되어도 내부를 보호해주는 금속 제품으로 옮겨갔다. 남자들이 정부에서 제작한 상자에 담겨 집으로 돌아오던 양차 세계대전 기간 또 그 후 베이츠빌이 성공적으로 홍보하던 개념은 지속과 보호였다. 똑같은 전쟁이 영국인에게는 다른 교훈을 가르쳤는데, 첫 반세기 내내 매장지가 이따금씩 폭격으로 훼손되던 광경은 지속과 보호가 이제는 죽은 사람들에게 장담할 수 없는 호의라는 것을 보여주었다. 그 결과 영국에서는 화장으로 거의 완전히 돌아서게 되었다.

흙에 묻는 것은 "안전한" 사회와 정착된 사회가 하는 일이다. 이것은 죽은 자들이 그들에게 할당된 작은 땅에 남아 있고 산 자들이 주위에 살면서 무덤을 돌봐줄 것이라고 전제한다. 그런 환경에서는 지속과 보호라는 환상이 힘을 얻는다. 북미에서는 이동성과 공포와 점점 효율적으로 바뀌어 가는 파괴 테크놀로지가 지배하는 인구학과 지리학에 정비례해서 화장률이 상승했다.

관이 공기와 습기를 완전히 막아준다는 생각은 많은 가족에게 중요하다. 그러나 어떤 가족에게는 아무런 의미가 없다. 둘 다 옳다. 그것이 왜 중요하지 않은지 아무도 설명할 필요가 없다. 그것이 왜 중요한지 아무도 설명할 필요가 없다. 하지만 베이츠빌은 중요할 수도 있다고 생각하여, 1940년대에 틈막이를 이용한 첫 "밀봉" 관을 만들어냈고, 여기에 20게이지 두께의 강철로부터 구리와 청동까지 사용하여 모든 가격대의 금속관을 내놓았다. 그들이 배운 것한 가지는 인류의 96퍼센트가 세로 6피트 가로 2피트 높이 2피트—약간 차이는 있을지라도—의 내부 크기를 가진 관안에 들어간다는 사실이었다.

그들이 크기를 파악하고 또 사람들이 관에서 원하는 것이 무엇인지 — 보호와 지속 — 알아내자 그다음부터 힐렌브란트 형제들은 어떤 경쟁자보다 더 많이 만들고 더 많이 파는 역사를 기록해 나갈 수 있었다. 실제로 그들은 그렇게 해왔다. 우리는 그들을 영화에서, 교회에 들고 들어가고 나오는 장면을 보여주는 저녁 뉴스에서, 영구차에서 내리는 무덤가에서 본다. 북미에서 누군가 관에 들어가 있다면 그 관은 베이츠빌일 가능성이 반 이상이다.

우리는 관을 스무 개 남짓 보여주고 고르라고 한다. 이건 견본일 뿐이다. 몇 시간 안에 가져올 수 있는 게 많이 더 있다. 내가 파란색으로 가지고 있는 것을 옆 타운에 있는 동생 팀은 분홍색으로 갖고 있다. 내가 내부가 장식 없이 재단된 것을 갖고 있는 반면 팀은 주름이 잡힌 것으로 갖고 있다. 팀은 '최후의 만찬'이 그려져 있는 것을 갖고 있다. 나는 피에타가 그려져 있는 것을 갖고 있다. 그의 어떤 관에는 손잡이에 장미가 있다. 내 것에는 밀 이삭이 있다.

말만 해라, 우리는 다 갖고 있다. 우리는 만족을 주는 것을 목표로 삼고 있다.

우리한테는 칠십구 달러짜리 판지 상자(큰 축에 속하는 가정용 기기에 사용하는 것과 비슷하다)가 있다. 또 거의 팔천이 나가는 마호가니 상자(케네디 집안과 닉슨 집안과 오나시스 집안이 사용하는 것이다)도 있다. 둘 다 운반하고 묻고 태울 수 있다. 둘 다 가장 키가 크고 가장 폭이 넓은 시민을 제외한 모두가 들어갈 것이다. 그런 특별한 시민들에게는, 안타깝게도, 살아 있을 때와 마찬가지로 선택의 폭이 좁다. 어쨌든 둘 다 가격만 지불할 수 있다면 어떤 고객이나 이용할 수 있다.

우리 다수는 극단―그 말을 어떻게 정의하느냐에 관계없이―을 피하는 경향이 있기 때문에 대체로 중간에 속하는 넓은 범위의 관들을 보여주며, 이것은 차트에서는 종형 곡선처럼 보일 것이다. 중간이 가장 많고 양 끝이 가장 적은 형태다. 따라서 우리는 떡갈나무 관 세 개를 보여줄 때 마호가니는 하나만 보여주고, 청동, 구리, 강철을 하나씩 보여줄 때 다양한 게이지와 두께의 일반 철은 예닐곱 개 보여준다. 우리는 벚나무 하나, 단풍나무 하나, 미루나무 둘, 물푸레 하나, 소나무 하나, 건축용 합판 하나, 그리고 판지상자를 보여준다. 안감은 벨벳이나 크레이프나 리넨이나 새틴으로, 색깔은 아주 다양하며, 술 장식이 달려있기도 하고 주름이 잡혀 있기도 하고 장식 없이 재단되어 있기도 하다. 여기에서는 대체로 돈을 내는 만큼 받는다.

이런 관들을 우리는 파는 것보다 싼 가격으로 산다는 사실을 깨끗하게 자백하는 게 나을지도 모르겠다. 이것은 우리의 지역 텔레비전 뉴스 진행자 가운데 하나가 밝혀낸 사실이다. 그는 자신을 '뉴스 사냥개'라고 부르는데, 아마도 도매와 소매라는 경제적 음모에 관해서는 배우지 못한 것 같았다. '걸스카우트 쿠키' 판매를 폭로한 것도 이 '뉴스 사냥개'였다. 돈 가운데 일부가 소녀들에게 가는 게 아니라 전국 본부로 가서 "실무진"의 보수를 주는 데 사용된다는 것이었다.

'뉴스 사냥개'가 냄새를 맡으며 쫓아간 흔적은 사실 전부터 사람들이 자주 냄새를 맡던 곳이었다. 이 흔적은 제시카 밋퍼드가 발끈 화를 내며 소리를 질러서 가장 이득을 본 곳이었는데, 그녀는 유족 소비자가 불리한 입장에서 거래를 하게 된다는, 선정적이기는 하지만 딱히 독창적이지는 않은 결론에 이르렀다. 죽은 사람을 두 손으로 안은 채 물건을 고르러 돌아다니기는 어렵다. 몸을 숨기고 있는 상황에서 변호사를 고르기는 어렵고, 충수에 염증이 있는 상황에서 의사를 고르기는 어렵다. 이런 것은 경매에서 값을 부르는 것과는 다르다.

최근에는 "사전 준비"를 하자는 큰 바람이 불었다. 누구라고 할 것 없이 모든 사람이 찬성하는 듯하다. 장례지도사들은 그게 은행에 들어가 있는 돈이라고 생각한다. 보험 쪽 사람들은 자금을 모으는 일 대부분이 보험을 통해 이루어지기 때문에 아주 좋아한다. 고 제시카, 전 '뉴스 사냥꾼', 사치에 반대하는 군중—이들 모두가 머리가 차갑고 가슴에 슬픔과 죄책감이라는 부담이 없을 때 그런 결정을 내리는 것이 가장 좋다고 생각한다. 장례를 사전에 준비함으로써 감정들을 미리 느낄 수 있을지도 모른다는, 그러니까 분노와 두려움과 무력감에 휘둘리지 않을 수 있을지도 모른다는 희망 섞인 공상이 있는 셈이다. 그것은 계획된 부모 되기나 혼전 합의와 마찬가지로 현대적인데, 돈 문제에서는 깔끔할지 몰라도 감정이 얽힌 부분에서는 그런 것들만큼 쓸모가 없다.

또 우리는 어디에서나 "자식들에게 짐이 되지 말라"라는 똑같은 충고를 듣는다. 이것이 최종 준비를 사전에 하라는 주장에서 또 다른 좋은 근거로 자주 들먹여진다. 자식들에게 나 같은 사람과 일을 상의해야 하는 공포와 고통을 면하게 해주라는 것이다.

하지만 우리가 자식에게 짐이 되지 않는다면 누구에게 짐이 될 수 있을까? 정부에? 교회에? 납세자들에게? 도대체 누구에게? 그들은 우리에게 짐이 아니었나—우리 자식들은? 그 짐의 관리 때문에 우리는 살아 있고 사랑받고 도움이 되고 유능하다고 느끼지 않았나?

장례를 처리하는 것이 그렇게 무시무시하게 짐이 되는 일이고, 학대와 우울의 가능성으로 가득한 일이라면, 왜 멋진 양복을 차려입고 웹 브라우저와 휴대전화를 사용하는 사십 대 법정 상속인 대신 눈앞이 흐릿하고 청력도 일부 상실한 칠십 대 관절염 환자를 장의사와 싸우는 전선에 내보내는가? 젊은 사람들이 이 임무에 훨씬 적합한 채비를 갖춘 거 아닌가? 여기에서 우리가 소비하는 것은 그들이 받을 유산 아닌가? 이 결정들은 그들이 안고 살아가야 하는 것 아닌가?

어쩌면 부모들은 자식들이 일을 제대로 처리할 것이라고 믿지 않는 것인지도 모른다.

어쩌면 믿지 말아야 할지도 모른다.

어쩌면 믿어야 할지도 모른다.

내가 밀퍼드에 온 날 러스 리더는 자기 장례식의 사전 준비를 시작했다. 나는 머리를 깎다가 처음 그를 만났다. 그는 여전히 거대한 남자였으며, 오십 대였고, 키는 6피트가 넘었으며 몸무게는 400파운드가 나갔다. 그는 젊은 시절에는 대학과 프로 풋볼에서 뛰며 놀라운 경력을 쌓았다. 그의 명성이 그를 앞서갔다. 또 그는 한 "인물" 했다—이 지역에서는 괴씸하고 방탕한 행동으로 잘 알려져 있었다. 일요일이면 주택 지구 중고차 판매장에서 포드 쿠페를 팔면서, 천 달러를 현금 예치금으로 챙기고 가엾은 손님한테 열쇠와 서류는 "아침에 사무실이 문을 열 때 오면 주겠다"라고 말했다. 러스가 자동차 판매상—헌신적인 감리교 신자로 안식일을 거룩하게 지켰다—한테 고용되어 있지 않다는 사실은 그 돈을 소 등심살과 시가와 예 올드 호텔의 손님들에게 몇 순배씩 술을 돌리는 데 쓰고 나서야 밝혀졌다. 그 손님들은 이스턴 스타 결사 소속의 나이 지긋한 부인들로, 지역 간담회를 위해 남편과 함께 들른 것이었다. 또는 어느 날 오후 러스의 낮잠 시간 동안 캥캥 짖어대던 이웃의 푸들—그 개가 짖는 소리는 듣는 모두가 싫어했다—이 총에 맞고 죽은 채 발견되었을 때. 그 이웃은 뒷담 너머로 러스의 한 아들에게 소리를 질러대기 시작했다. "네 아버지를 잡기만 해봐라!" 러스는 소동에 잠을 깨고 위층 창에 모습을 드러내더니 차분하게 말했다. "바로 내려가겠소, 벤." 그는 페이즐리 드레싱 가운 차림으로 내려가 재빠른 레프트 훅으로 이웃을 때려눕혔고, 아들에게 "그 죽은 똥개"를 묻으라고 지시하고 낮잠을 마저 자러 위층으로 돌아갔다. 핼러윈은 러스가 가장 좋아하던 명절이었으며, 대체로 기독교 이전 방식으로 그것을 기념했다. 그는 뿔이 달린 투구와 무시무시한 검을 갖춘 켈트족 전사 차림이었으며, 거기에 육중한 몸과 검은 턱수염에 왕왕거리는 목소리까지 갖추어, 과자 안 주면 장난칠 거예요, 하고 외치며 찾아간 꼬마가 겁을 먹고 아이쿠 소리를 내곤 했는데, 그래도 아이들은 가끔 오 달러짜리 지폐로 싼 큰 캔디 바를 준다는 이야기를 듣고 그의 포치로 찾아가곤 했다. 러스 리더는 모든 면에서 허풍이 심했으며, 그래서 그에 관한 과장된 뒷소문은 고대 아일랜드 서사시에 나오는 영웅들의 이야기 같았다―가령 광란의 경련, 방탕한 짝짓기, 놀라운 식욕이 등장하는 쿠홀란과 디어더와 메이브 여왕의 이야기.

그는 이발소 의자에서 처음 나와 마주했을 때 뒤의 해를 거의 지워버렸다.

"당신 새로운 디거 오델*인 것 같은데, 내가 보기에는."

* 1960년대에 미국에서 광고 효과를 위해 지하생활을 했던 인물.

검은 양복, 웡 립, 회색 줄무늬 타이 차림이었다.

"흠, 당신은 내 몸에는 절대 손가락 하나 대지 못할 거요!"
그가 나에게 도전했다.

이발사는 대화가 어느 방향으로 흘러갈지 몰라, 뒤로 슬쩍 물러나 활석과 이발 기계들 사이에서 분주한 척했다.

나는 앞에 있는 남자의 크기를 짐작해보며—그의 육중한 덩치, 그 숨이 멎을 만한 덩어리—그가 수평으로 누워 협조하지 않는 상태를 상상해보려 했다. 동정적인 고통이 내 등을 훑고 내려갔다. 나는 움찔했다.

"내가 왜 댁의 몸을 어떻게 하고 싶어 할 거라고 생각합니까?" 나는 분노를 강조하는 말투로 반박했다.

러스와 나는 그 뒤로 변함없는 친구 사이를 유지했다.

그는 자신의 몸을 "의학"에 기증할 작정이라고 말했다. 갓 부화한 의사들이 자신의 몸으로 연습을 해볼 수 있도록 모교 해부학 교실에 보내고 싶다는 것이었다.

"그럼 내 가족한테는 돈 한 푼 들지 않을 거요."

내가 그의 몸 크기 때문에 받지 않을지도 모른다고 말하자 그는 완전히 기가 죽었다. 이 풍요의 땅의 의대나 치대를 위한 해부용 시체 공급은 집 없고 무력한 자들이 수치스럽지만 풍부하게 공급하고 있었으며, 그들은 대부분의 경우 러스보다 날씬했다.

"하지만 나는 그 학교 대표였소!" 러스가 그 점을 내세웠다.

"내 말을 그대로 믿지는 말아요." 나는 조언했다. "직접 가서 물어보세요."

몇 달 뒤 장례식장 주위의 봉선화에 물을 주고 있을 때 러스가 리버티 스트리트에 차를 급하게 세웠다.

"좋아, 잘 들으쇼. 그냥 나를 화장해서 기구에 실은 다음 재를 타운 전체에 뿌려줘." 나는 그가 이것을 오래 생각해왔다는 것을 알 수 있었다. "비용이 얼마나 들겠소, 최종 가격으로?"

나는 우리의 최소 서비스 비용을 말해주었다—상복과 서류작업과 상자.

"관은 필요 없소." 그는 갓돌 옆에서 공회전을 하고 있는 캐딜락 앞자리에서 소리를 질렀다.

나는 관이라고 할 만한 것을 사용하지는 않겠지만, 그래도 그가 어딘가 안에는 들어가 있어야 할 것이라고 설명했다. 화장터 사람들은 주검이 어딘가 안에 들어가 있지 않으면 받지 않을 것이다. 어떤 손잡이 같은 게 없을 경우 죽은 몸을 손으로 잡지 않을 것이다. 이것은 러스에게 참고 받아들일 만한 말이 되었다. 나는 머릿속에서 그 일을 감당하는 데 충분할 배송용 상자—지게차나 화물을 다루는 사람들이 받아들일 만한 일종의 뚜껑을 덮은 침상—를 생각하고 있었다.

"기구 띄우는 데 얼마나 들지는 나도 추측할 수밖에 없습니다, 러스. 그게 가장 비싼 부분이 될 가능성이 있어요. 그리고 물론, 인플레이션도 고려해야 합니다. 아주 빠른 시기에 그걸 할 계획으로 있나요?"

"나한테 약삭빠르게 굴지 마쇼, 디거." 그가 소리쳤다. "어떻소? 당신을 믿고 해도 되겠소?"

나는 믿을 사람이 내가 아니라고 말했다. 그는 부인과 아이들—모두 아홉 명—을 설득해야 한다. 나는 그들을 위해 일하게 될 것이다.

"하지만 내 장례식인데! 내 돈이고."

이 대목에서 나는 러스에게 일인칭 단수 소유격 대명사의 "형용사적" 사용과 "소유적" 사용 사이의 미묘하지만 중요한 차이를 설명했다—사람의 마지막 숨으로 측정되는 차이. 나는 그것은 사실 그들이 할 일이라고 설명했다—그의 유족, 그의 가족이. 그것은 사실, 잘 들어라, "상속자들"이 결정한다—돈, 장례, 그의 몸으로 할 것 또는 하지 않을 것.

"지금 돈을 내겠소." 그는 저항했다. "현금으로—다 사전에 준비해 놓겠소. 내 유언장에 적어 놓겠소. 다 내가 하고 싶은 대로 해야 할 거요."

나는 러스에게 최악의 시나리오를 생각해 보라고 권했다. 그의 부인과 가족이 나를 법정으로 데려가는 경우. 나는 그의 주검을 태워서 '사이드워크 세일 기간' 동안 타운 중심가 위를 떠도는 기구에서 뿌리라는 '마지막 유언장'과 생전에 준비한 서류로 무장하고 간다. 진짜 눈물로 눈이 반짝이는 그의 부인 메리, 손에 손수건을 든 아름다운 일곱 딸, 남자답게 꿋꿋한 훌륭한 두 아들은 법원에 그를 염하고, 설교자를 부르고, 그들의 마음이 움직일 때마다 무덤을 찾아갈 수 있는 언덕에 묻게 해 달라는 청원을 낸다.

"거기서 누가 이길 것 같아요, 러스? 집에 가서 가족하고 잘 이야기해 보세요."

그가 가족과 대화를 나누기나 했는지 모르겠다. 어쩌면 그냥 포기했는지도 모른다. 어쩌면 모두가 그냥 나를 써먹기 위한 것이었는지도 모른다. 모르겠다. 그게 오래전 일이었다.

작년에 러스는 안락의자에 앉아 죽었고, 재떨이에서는 시가가 연기를 뿜고 있었고, 텔레비전에서는 저녁 게임 쇼가 깜빡이고 있었다. 그의 아들이 나를 부르러 우리 집에 왔다. 그의 부인과 딸들이 그의 둘레에서 울고 있었다. 그의 자식의 자식들이 지켜보며 귀를 기울이고 있었다. 우리는 영구차를 가져오고 여자들이 한 명 한 명 그에게 입을 맞추고 떠나기를 기다렸다. 우리는 들것을 안으로 가지고 들어와, 그의 두 아들의 도움을 받아 그를 의자에서 옮겨 문밖으로 나가 장례식장으로 갔고, 그곳에서 방부처리를 하고 깨끗하게 면도를 해주고 염을 했다. 우리 모두 그가 나이가 들고 약해지면서 몸이 무척 작아졌다는 데 놀랐다. 실제로 베이츠빌 관에 쉽게 들어갔다—벚나무였던 것 같다, 잘 기억나지 않지만.

하지만 그의 방대한 영웅담이 경야 이틀 동안 계속 부풀어 갔다는 것은 기억한다. 그 이야기들은 계속 되풀이되었다. 사람들은 그의 종잡을 수 없는 기행에 큰 소리로 울고 웃었다. 목사가 다녀간 뒤, 평생 러스를 알았고 핼러윈에 용감하게 그의 현관까지 갔던 한 여자가 하느님의 자비와 천국의 크기에 관해 이야기를 하더니, 우리에게도 러스에 관한 이야기를 함께 나누자고 권했다. 그 뒤에 우리는 "성자들의 행진"을 크게 연주해 대는 브라스밴드를 따라 무덤으로 갔다. 할 말이 모두 끝나고, 할 일이 모두 끝난 뒤, 메리와 딸들은 집으로 가 이웃의 품과 그들이 가져온 요리와 조의를 만났다. 러스의 두 아들은 남아서 그를 묻었다. 그들은 재킷을 벗고, 타이를 풀고, 술 한 병과 거무스름한 시가를 옆에 늘어놓더니 아버지의 몸을 우리 누구도 그가 들어가리라 생각하지 못했던 작은 구덩이에 묻었다. 나는 묘지 관리인에게 매장 허가장을 주고 그에게 일을 맡기고 떠났다.

나는 그의 몸이 거기 묻혀 있다는 것을 알지만, 러스의 어떤 것은 지금도 계속 우리 사이에 남아 있다. 저녁 공기 속을 표류하는 불이 붙은 뚱뚱한 새 같은 열기구를 볼 때마다 나는 그의 부절제가 우리에게, 오랜 친구와 가족에게—그가 축복하고 선택한 사람들에게—비처럼 내리는 것을 느낀다. 우리는 머리를 숙이거나 하늘로 얼굴을 쳐들고 웃거나 숨을 죽이거나 운다.

가장 좋은 관에도 그것은 절대 다 들어가지 않는다—우리가 그 안에 묻고 싶은 모든 것은. 상처와 용서, 분노와 고통, 칭찬과 감사, 공허와 고양감. 누가 죽을 때의 말끔하지 않은 그 느낌들. 그래서 나는 이 사업을 아주 신중하게 한다. 내가 여기 있었던 세월 동안 누가 죽었을 때 사람들은 절대 제시카나 '뉴스 사냥개'에게 연락을 하지 않기 때문이다.

사람들은 나에게 연락을 하기 때문이다.

내 장례를 위한
짧은 지침

우리와 나누자―그것은 돈일 것이다
네 호주머니에 있는.
이제 가라
너는 다 준비가 되었다고 생각한다.
―윌리엄 카를로스 윌리엄스, "짧은 지침"

이월이면 좋겠다. 그렇다고 그게 나한테 그렇게 중요하다는 건 아니지만. 내가 세부적인 것들에 까다로운 사람이라는 건 아니지만. 하지만 굳이 물어보니―이월이면 좋겠다. 내가 처음 아버지가 된 달, 내 아버지가 죽은 달. 그래. 심지어 십일월보다도 낫다.

춥기를 바란다. 숲이 나무에 거하듯이 잿빛이 공기에 거하기를 바란다. 우연의 일치가 아니라 본질로서. 그리고 봄, 정원, 로맨스에 대한 희망, 아직 미시간에서는 겨울에 의해 무디어져 그루터기만 남아 있겠지만.

그래, 이월. 뒤에 추위가 있고 앞에 추위가 있고, 하루의 가장자리들에 어둠이 고집스럽게 자리 잡고 있는 이월. 그리고 추위를 더 아프게 만드는 바람. 따라서 이후로 쭉 이렇게 말할지도 모른다. "결국 그 일을 한 건 슬프고 오래된 날이었다."

그리고 땅에 단단히 자리 잡은 서리. 그래서 땅을 파기 전 며칠 밤 동안, 묘지 관리인이 올라가 굴착기의 이가 달린 버킷이 들어갈 만큼 표토表土가 부드러워지도록, 불기운이 아래로 내려가도록 자리에 맞는 덮개 아래에서 불을 피워야 했을 것이다.

나를 깨워라.* 그러기를 바라는 사람은 와서 보게 하라. 그들에게는 그들의 이유가 있다. 너는 너의 이유가 있을 것이다. 누군가, "자연스러워 보이지 않는가!" 하고 말한다 해도 불쾌해 하지 마라. 그들이 제대로 본 것이다. 이것은 늘 내 본성 안에 있었기 때문이다. 네 본성 안에도 있다.

그리고 성직자들도 그 일에 참여하게 하라. 최대한 노력하게 하라. 그들의 존재가 너에게 납득이 되는 경우가 있다면, 지금이 바로 그때다. 그들은 보고 있다, 우리 나머지와 마찬가지로. 답보다 질문이 배울 게 더 많다. 누구든 무슨

---

* 깨우라는 말은 wake로, 여기에는 경야라는 뜻도 있다.

말을 해야 할지 아는 사람은 경계하라.

음악은, 네 마음대로 해라. 나는 들리지 않는 곳에 있을 것이고, 돌처럼 귀가 먹었을 터이니. 백파이프와 주석 피리에 관해서는 여러 말이 나올 수 있다. 하지만 몇 개의 선율만 나오는 장례식을 바로 아래 주검을 놓아둔 연주회로 혼동하지는 마라. 너희 자신을 위해, 치과나 롤러 스케이트장에서 들었던 것은 모두 피해라.

시를 읊을지도 모르겠다. 나에게는 시인인 친구들이 있었다. 뭐랄까, 그 친구들은 좀 늘어지는 경향이 있다. 특히 수평으로 누운 몸들을 둘러싸고 있을 때는. 섹스와 죽음이 그들의 주된 공부거리다. 노련한 장의사의 서비스가 높이 평가받는 것이 바로 이 부분이다. 그들은 환영받지 못하는 사람이 되는 데 익숙하기 때문에 훌륭한 편집자 역할을 하여 시인들에게 때가 되면 입안에 양말을 처넣으라고 말할 것이다.

돈 문제에 관해서. 너희는 낸 만큼 얻는다. 본능을 신뢰할 만한 사람과 거래를 해라. 누가 너희에게 충분히 쓰지 않았다고 말한다면, 할 일 없으면 가서 허공을 향해 오줌이라도 누라고 말해주어라. 너무 많이 썼다고 말하는 사람에게도 마찬가지다. 너희 돈이다. 그걸로 너희 원하는 걸 해라. 하지만 한 가지는 정말로 분명히 해두고 싶다. 늘 "내가 죽으면, 너희 돈을 아끼고, 정말 유용한 데만 쓰고, 나는 싸게 해라" 하고 말하는 사람들을 너희도 알 거다. 나는 그런 사람이 아니다. 그랬던 적이 없다. 나는 늘 장례가 유용하다고 생각해 왔다. 따라서 너희 마음대로 해라. 그건 너희가 알아서 하는 것이다. 그 대부분에 대하여 너희 마음대로 처리할 자격이 있다.

죄책감은—무척 과장되어 있다. 당면한 문제에서 사실은 다음과 같다. 나는 나를 사랑한 사람들의 사랑을 알았다. 또 내가 그들을 사랑한다는 것을 그들이 안다는 것도 알았다. 다른 모든 것은, 결국에는, 상관없다. 하지만 죄책감이 문제가 된다면, 너 자신을 용서하고, 나를 용서해라. 또 화려한 의식으로 좀 치장해서 기분이 더 좋아진다면, 돈을 지혜롭게 쓴 것이거니 여겨라. 정신과 의사와 약, 바텐더나 동종요법 의사, 지리적이거나 교회적 치유에 비하면, 아무리 비싼 장례라도 싸다고 할 수 있다.

～

나는 내린 눈이 엉망이 되어 땅이 상처를 받고, 강제로 열린 것처럼 보이는 것, 내키지 않는 참가자처럼 보이는 것을 원한다. 텐트는 치지 마라. 그냥 가리는 것 없이 날씨를 감당하며 서 있어라. 더 큰 장비는 눈에 보이지 않게 해라. 거기에 시선이 끌린다. 하지만 묘지 관리인, 지저분하고 무관심한 관리인은 근처에 그대로 두어라. 그와 영구차 운전사는 성직자가 마지막 찬사를 늘어놓는 동안 무표정한 얼굴로 포커 이야기를 하고 농담을 주고받을 수도 있다. 삽에 의지하여 구멍을 메우는 사람들은, 관습과 오랜 기도문에 의지하는 사람들과 마찬가지로, 한 명 한 명이 자기 분야의 전문가다.

너희는 마지막 끝날 때까지 지켜보아야 한다. 방, 묘지 예배당, 제단 발치에서 깔끔하게 작별하고 싶은 유혹을 피해라. 그런 건 안 된다. 날씨 때문에 피하지 마라. 우리는 더 나쁜 조건에서도 낚시를 하고 축구를 구경했다. 오래 걸리지 않을 거다. 땅의 구덩이까지 가라. 그 위에 서라. 그 안을 들여다보아라. 놀라라. 추워라. 하지만 끝날 때까지 그대로 있어라. 다 이루어질 때까지.

운구하는 사람에 관해서는—나의 사랑하는 아들들, 나의 사나운 딸, 또 나에게 하나라도 생긴다면, 나의 손자와 손녀들이 해야 한다. 더 큰 근육들이 참여해야 한다. 우리가 진짜 무거운 것을 들고 나를 때 사용하는 근육들. 남자와 그들의 근육은 드는 데 낫고, 여자와 그들의 근육은 나르는 데 낫다. 둘 다 필요하게 될 수도 있다. 따라서 함께 일해라. 짐이 가벼워질 것이다.

내가 가장 사랑하는 사람에게서 최고의 모범을 보아라. 그녀에게는 강한 심장, 풍요로운 내적 삶, 강력한 약이 있다.

말이 끝나면, 그걸 내려라. 줄을 놓아라. 그 위에 잿빛 장갑들을 던져 넣어라. 흙을 밀어 넣고 끝내라. 서로의 발목을 지켜보고, 추위에 발을 구르고, 두 어깨 사이로 머리를 숙이고, 계속 아래를 봐라. 그곳이 벌어지고 있는 일이 벌어지는 곳이다. 끝나면, 고개를 들고 떠나라. 하지만 끝나기 전에는 아니다.

태우는 쪽을 선택한다면, 서서 지켜봐라. 지켜볼 수 없다면, 아마 재고해야 할 것이다. 지글거리고 픽픽 소리가 들리는 곳에 서 있어라. 벌어지고 있는 일을 조금 들이마시려고 해보아라. 불에 손을 녹여라. 노래를 부르기 적당한 때일 수도 있다. 재, 잉걸불, 뼈를 묻어라. 타지 않은 상자 조각들.

그걸 어디에 넣어라.

장소를 표시해라.

주린 자들을 먹여라. 예에 맞는 일이다. 잘 먹여라. 이 일은 식욕을 돋운다, 바닷가에 가는 것처럼, 절벽도로를 걷는 것처럼. 그런 뒤에는, 맑은 정신을 유지해라.

물론 그건 내가 관여할 일은 아니다. 나는 거기 없을 테니까. 하지만 원한다면, 공짜로 조언을 해주겠다. 지금이 파티를 해야 할 때라고 모두가 늘 말한다는 건 알고 있겠지? 죽은 사람은 평소에 늘 모두가 좋은 시간을 보내고 몇 잔 마시고 웃음을 터뜨리고 행복하기를 바랐기 때문이라는 이유를 대면서? 나는 그런 말을 한 사람이 아니다. 나는 이 점에 관해서는 옛 스승이 옳았다고 생각한다. 물론 실제로 춤을 추어야 할 때가 있다. 다만 지금이 그런 때는 아닐 수도 있다는 것뿐이다. 죽은 사람이 살아 있는 사람들에게 무엇을 느끼라 마라 말할 수는 없지만.

예전에는 한 해 동안 애도하곤 했다. 사람들은 완장을 차고, 검은 옷을 입고, 집 안에서 음악을 연주하지 않았다. 현관문에는 검은 조화가 걸려 있었다. 상처를 입은 부분을 확인했다. 일 년 내내 슬픔이 허락되었다―꿈과 불면, 슬픔, 분노. 모든 엉뚱한 순간에 울고 깔깔거리고. 이름이 들리는 순간 숨이 멎고. 그렇게 일 년이 지나면 다시 정상으로 돌아가게 된다. "시간이 약"이라는 말은 이것을 설명하기 위해 나온 말이었다. 물론 돌아가지 못하면, 어떤 식으로인가 "제정신이 아니다"라고, 전문적인 도움이 필요하다고 선고를 받았다.

느낄 것이 무엇이든, 그것을 느껴라―제거, 안도, 겁과 자유, 잊는 것에 대한 두려움, 너희 자신의 필멸로 인한 둔한 아픔. 짝을 지어 집에 가라. 너희를 아직도 덥혀주는 살에 따뜻해라. 눈물, 분노, 경이, 완전한 침묵을 믿고 맡길 수 있는 사람과 함께 해라. 그 일을 어서 끝내라―빠를수록 좋다. 이런 것들을 거쳐 가는 유일한 방법은 그것을 관통해 가는 것이다.

이런 식으로 계속 주절거려서는 안 된다는 걸 나도 안다.

평생 이게 나의 문제였다. 장례를 지도하는 게.

이제 너희가 할 일이다―나의 장례는―내 일이 아니다. 내가 죽으면 죽음은 너희가 떠안고 살아야 할 것이다.

따라서 여기 '무시'에 써먹을 수 있는 쿠폰이 있다. 여기 또 하나 '나의 승인'이라고 찍힌 쿠폰이 있다. '서로 사랑하라' 외에는 내가 말한 모든 것을 무시해라, 내가 승인한다.

'영원히 살아라.'

내가 정말로 원한 것은 증인이었다. 내가 있었다고 말해줄. 여전히 미친 소리로 들리지만, 어쩌면 내가 있다고 말해줄.

사람들이 물으면, 결국 슬픈 날이었다고 말해줄. 추운, 잿빛 날이었다고.

　이월이었다고.

　물론, 다른 달이라면 너희가 알아서 해라. 두려워 마라―
어떻게 하는지 알게 될 거다. 이제 가라, 너희는 다 준비가
되었다고 생각한다.

작가의 말

처음에 나는 그게 사람들을 아래로 데려간다는 뜻인 줄 알았다. 1950년대였고, 나는 장의사undertaker*의 자식, 여러 자식 가운데 하나였다. 아버지의 직업은 나보다도 내가 어울리는 아이들에게 더 중요한 사실이었다.

"너희 아버진 뭘 하는데?" 아이들은 묻곤 했다. "그걸 어떻게 하는데?"

나는 그게 구멍과, 구멍을 파는 것과 관계가 있는 것 같다고 말했다. 그리고 몸도 포함된다고. 죽은 몸.

"아버진 죽은 사람들을 아래로 데려간다니까. 알아들어? 땅 아래로."

* take under, 즉 아래로 데려가는 일을 하는 사람이라고 이해할 수 있다.

그러면 아이들은 대개 입을 다물곤 했다.

그럼에도 나는 내가 애쓰는 만큼 자신감 넘치는 목소리를 낼 수 없었다. 또 왜 아래 놓는 사람underputter이 아닌지도 궁금했다―죽은 사람들을 지하에 놓는 사람이라는 뜻으로. 확실히 죽은 사람들을 데려가는 것은 약간 지나쳐 보였다. 그러니까 사람들이 죽었을 경우에는 그렇다는 거다. 가는 길에 동반자가 필요 없을 테니까. 여동생은 잡화점에 데려가지만 자전거는 차고에 놓지 않는가. 나는 말장난과 말의 의미를 갖고 노는 것이 재미있었다.

일곱 살에 나는 가톨릭 사제의 복사服事에게 요구되는 라틴어를 배우러 가게 되었다. 어머니의 아이디어였다. 어머니는 내가 하느님한테 인색하면 하느님도 나한테 인색하게 된다고 말했다. 이 말에는 진실은 아닐지라도 어머니의 의지의 울림이 있었으며, 그것은 내게는 진실에 버금가는 것이었다. 라틴어는 마술적이고 신비로웠다―풍부한 모음 때문에 음향이 풍부했다. 매주 화요일 네 시 나는 세인트 콜럼번 성당의 케니 신부를 만나 고대의 음절들을 외웠다. 신부는 나에게 사제가 읽는 부분은 빨간색, 내가 읽는 부분은 검은색으로 적힌 카드를 주었다. 케니 신부는 아일랜드 출신이었으며 아버지의 삼촌과 신학교를 같이 다녔다. 아버지의 삼촌은 젊어서 결핵으로 죽었으며, 나에게 이름을 물려주었다. 나는 어머니와 케니 신부 사이에 나의 사제 서품을 목표로 삼은 음모가 꾸며지고 있다는 것을 희미하게 알고 있었다. 나는 긴 세월이 흐른 뒤 케니 신부에게서 직접 자세한 이야기를 듣게 되었다. 신부가 은퇴하여 아일랜드 골웨이의 솔트힐로 돌아가고 난 뒤의 일이었다. 그는 세상과 교회에 일어난 변화를 감당하기 힘들어했다.

케니 신부가 성당 출입구에서 우리 아버지와 만나던 광경이 기억난다. 나는 장례식이 있을 때면 늘 학교 가는 일을 면제받았다. 깔끔한 예복 차림의 아버지, 장갑을 끼고 단추 구멍에 꽃을 꽂은 운구자들, 갈색 관, 그 뒤의 훌쩍이는 가족과 친구들.

옷은 검은색에서 흰색으로 바뀌었다. 모든 것이 영어로 바뀌었다. 규칙도 바뀌었다. 케니 신부는 이런 변화가 못마땅했다.

"에드워드." 그는 출입구에 이르자 큰 소리로 불렀다. "이 장례를 경축해야 한다는 이야기를 들었네. 그러니 자네 얼굴에서 엄숙한 녀석은 지워버리고 부디 그리말디 부인한테 추기경께서는 부인이 남편의 장례식을 맞이하여 기운을 내기를 바라신다는 말을 전해주게."

그리말디 집안사람들은 케니 신부의 비꼬는 말에 익숙하기 때문에 전혀 그 말을 따를 분위기로 보이지 않았다.

나는 성직자복을 완전히 갖춰 입고 성수 통을 든 채 사제와 아버지 사이에 서 있었다.

"이제 다음에는 세례를 애도해야 한다는 이야기를 듣게 될 거야……." 케니 신부는 하던 이야기에 점점 열을 내고 있었다.

"시간이 됐습니다, 신부님." 아버지가 말했다.

그러자 흰 제의祭衣 차림의 사제는 분개한 표정으로 관에 성수를 뿌리고 제단 쪽으로 몸을 틀었고, 오르간 연주자는 새로운 찬송가집에 들어 있는 경쾌한 곡을 연주하기 시작했다. 케니 신부는 사나운 눈길로 오르간 연주자의 손을 멈추게 하고, 콧구멍으로 깊이 숨을 들이쉬더니 고향에서부터 가져온 슬픈 느낌으로 《낙원가In Paradisum》의 음울한 위로를 읊조렸다.

그는 이제 어떤 것도 결코 전과 같을 수 없다는 것을 알고 있었다.

이런 가르침들 덕분에 나는 아버지가 하는 장의사 일은 죽은 사람에게 하는 일보다는 산 사람들이 사람이 죽는다는 삶의 현실을 놓고 하는 일과 더 깊은 관계가 있음을 알게 되었다.

당대의 말을 잘 다루던 사람들은 아버지가 하는 일을 두고 새로운 이름들을 만들어냈다.

장례기사라는 말을 아버지는 참지 못했다. 늘 새로 포장하고 갱신하고 개선하는 자동차와 텔레비전과 기구처럼 왠지 과학적이고 첨단 유행을 타는 듯한 느낌을 주었기 때문이다.

장례지도사라는 말은 일리가 있었다. 아버지는 '장례식장'이라는 표지판을 모두 '장례지도사'로 바꾸게 했다. 힘든 처지에 놓인 사람들이 의지하는 것은 장소가 아니라 사람이라고 믿었기 때문이다.

그러나 거울에서 아버지가 보는 것은 장의사였다—죽음을 마주한 살아 있는 사람들과 함께 서서 그 일에 관해 할 수 있는 모든 일을 하겠다고 서약한 사람.* 장의는 새로운 것이 전혀 아니었다. 삶 자체만큼이나 오래된 것이다, 아버지는 그렇게 이해했다.

내 친구들은 여전히 소름 끼치는 자세한 이야기를 듣고 싶어 했다.

조 프라이데이가 늘 말했듯이, "사실…… 그냥 사실만."

그래서 우리는 아버지의 《그레이 해부학》과 벨이 지은 《병리학》―아버지가 장례 학교에서 산 책들이었다―을 펼쳐놓고 기형, 병, 죽음의 사진을 보며 나중에 포르노그래피를 볼 때 그러던 것처럼 움찔하곤 했다.

그러나 사실들은 대체로 실망스러웠다. 아무도 관에서 일어나 앉지 않았다. 아무도 유령을 보지 못했다. 손톱이나 머리카락이 계속 자라는 것이 내 눈에 띈 적도 없었다. 사후 경직도 그리 특별할 것은 없었다. 죽은 사람은 상상하기 힘든 여러 면에서 아무런 특색이 없었다.

살아 있는 사람은 그렇지 않았다. 인쇄된 누드 잡지의 광

---

* undertaker라는 말에는 어떤 일을 떠맡는 사람이라는 뜻도 있다.

택이 나는 화보에 나오는 여자들은 그렇지 않았다. 우리가 성년에 이를수록 더욱 불가사의해지고 괴기해지는 인생은 그렇지 않았다.

어쩌면 모든 세대가 마찬가지일 것이다―섹스와 죽음이 필수교육이라는 점은.

늘 연인 사이 같았던 우리 부모는 제2차 세계대전이 시작할 때 고등학교를 졸업했다. 어머니는 대학에 진학하고 병원에서 일을 했다. 아버지는 제1해병사단과 함께 남태평양으로, 거기에서 중국으로 갔다가, 전쟁이 끝난 뒤 귀국했다. 그들의 세계는 가능성으로 가득 찬 것처럼 보였다. 그들의 섹스에 대한 욕구는 굶주림과 아슬아슬한 죽음의 위기 때문에 더 강렬해졌지만, 임신의 위험 때문에 피해야 했고, 전쟁으로 미루어졌다가, '베이비붐'에 이르러 활짝 피어났다. 그들에게 섹스와 죽음은 반의어였다. 정직한 사람과 악당, 동정녀와 창녀, 옳은 사람들과 틀린 사람들―우리가 갖고 있는 그들의 사진조차 흑백이다. 로맨스와 정절로 유명한 이들은 대전大戰들과 대공황의 자식들로서 안정, 안전, 지속성, 또 현명한 투자와 반석 같은 안전판을 갈망했다. 그들은 영원을 약속하며 결혼했고, 교외로 이사했으며, 절대 죽을 일이 없을 것처럼 살았다.

우리 세대, 이 베이비붐 세대는 머리에 핵폭탄이라는 총이 겨눠진 상태에서 태어나, 쿠바와 베를린에서 그 총의 공이치기가 당겨진 상태에서 자랐고, 사랑과 죽음을 텔레비전에 나오는 만화처럼 보았다. 우리는 하늘을 지켜보았다. 우리는 뉴스를 지켜보았다. 우리는 방공호에서 놀았다. 우리가 사춘기에 들어서거나 벗어날 때 케네디에게로 공이치기가 떨어졌다. 그 목요일 우리는 고등학교와 중학교에서 가슴과 골반, 우리의 젊음과 욕망이 찬란하게 빛나는 그 새로운 신체 부위들에 대한 환상에서 벗어나 우리 삶에 큰 영향을 준 첫 죽음을 생각했다. 섹스와 죽음, 우리 삶에서 이 창조적 힘과 죽음의 힘이 이런 식으로 공교롭게 겹쳤기 때문에 그 뒤로 우리의 삶과 죽음이 마구잡이로 보였던 것일까? 우리는 자발적으로, 아무렇지도 않게, 예측 불가능하게, 우리의 중력과 분리된 상태에서 우리가 얻을 수 있는 즐거움은 모두 붙잡았다. 어차피 이 생은 한 바퀴 돌고 갈 뿐이었다. 우리가 사랑하는 사람과는 함께 할 수 없다 해도, 자기야, 우리는 함께 있는 사람을 사랑했잖니.* 그때나 지금이나 우리는 롤러스케이트를 타는 북극곰처럼 우아하게(커밍스의 세심한 은유**) 나이가 든다. 우리는 불시에 기습을 당할 것을 경계하여, 부모가 되는 일을 계획하고, 혼전 합의를 한 뒤 시험 결혼을 해 보고, 부모의 장례를 미리 준비했다—그러면서 새로운 삶, 진정한 사랑, 죽음에 따른다고 들은 느낌들을 미리 느낄 수 있을 것이라고 확신했다. 그러나 우리의 계획에도 불구하고, 미세한 관리에도 불구하고, 부모의 잘못을 두고 투덜댔음에도 불구하고, 우리는 우리 전에 지구에 살았던 20세대 가운데 어느 세대보다 낙태를 더 하고, 이혼을 더 했으며, 곧 더 커보크할 것이다. (커보크하다는 커보키안의 동사 형태로, 부정사 "커보키하기to kevork"에서 나온 것이며, 현실에서는 우리 세대의 또 다른 음량이 큰 동사***에 적용되는 사용 안내를 준수하면 된다. 즉 "가서

---

* 미국 가수 스티븐 스필즈가 1970년에 발표한 노래 가사를 약간 바꾼 것.
** Let's Start a Magazine으로 시작하는 E.E. Cummings의 시를 가리키는 듯하다.
*** 비속어로 성교를 한다는 뜻인 fuck을 가리킨다.

커보크나 해"나 "너 자신한테나 커보크해"나 "이 자기 어머니를 커보크시킬 놈아"나 수사의문문 "너 정신을 커보크시킨 거니?"* 그러나 문체의 문제상, 나는 이 말이 어떤 항생제들과는 달리 그 타격의 힘을 유지하기를 바라는 마음에서 이 말보다 작은 말로 괜찮을 때는 절대 사용하지 않는다.)

하지만 나의 딸이나 아들들에게는 섹스와 죽음이 거의 동의어라서 걱정이다. 그 둘은 운韻이 잘 맞아** 서로 그렇게 멀리 떨어져 있을 수가 없다. 그들에게 섹스는 룰렛이라는 묘한 게임, 우리가 안전한, 더 안전한, 가장 안전한(이것은 섹스를 하지 않는 상태에 붙는 말이다) 섹스를 얻을 수 있는 승산을 궁리하는 죽음의 로토다. 그러면 그들에게 죽음이란? 따분한 것—도무지 충격을 받지 않는 사람들을 위한 약간의 흥분이다. 완전하고 운명적인 접촉이 마침내 이루어지는 부주의다. 안전한 게 아쉬운 것보다 그렇게 좋은가? 정말로? 우와! 커트 코베인이 벽에서 그들을 향해 싱긋 웃

---

* 보통 fuck을 쓰는 자리에 kevork를 쓰고 있다.
** 영어로는 sex, death.

는다. "그는 그걸 느꼈을지 궁금해." 누군가가 말한다.

　그들은 테크놀로지가 너무 풍부한 세계에 살아서 모든 게 전보다 잘 작동한다. 심지어 사람들도. 하지만 아무도 정확한 이유는 모르는 것 같다. 그들은 대리代理와 처방과 케이블을 부모로 삼아 윗사람들이 추구했던 외로움을 성취했다. 그들은 이십 대로 들어서면서 자신을 찾기보다는 출구를 찾는 데 관심을 가진다. 믿음도, 희망도, 사랑에 대한 배움도 없는 상태에서 그들은 벗할 사람을 찾아 아기를 낳고 엄청난 수가 이루 말할 수 없는 폭력적 방법으로 자살을 한다—걱정 말라고, 행복해지라고, 자신과 자존심을 돌보라고 말하는 대중문화, 대중 심리학, 위무하는 종교에서 얻는 의미에서 결핍을 느끼고 괴로워하다가. 그들은 부모가 그들에게 남긴 영적 공허와 더불어 그 공허를 채우려고 쓴 카드에서 나오는 청구서를 상속받기를 기다리고 있다.

　부모를 지켜보면서 나는 의미가 변하는 것을 느꼈다—장

의사들이 무슨 일을 하느냐 하는 것의 의미. 죽은 사람들과 하는 일로부터 산 사람들을 위해 하는 일로, 거기에서 또 산 사람들, 즉 우리 모두가 하는 일로.

나는 고등학교를 졸업한 뒤 병적에 등록하고, 대학에 입학하고, 나에게 인생이 일어나 주기를 기다렸다. 나는 장의사에서 일했다. 주립 보호시설에서 일했다. 알코올 중독에 걸린 사제들을 위한 요양소에서 일했다. 술을 배웠다. 사랑에 빠졌다. 친구들이 베트남에서 죽었다. 가능성들은 무시무시했다.

나는 아일랜드로 갔다. 증조부가 백 년 전 미시간으로 올 때 떠나온 집에 살았다. 전화나 난방 시설도, 수도나 텔레비전도, 트랙터나 자동차나 편의점도 없었다─그곳에서 영위하는 삶은 원초적이고, 한계에 더 가깝고, 정화되어 있었다. 암소는 송아지를 낳고, 이웃이 죽고, 조수가 들어오고 나갔고, 사람들은 이야기했다.

클레어섬의 서해안에서 보낸 그 겨울과 봄에 나의 삶과 시대가 어느 정도 이해가 되기 시작했다. 이 피곤한 변화의 세기가 지금은 심지어 아일랜드마저 휩쓸고 있지만, 나는 그것이 나에게 주는 뭔가 진실한 것의 의미를 찾아 우물로, 원천으로 가듯 그 장소로 돌아간다.

이렇게 장의는 차가운 것, 의미 없는 것, 공허한 것, 시끄러운 헛소리, 눈을 멀게 하는 어둠에 맞서 우리가 영위하는 삶에 옷을 입히기 위해 우리가 하는 일들이다. 그것은 우리가 경이에, 고통에, 사랑과 욕망, 분노와 위반에 부여하는 목소리다. 우리가 노래와 기도로 형상화하는 말이다.

처음 시를 쓰고 발표했을 때 아버지는 언제 장례에 관한 책을 쓸 거냐고 물었다. 나는 이미 썼다고 생각한다고 말했다. 아버지는 고개를 끄덕이며 웃음을 지었다. 종종 아버지는 나에게 다시 묻곤 했다. "무슨 말인지 알잖아" 하고 아버지는 말했다. 물론 알았다. 언젠가는 책을 쓸 것이다.

내 책에 관한 서평에서는 내가 낮에 하는 묘한 일에 관한 이야기가 자주 나왔다―마치, 미라 만드는 사람치고는 나쁘지 않네, 하고 말하는 것처럼. "장례기사/시인" 또는 "시인/장의사"가 일반적인 호칭이었다. 굵은 활자가 독자의 눈을 잡아끌려고 했다. "시체들의 시집"이라고《옵저버》는 주장했다. "내 시술실로 들어오라"라고《타임스 문학판》은 말했다.《워싱턴 포스트》는 "시가 땅으로 내려온다"라고 썼다. 나는 이런 것에 별로 이의를 제기하지 않았다. 봐 주니 좋다, 나는 혼잣말을 했다, 설사 춤추는 곰으로 본다 해도. 솔직히 말하면 나는 대학에서 가르치거나 "관련" 분야에서 일하는 시인들도 장의를 하고 있다고 생각한다—삶과 사랑과 죽음에서 의미와 목소리를 찾는다는 것이다. 셰이머스 히니는 왜 그렇게 만가를 많이 썼냐고 묻자 만가 외에 시가 있기는 한 것이냐고 되물었다. 예이츠가 파운드에게 보낸 편지인지, 파운드가 예이츠에게 보낸 편지인지 지금은 기억나지 않지만 이런 말이 나온다. "섹스와 죽음은 시인들이 쓸 유일한 주제다." 섹스는 어여쁘고, 죽은 사람들은 어디에나 있었다. 나는 자문한다, 시인/영문과 교수나 시인/편집자나 시인/가정주부나 시인/아빠라고 다를까?

그렇다면 삶과 살아 있음, 죽어감과 죽은 사람들에게서 의미를 찾아내려고 하지 않는 장의가 어디 있겠는가?

그래도, 아버지의 질문은 진짜였다. 그는 그것이 자신의 삶에 영향을 주고, 삶을 규정하고, 자신을 남편과 아버지와 현재의 자신으로 만들었다는 것을 알았다. 타인의 슬픔, 타인의 무관심, 타인의 절망, 그들의 믿음과 희망, 그들이 관을 사고 서로 끌어안는 모습, 꽃을 보내고 작별을 하는 모습, 울고 웃고 마시고 달아나는 모습이 그에게 그 자신, 그의 본성, 그의 종, 그의 신에 관해 뭔가 말해준다는 것을 알았다. 내가 이십이 년 전 오늘 밀퍼드로 이사 왔을 때, 아버지는 그것이 나의 삶도 규정하고 바꾸고 형성할 것임을 알았을 것이라고 생각한다.

장의사 일을 하는 것은 과제의 수행에 자신을 묶는 것이고, 그 일을 해내겠다고 서약하거나 약속하는 것이다. 아버지가 죽었을 때, 나는 바로 그것을 한 것 같았다. 나는 아버지에게 언젠가는 책을 쓰겠다고 말했다. 내가 염두에 둔 책은 시인들, 우리가 하는 일들에 관해 그들 나름의 의문을 품고 있는 사람들을 위한 것이었다. 어쩌면 시인들이 쓴 것을 읽고, 그게 무슨 뜻인지 의문을 품고, 더 읽고 싶어 하는 사람들을 위한 것일 수도 있었다. 아버지가 염두에 두었던 것은 음침한 사업가들, 장례식 유형의 인간들을 위한 책이었다고 생각한다―검은 옷을 입고, 주말과 휴일에 일하는 남녀들, 차들을 줄 세우고 몸들을 꺼내는 사람들, 누군가 죽고 누군가 도움을 요청할 때 어둠 속에서 일어나 나가는 사람들을 위한 책.

따라서 여기에서, 묶인 것이 풀리고, 그렇게 엄숙하지는 않았던 약속이 지켜지고, 서약이 이행되고, 맡은 일, 장의가 이루어졌다.

TL

밀퍼드, 미시간

1996년 6월 13일

옮기고 나서

    이 책을 쓴 사람의 아버지는 장의사였다. 그 때문에 어린 시절 호기심 많은 친구들로부터 꽤나 많은 질문을 받았던 모양이다. 저자도 어른이 되어 결국 장의사가 되었다. 그래서 이번에는 호기심 많은 우리가 여러 가지 질문을 품고 이 책을 들추어보고 있다. 물론 저자가 그냥 장의사이기만 했다면 그가 쓴 책도 이것과는 좀 다른 종류였을 것이고, 우리가 그의 책을 번역하고 읽을 가능성도 매우 낮았을 것이다. 그러나 저자는 장의사인 동시에 시인이었고, 그래서 우리는 장의사와 시인이 겹쳐지는 그 묘한 부분에 끌려 우리 나름의 기대를 품고 이 책에 들어서게 된다. 그리고 아니나 다를까, 우리는 거기에서 죽음과 삶에 관한 그의 남다른 명상과 독특한 산문을 만나게 된다.

그러나 우리가 잊지 말아야 할 것은 현대의 장의사란 예전에 장례를 주재하던 사제나 장로와는 달리 엄연한 직업인이고 사업가라는 사실이다. 저자가 시인이기 때문에 일반 장의사와는 다를 거라는 선입관이 생기고, 실제로 책에서는 과거에 장례를 주재하던 자들과 연결되는 고리마저 자주 발견되는 느낌이지만, 저자는 스스로 그런 위치에 오르려고 노력하는 동시에 자기가 이 일로 밥을 먹고 산다는 점을 잊지 않는다. 옮긴이는 물론 이 점이 이 책의 미덕이라고 생각한다. 저자가 생각하는 죽음이 일상과 단절된 것이 아니라 늘 하루하루의 삶과 섞여 있듯이, 그의 죽음에 대한 명상 또한 자신이 장례식장 운영자로 생계를 유지한다는 사실과 연결되어 있다. 동시에 그는 우리와 비슷하게 삶의 아픈 곡절을 겪으며 꽤 긴 세월을 지상에서 살아온 한 개인으로서 보통사람들과 폭넓은 공감대를 형성하고 있으며, 이 때문에 그가 독특한 위치에서 겪은 여러 죽음을 이야기할 때면 그 사연이 더욱 곡진하게 느껴진다.

그러나 조금 더 거리를 두고 보자면, 이 책의 저자는 미국 중북부의 소도시에 거주하는 아일랜드계 가톨릭 백인 중년 남성이다. 이 책은 이 말을 들었을 때 우리가 갖게 되는 선입관을 배반하기도 하고 배반하지 않기도 한다(당연한 일이지만!). 사실 이런 선입관은 흥미로운 것인데, 우리는 죽음을 경험한 적이 없으면서도, 심지어 죽음을 겪은 사람을 만나본 적이 없으면서도 죽음에 관해 이런저런 선입관을 갖고 있듯이, 방금 묘사한 종류의 남성을 많이 경험한 적이 없으면서도 그런 남성에 관해 이런저런 선입관을 갖고 있다. 그런 의미에서 이 책은 직접 경험한 적이 없으면서도 선입관은 강하게 자리 잡고 있는 그 두 가지를 동시에 조금은 겪어볼 기회가 될 수도 있을 것이다.

죽음이란 누구나 겪는다는 소극적 의미에서 보편적인 현상이라, 방금 말했듯이 저마다 선입관을 갖고 있고 또 모두가 한마디씩은 할 이야기가 있는 주제다. 그러나 동시에 직접 경험한 체험담을 들려줄 사람은 없다는 면에서 대체로 미지의 영역으로 남아 있고, 따라서 어떤 이야기를 집어넣어도 좋은 텅 빈 공간이 되어버리기 십상이다. 보통 그 공간을 채우는 것은 삶, 자신이 살아온 삶일 수밖에 없다. 이 저자의 죽음 이야기 또한 이 저자—앞서 말했듯이 미국 중

북부의 소도시에 거주하는 아일랜드계 가톨릭 백인 중년 남성—가 속하고 살아냈던 장소와 시대의 이야기이다. 따라서 모든 죽음 이야기가 그러하듯이, 그런 삶을 살아온 사람 나름의 편견이 가득한 이야기가 될 수밖에 없다. 우리가 저자의 편견에 동의하든 동의하지 않든, 더 중요한 것은 우리 또한 우리 나름의 장소와 시간을 살아본 사람으로서, 저자의 편견 가득한 이야기에서 자극을 받아 우리 자신의 편견 가득한 이야기를 써보는 일일 듯하다.

이 책을 읽는 과정이 많은 독자에게 자신의 죽음 이야기를 써 보는 흥미로운 시간이 되기를 기대해본다.

정영목

죽음을 묻는 자, 삶을 묻다
시인 장의사가 마주한 열두 가지 죽음과 삶

초판 1쇄 발행 2019년 4월 24일
초판 2쇄 발행 2022년 12월 10일

지은이 토마스 린치
옮긴이 정영목
발행편집 유지희
책임편집 조현구
디자인 송윤형·이정아

펴낸곳 테오리아
출판등록 2013년 6월 28일 제25100-2015-000033호
전화 02-3144-7827
팩스 0303-3444-7827
전자우편 theoriabooks@gmail.com

ISBN 979-11-87789-22-2 (03840)